Nada
es azar

Nada es azar

Javier Vergara Editor s.a.
Buenos Aires / Madrid / Quito
México / Santiago de Chile
Bogotá / Caracas / Montevideo

Título original: *Nothing by Chance*
Edición original: William Morrow Company, Inc., Nueva York, 1969
Traducción: Andrés Vergara
Revisión especializada: Capitán Francisco Rivas
Diseño de tapa: Verónica López

© 1983   Alternate Futures Inc, PSP.
          Published by Arrangement with
          Richard Bach and Leslie Parrish-Bach
          Trustees for Alternate Futures Inc., PSP,
© 1986   Javier Vergara Editor s.a.
          Paseo Colón 221 - 6° / Buenos Aires / Argentina

ISBN 950-15-1546-X

Impreso en la Argentina / Printed in Argentine
Depositado de acuerdo a la Ley 11.723

Esta edición se terminó de imprimir en
VERLAP S.A. Comandante Spurr 653
Avellaneda - Prov. de Buenos Aires - Argentina
en el mes de junio de 1997.

Si permanecemos alerta, con la mente y los ojos abiertos, comprenderemos el sentido de las cosas sencillas: nos daremos cuenta del significado real de aquellas situaciones que de otra forma, encogiéndonos de hombros, quizás habríamos llamado "casualidad".

(De una conferencia dictada por Roland Bach.)

Por eso, este libro está dedicado a mi padre.

Cuyo hijo, mientras revolotea
en esas máquinas voladoras,
coincide plenamente con él.

1

Bajo nuestras alas el río parecía de vino, con ese tono intenso del vino de Winsconsin. Corría su color púrpura de un lado a otro del valle, recodo tras recodo. La carretera lo atravesaba una, dos y dos veces más, como una audaz lanzadera que teje un hilo de duro hormigón.

Mientras volábamos, a lo largo de este hilo aparecían pueblos con las tonalidades verdes de los últimos días de primavera, con sus árboles mecidos por un viento limpio. La tapicería del verano comenzaba a extenderse. Y para nosotros empezaba la aventura.

A dos mil pies de altura, el aire era de plata sobre nuestras cabezas, frío y cortante. Y se elevaba a tanta profundidad sobre los dos viejos aeroplanos, que una piedra lanzada en esa dirección se habría perdido para siempre. Allá arriba, casi me parecía distinguir el azul oscuro y acerado del propio espacio.

Ellos dos habían confiado en mí, pensé, y yo no tenía la menor idea de lo que podría sucedernos. No importaba cuántas veces les repitiera lo mismo. Seguirían convencidos de que, si la idea era mía, yo sabría en qué me estaba metiendo. Tenía que haberles dicho que se quedaran en casa.

Surcábamos el aire plateado como dos pececillos. Paul Hansen en su pequeña avioneta deportiva, muy brillante, se adelantaba a veces a cien millas por hora y luego giraba en un amplio círculo para retomar el paso de mi máquina voladora, lenta, de color rojo fuego y amarillo, con su carlinga abierta, entre el viento y los cables. Era igual que dar rienda suelta a los caballos. Lanzábamos nuestros aviones libremente sobre la tierra, dejándoles retroceder hacia su propia época, mientras nosotros esperábamos encontrar ese mundo dorado de los pilotos gitanos de hace cuarenta años. Todos estábamos de acuerdo en una cosa: los viejos tiempos del andar errante debían subsistir en alguna parte.

Silencioso y confiado, Stuart Sady MacPherson, de diecinueve años, se asomó por el borde de su carlinga, un poco por delante de la mía, y miró hacia abajo a través de sus gafas de paracaidista de color ámbar, hacia el fondo de un océano de aire cristalino. Los vagabundos del aire siempre incluían a paracaidistas en su grupo, ¿no es verdad? —había comentado— y los paracaidistas eran siempre muchachos que comenzaban desde abajo y se ganaban el pan vendiendo entradas y poniendo carteles, ¿no es así? Tuve que admitir que así era y que no seróa yo quien destruiría sus sueños.

De vez en cuando, siempre mirando hacia abajo, a través del viento, sonreía ligeramente para sus adentros.

Volábamos en medio de un ruido atronador. El martilleo y el rugido de mi motor Wright Whirlwind, surgía tan fuerte y despreocupadamente como lo había hecho en el año 1929, cuando estaba recién fabricado, siete años antes que yo naciera; y nos envolvía con sus olores a gases de escape y a grasa recalentada. Nos hacía estremecer con las ráfagas de aire impulsadas por la hélice. En cierta ocasión, el joven Stu intentó gritarme algo a través del espacio que separaba nuestras carlingas, pero su voz se desvaneció en el viento y ya no lo volvió a intentar. Estábamos aprendiendo que esos pilotos acrobáticos no hablaban mucho mientras volaban.

El río torció bruscamente hacia el Norte y nos abandonó. Continuamos sobre tierra ondulada, verde y suave, sobre lagos que reflejaban el sol y ranchos que aparecían por todas partes.

Ahora comenzaba la aventura nuevamente. Nosotros

tres y los dos aeroplanos constituíamos los restos de lo que en la primavera comenzara como el gran circo americano, especialistas en acrobacia que desafían la muerte. en auténticas escaramuzas aéreas al estilo de la gran guerra, en emocionantes y peligrosas maniobras y en el increíble salto en paracaídas en caída libre. (También anunciábamos: pilotos seguros y con licencias estatales les llevan a las alturas para que vean su pueblo desde el aire. Sólo tres dólares por persona. Miles de vuelos sin un solo accidente.)

Pero los otros miembros del equipo, tanto aviadores como aeroplanos, tuvieron compromisos con los tiempos modernos; retrocedieron con sus aviones hacia el futuro desde Prairie du Chien, en Wisconsin, y nos dejaron solos a Paul, Stu y a mí, volando en el año 1929.

Si deseábamos vivir en esta época, debíamos encontrar pistas de hierba o campos de pastoreo para aterrizar cerca de un pueblo. Debíamos hacer nuestras propias acrobacias, correr nuestros propios riesgos y encontrar pasajeros que pagaran por el paseo. Sabíamos que cinco máquinas, todo un circo, podían atraer a una multitud de clientes en un fin de semana. Pero, ¿se interesaría alguien en un día de trabajo por sólo dos aviones que ni siquiera se habían anunciado? Nuestro combustible y lubricante, nuestra alimentación y nuestra búsqueda del ayer dependían de ello. No estábamos dispuestos a admitir que la aventura y el individuo que depende sólo de sí mismo eran ya cosas del pasado.

Habíamos desechado nuestras cartas de vuelo, junto con la época que representaban, y ahora nos encontrábamos perdidos. Allí, en medio del aire frío y plateado, en las alturas, calculé que podríamos estar sobre Wisconsin o sobre la zona norte de Illinois. Pero eso era todo cuanto podía aproximarme a la realidad. No había Norte, ni Sur, ni Este ni Oeste. Sólo el viento que soplaba desde algún lado y nos empujaba de cola con fuerza. El destino era desconocido. Bajo nosotros, de pronto un pueblo, o un valle, o un lago. Era una tarde extraña, sin tiempo, sin distancia, sin dirección. Norteamérica se extendía ante nosotros de horizonte a horizonte, inmensa, ancha y libre.

Pero al fin, cuando ya escaseaba el combustible, sobrevolamos un pueblo que tenía en las proximidades una pista de hierba, una gasolinera y un hangar. Nos dispusimos a aterrizar. Yo había esperado un henar, porque los pilotos errantes de los buenos tiempos siempre aterrizaban en un henar. Pero el pueblo brillaba con cierta soledad mágica. RIO, se leía en letras negras sobre una torre de agua color plata.

Rio era un montículo de árboles que destacaba entre las lomas suaves, con los techos de las casas hundidos en el follaje y las agujas de las iglesias apuntando como cohetes sagrados hacia el sol con destellos de] más puro blanco.

La calle principal se extendía dos manzanas y luego desaparecía en medio de árboles, casas y ranchos.

Un campo de béisbol resaltaba nítido en un colegio, donde se jugaba un animado partido.

El bien acondicionado Luscombe, el monoplano de Hansen, ya estaba sobrevolando la pista, con sus tanques de gasolina prácticamente vacíos. Sin embargo, nos esperó para asegurarse de que no cambiábamos de idea y nos dirigíamos hacia otro lugar. Si nos hubiéramos separado en esa tierra desconocida, jamás nos habríamos vuelto a ver.

La pista se extendía en el borde de un cerro y la primera sección tenía tanta inclinación que, seguramente, en invierno constituiría una excelente pista de esquí.

Giré y me preparé a aterrizar, mientras observaba el tapete verde de la hierba que se aproximaba lentamente hasta tocar las ruedas. Avanzamos hacia la desierta gasolinera y corté el contacto, mientras Paul se disponía a aterrizar. Su avioneta desapareció tras la cresta del cerro después de tocar suelo. Pero en seguida resurgió con un suave zumbido del motor y se deslizó por la pendiente hasta nuestro lado. Por fin, cuando ambos motores estuvieron en silencio, no se oía un solo ruido en el aire.

—Creí que jamás llegarías a ver este lugar —dijo Paul, saliendo con dificultad del Luscombe—. ¿Qué te hizo tardar tanto? ¿Qué clase de piloto errante eres? ¿Por qué no localizaste una pista un par de horas antes?

Era un hombre alto y fuerte, un fotógrafo profesional,

preocupado porque la imagen del mundo no era tan hermosa como debiera ser. Bajo el cabello negro, abundante y bien peinado, tenía el aspecto de un gángster que hacía grandes esfuerzos por reformarse.

—Si fuera sólo por mí, no tendría problemas —respondí, agarrando las bolsas que Stu me pasaba desde el biplano—. Pero elegir un lugar desde donde pueda despegar tu marmota de avión ... Sí, señor, ese fue el problema.

—¿Qué opinas? —preguntó Paul, ignorando la ofensa a su avión—. ¿Crees que debemos intentar un salto hoy, a estas horas? Si queremos comer, es mejor que encontremos a algunos pasajeros que paguen por su paseo.

—No lo sé. Que lo decida Stu. Depende de ti. Se supone que tú eres el jefe hoy.

—No, no lo soy. Tú sabes que no soy el jefe. Eres tú.

—Está bien, entonces. Si yo soy el jefe, decido que nos elevemos, hagamos algunas acrobacias y esperemos a ver qué sucede. Antes de lanzar al pobre Stu por la borda.

—Eso significa que debo descargar mi avioneta.

—Sí, Paul, eso significa que debes descargar tu avioneta.

Cuando se dirigía a cumplir su tarea, una camioneta roja se apartó de la carretera, tomó el camino de tierra y se dirigió hacia la gasolinera del aeródromo. El vehículo tenía unas letras rojas pintadas en un costado: SERVICIO SINCLAIR DE AL. Y según indicaba el nombre bordado en su bolsillo superior, el propio Al era el conductor.

—¡Vaya aviones! —exclamó Al, cerrando la pesada puerta con un ruido sordo.

—Así es —dije—. Son algo viejos.

—Y que lo diga. ¿Desea combustible?

—Quizás, más tarde. Sólo pasábanos por aquí buscando algo de trabajo. ¿Cree que podríamos conseguir algunos clientes aquí? ¿Se interesarán por ver el pueblo desde el aire? —Era un riesgo del cincuenta por ciento. Nos podía aceptar o expulsarnos del aeródromo.

—¡Por supuesto! ¡Encantado de tenerles aquí! En realidad, sería magnífico para este aeropuerto lograr que la gente

13

viniera hasta aquí. En el pueblo casi han olvidado que tienen un aeropuerto. —Al se asomó por encima del borde de cuero para mirar el interior de la carlinga—. ¿Dice que presentan un espectáculo? ¿Será Rio suficientemente importante para ustedes? La población es de 776 habitantes.

—Ese número es suficiente —afirmé—. Nos elevaremos primero para efectuar algunas acrobacias y luego volveremos a repostar gasolina. Stu, ¿por qué no colocas los carteles junto a la carretera?

Sin decir una palabra, el muchacho asintió, tomó los carteles (letras rojas sobre lienzo blanco que decían: VUELE POR $ 3, VUELE), y se alejó en silencio.

Sabíamos que la única forma en que los pilotos errantes podían sobrevivir era encontrar clientes para los paseos aéreos. Muchos pasajeros. Y para convencerlos, lo primero que había que hacer era atraer su atención.

Debíamos dejar muy en claro que, de pronto, algo extraño, desusado y maravilloso estaba sucediendo en el aeropuerto. Algo que no había ocurrido en cuarenta años y que quizás jamás volvería a pasar. Si éramos capaces de despertar una pequeña llama de aventura en los corazones de esos seres a los que nunca habíamos visto, entonces podríamos llenar otro tanque de gasolina. Y a lo mejor, hasta nos sobraba para un emparedado.

Nuestros motores saltaron a la vida nuevamente, despertando sonoros ecos en los muros de latón del hangar, aplastando la hierba en dos atronadores remolinos mecánicos.

Con los cascos abrochados, las gafas puestas y los aceleradores a fondo para conseguir la máxima potencia, los dos viejos aeroplanos rodaron, brincaron y se elevaron desde el verde hacia el azul claro y profundo, a la caza de pasajeros, como los lobos hambrientos en busca de una buena presa.

Mientras tomábamos altura sobrevolando el pueblo, observé la muchedumbre que presenciaba el partido de béisbol.

Un par de años atrás, no me habría importado. Dos

años antes, mi carlinga era de puro acero y cristal; controles electrónicos y un caza de la Fuerza Aérea de aspecto arrebatador que quemaba dos mil litros de gasolina por cada hora de vuelo y era capaz de superar la velocidad del sonido. En esa época no tenía necesidad de pasajeros, y si los hubiera tenido, tres dólares no llegaban para pagar un vuelo, ni siquiera un despegue o la puesta en marcha del motor. Ni siquiera cubriría los gastos de la Unidad de Potencia Auxiliar, cuyo fin era alimentar la electricidad necesaria para la partida. Para utilizar un caza—bombardero en esta vida errabundo, habríamos necesitado pistas de asfalto de tres kilómetros de largo, un cuerpo completo de mecánicos y un cartel que indicara: VUELE SOLO POR $ 12.000 , VUELE. Pero ahora, esa tarifa de tres dólares por pasajero era nuestra única fuente de ingresos; para el combustible, lubricante, alimentación, mantenimiento y nuestros salarios. Y en estos momentos estábamos volando sin un solo pasajero a bordo.

A tres mil pies sobre los campos de maíz. dimos comienzo al Despliegue Mortal de Acrobacias Aéreas. El ala blanca de Paul apareció de repente sobre mi cabeza y alcancé a vislumbrar la panza de la avioneta, manchada de aceite y polvo. Luego se zambulló frente a mí. Un segundo más tarde, el morro suavemente curvado volvió a elevarse y continuó ascendiendo, hasta que la avioneta se dirigió en línea recta hacia el sol del atardecer, alejándose de mi biplano con un rugido. Luego se invirtió, con las ruedas hacia el cielo y nuevamente enfiló el morro a tierra, finalizando su maniobra. Si hubiera contado con un trazador de humo, habría dibujado un rizo vertical en los cielos.

Imaginé que entre la muchedumbre se volvían uno o dos rostros hacia lo alto. Si pudiéramos atraer a la mitad de las personas que presenciaban ese partido, pensé, y a tres dólares cada uno

El biplano y yo realizamos un fuerte giro descendente hacia la izquierda, acelerando hasta que el viento gimió en los cables. La tierra negra y verde se extendía en toda su amplitud frente al morro. El viento golpeó mi casco de cuero e hizo vibrar las gafas que me cubrían los ojos. Tiré rápidamente hacia atrás el control de mando y la tierra desapareció y el cielo azul llenó el panorama. Mientras ascendía en línea recta, observando la punta de las alas, vi que la tierra giraba lentamente y se alejaba tras de mí. Apoyé el casco en el respaldo del asiento y estudié los campos, las pequeñas casas., y los coches que se movían en la distancia, hasta que todo estuvo directamente sobre mi cabeza.

Las casas, los coches, las agujas de las iglesias, el mar de hojas verdes, todo estaba allí, en pequeño, con gran colorido, mientras lo contemplaba desde mi biplano. El viento se aquietó cuando tomamos la posición invertida y avanzamos lentamente por el aire. Si pudiéramos convencer a cien personas. Eso supondría trescientos dólares, o cien dólares para cada uno. Habría que descontar la gasolina y el lubricante. Pero quizá no serían tantos. Cien personas significaban uno de cada ocho habitantes del pueblo.

El mundo pivotó lentamente para volver a situarse frente al morro del biplano y luego debajo de él, y el viento silbaba en los cables.

A cierta distancia, el avión de Paul estaba inmovilizado en el cielo, con el morro hacia arriba. El aparato parecía un títere de plomo, blanco y azul, colgado del cielo por un largo hilo. Súbitamente, cortó el hilo, giró hacia la derecha y enfiló hacia abajo a toda velocidad.

No había tal desafío a la muerte como indicaban nuestros carteles. En realidad, no hay nada que pueda hacer un avión que produzca peligro de muerte, siempre que se mantenga en un lugar habitual: el cielo. Los únicos momentos malos tienen lugar cuando un avión se mezcla con la tierra.

Con rizos, giros y volteretas, los aviones descendieron dando tumbos hacia el pueblo, perdiendo altura gradualmente, aproximándose cada minuto unos cientos de pies a la tierra multicolor.

Finalmente, el monoplano se me acercó silbando como un cohete y dimos comienzo a la Auténtica Escaramuza Aérea al Estilo de la Gran Guerra, con giros, agudos espirales, zambullidas y pasadas rasantes, vuelos lentos y encierros.

16

Continuamente, mientras volábamos, atada al tirante del ala izquierda, esperaba una antorcha de humo blanco. Durante algunos minutos, nublamos el mundo verde y negro, mientras el viento rugía y las casas del pueblo aparecían por un lado y luego por el otro.

Y si ganábamos doscientos dólares limpios, pensé. ¿Cuánto quedaría para cada uno? ¿Cuánto es doscientos dividido entre tres? Me deslicé bajo el monoplano, giré a la izquierda y observé a Paul mientras tomaba su lugar tras la cola del biplano. Demonios, cuánto es doscientos entre tres. Le miré por encima mi hombro, elevándose y cayendo, con dificultad para seguir la aguda espiral del biplano. Bien, si fueran doscientos diez dólares, significaría setenta para cada uno. Setenta dólares cada uno, sin contar el combustible y el aceite. Digamos sesenta cada uno.

En medio de esa brutal zambullida, rugiendo como un huracán, toque el botón adaptado al acelerador. Una columna espesa de humo blanco surgió del ala izquierda y tracé una espiral de muerte en dirección al aeródromo, nivelando justo encima de los árboles. Desde el campo de béisbol no quedaría la menor duda de que ese viejo aparato de dos alas acababa de ser tocado y había caído envuelto en llamas.

Si los resultados habían sido positivos con cinco aviones, aun durante un lapso tan breve, debíamos tener éxito con dos de ellos contando con todo el verano. En realidad, no necesitamos los sesenta dólares cada uno. Lo que verdaderamente nos hace falta es la gasolina y el aceite y un dólar al día para la comida. Podemos pasar todo el verano con esos ingresos.

Cuando cesó de salir humo, me deslicé a tierra y rodé libremente por la pendiente hacia la gasolinera. Una ventaja de ser siempre el abatido, pensé, era que se llegaba primero al abastecimiento de gasolina.

Al aterrizar Paul, el combustible frío y rojo ya estaba entrando en el tanque del biplano. Detuvo el motor mientras descendía del cerro, y en los últimos cuarenta metros avanzó con la hélice plateada detenida. Por encima del ruido que hacía la gasolina al pasar por la manguera que sentía bajo mi guante, pude escuchar sus neumáticos que crujían al pisar la gravilla que rodeaba a la gasolinera y la oficina.

Esperó unos instantes en su carlinga y luego bajó lentamente.

—¡Vaya trabajo que me has dado con todas esas vueltas! No gires tan bruscamente, ¿quieres? Yo no dispongo de todas esas alas.

—Sólo intentaba hacerlo lo más real posible, Paul. No te gustaría que pareciera demasiado fácil, ¿verdad? Cuando quieras podemos atar la antorcha a *tu* aparato.

Una bicicleta se aproximó desde la carretera... dos bicicletas, a toda velocidad. Frenaron con un patinazo que hizo que quedara hierba pegada en sus ruedas traseras. Los chicos tenían once o doce años, y después de esa llegada tan bulliciosa, no abrieron la boca. Sólo se quedaron allí plantados, con la vista fija en los aviones y en nosotros, y nuevamente en los aviones.

—¿Os gustaría volar? —les preguntó Stu, dando comienzo a su primer día de trabajo como nuestro agente de ventas. Para el circo con los cinco aviones contábamos con un hombre ataviado con su sombrero de paja, bastón de caña y un rollo de entradas doradas. Pero eso ya había quedado atrás y ahora dependíamos de Stu, quien gustaba más de una especie de persuasión callada e intelectual.

—No, gracias —respondieron los muchachos, y cayeron en sepulcral silencio nuevamente, sin dejar de obserar.

Un coche avanzó por la hierba y se detuvo.

—Vamos, Stu, a ellos —dije, y me dispuse a poner de nuevo en marcha el biplano.

Para cuando el motor Wright estuvo en marcha, suave y gentil, como un gran Modelo T, Stu había vuelto con un hombre joven y su mujer, cada cual riéndose del otro por ser tan loco como para desear subir a tan extraña y antigua máquina voladora.

Stu les ayudó a trepar a la carlinga delantera, más amplia, y les ató a ambos con el mismo cinturón de seguridad. Alzó la voz por encima del ruido del motor T, y les advirtió que sujetaran sus gafas de sol cada vez que quisieran inclinarse para observar el panorama. A continuación, descendió y se alejó.

Si albergaban temores sobre el hecho de subir al viejo aparato, tan lleno de ruidos, ya era demasiado tarde para cambiar de idea. Las gafas puestas y el acelerador hundido, los tres nos vimos envueltos por el ruido del Modelo T que pareció enloquecer, lanzándonos un huracán de cien millas, como un estampido largo y sordo mientras las altas y antiguas ruedas giraban sobre el suelo. Y entonces, el estampido desapareció junto con la tierra, sólo se escuchó el ruido del motor y del viento que nos azotaba, y los árboles y las casas fueron encogiéndose cada vez más.

En medio de ese viento, del trueno del motor y de la tierra que se inclinaba y se empequeñecía a nuestros pies, observé al joven de Wisconsin y a su chica para ver cómo cambiaban. A pesar de sus risas, el avión les había causado temor. Su único conocimiento sobre el arte de volar procedía de los titulares de los periódicos. Conocimiento que se refería a colisiones en el aire, aviones estrellados y muertos. Jamás habían leído, ni siquiera un pequeño artículo, sobre una avioneta que despega, vuela y luego aterriza sin peligro alguno. Sólo podían pensar que tal cosa era posible, a pesar de las noticias en los periódicos. Con esa creencia arriesgaron sus tres dólares y sus vidas. Y ahora estaban sonrientes y gritaban, mirando hacia abajo y señalando con la mano.

¿Por qué era esto tan hermoso de presenciar? Porque el temor es feo y la alegría es maravillosa... ¿tan simple como eso? Quizás. No hay nada tan hermoso como el temor que se desvanece.

La atmósfera olía a miles de hojas verdes y tiernas aplastadas y el sol descendió hasta darle al aire un tinte dorado. Era un día hermoso y los tres estábamos felices de volar por el cielo como en un sueño brillante y sonoro, pero al mismo tiempo tan detallado y claro como ningún sueño podía ser.

Cinco minutos después de haber abandonado tierra firme y cuando dábamos la segunda vuelta sobre el pueblo, mis pasajeros ya estaban relajados y como en su casa en pleno vuelo. Sin conciencia de sus cuerpos, con los ojos brillantes como aves, mirando hacia abajo. La muchacha tocó el hombro de su compañero y le señaló la iglesia. Me sorprendí al ver que llevaba un anillo de matrimonio. No podía haber pasado mucho tiempo desde que salieran por la puerta de esa iglesia bajo una tormenta de arroz, y ahora todo parecía de juguete, a mil pies de altura. ¿Ese pequeño lugar? Pero si entonces aparentaba ser inmenso, con las flores Y la música. Quizás era grande sólo porque la ocasión era especial.

Descendimos en círculos, sobrevolamos una vez más el pueblo y nos deslizamos sobre los árboles, con el viento silbando suavemente entre los tirantes y cables, preparándonos para aterrizar. En cuanto los neumáticos tocaron suelo, el suelo desapareció en medio de los ruidos sordos de la tierra que nos sujetaba, en vez de la suavidad del aire. Lento, más lento, hasta detenernos en el lugar desde el que habíamos despegado, con el Modelo T ronroneando silenciosamente. Stu abrió la portezuela y soltó el cinturón de seguridad.

—Muchas gracias —dijo el joven—, nos hemos divertido bastante.

—¡Ha sido *maravilloso*! —exclamó su esposa, radiante, olvidándose de ajustarse la máscara convencional en sus palabras y en sus ojos.

—Me siento feliz de haber volado con ustedes —dije, con mi propia máscara muy firme en su lugar y mi verdadera satisfacción muy oculta en el interior y bajo estricto control. Había tantas otras cosas que deseaba decir y preguntar: Díganme qué han sentido, al ser la primera vez ¿Era el cielo tan azul, el aire tan dorado para ustedes como para mí? ¿Se han fijado en ese verde realmente intenso de las praderas, como si flotáramos sobre esmeraldas? ¿Allí, poco después de despegar? ¿Dentro de treinta años más, dentro de cincuenta años, lo recordarán? Honestamente, deseaba conocer sus respuestas.

Sin embargo, asentí con la cabeza, sonreí y dije: "Me siento feliz de haber volado con ustedes", y eso marcó el fin de la historia. Se alejaron hacia el coche, cogidos del brazo, todavía sonrientes.

—Eso es todo —dijo Stu, acercándose a mi carlinga—. Nadie más quiere volar.

Volví de mis recónditos pensamientos.

—¿Nadie más? ¡Stu, allí hay cinco coches! No es posible que todos quieran limitarse a observar.

—Dicen que volarán mañana.

Si tuviéramos cinco aviones y más acción, pensé, estarían dispuestos a volar hoy. Con cinco aviones, realmente tendríamos el aspecto de un circo. Con dos máquinas, quizás no pasábamos de ser una simple curiosidad.

Esos viejos personajes de otros tiempos, pensé, de pronto. ¿Cuántos lograrían sobrevivir llevando una vida de pilotos errantes?

2

Todo era sencillo, libre y la vida sumamente agradable. Los pilotos errantes, en los años veinte, lanzaban sus máquinas al aire, volaban hacia cualquier pueblo pequeño y aterrizaban. Y entonces llevaban a sus pasajeros en alegres paseos y ganaban el dinero a montones. ¡Esos hombres sí que eran libres! ¡Esos pilotos de acrobacias! Qué auténtica debía ser la vida que llevaban.

Esos mismos pilotos circenses, cargados de años, con los ojos cerrados, me habían hablado de un sol fresco, frío y dorado como el que yo jamás había conocido; de una hierba tan verde que lanzaba destellos bajo las ruedas; de un cielo tan azul y puro como ya nunca volvería a verse, y de unas nubes en el cielo más blancas que la Navidad. En los viejos tiempos existía un mundo en el cual un hombre podía liberarse, volando donde quisiera y cuando se le antojara, sin tener que obedecer a ninguna autoridad, salvo la propia.

Había consultado y escuchado atentamente a esos viejos pilotos, y en el fondo de mi mente imaginé si hoy sería posible hacer lo mismo, sobre esa inmensa y serena América del Medio Oeste.

—Sí, muchacho, quedábamos entregados a nuestros propios recursos —oí decir—. Era maravilloso. Los fines de semana nos acostábamos muy tarde. Trabajábamos con nuestros aviones hasta la hora de cenar y llevábamos pasajeros hasta el atardecer, e incluso más tarde. Esos eran tiempos muy especiales. Sí, señor. Reunir mil dólares en un día no era nada extraordinario. Los fines de semana comenzábamos con la salida del sol y no nos deteníamos hasta la medianoche. Colas de gente esperando su turno de vuelo. Una gran vida, muchacho. Nos levantábamos por la mañana cosíamos un par de mantas y dormíamos bajo las alas nos levantábamos y decíamos: "Freddie, —adónde nos dirigimos hoy?" Y Freddie ya murió; un buen piloto, pero nunca volvió de la guerra... Y Freddie respondía: "En qué dirección sopla el viento?" "Viene del Oeste", decía yo. "Entonces, vamos al Este", replicaba Freddie, le dábamos manivela al viejo Hisso Standard, arrojábamos nuestras cosas en el interior y partíamos con viento de cola para ahorrar combustible."

"Pero, las cosas se hicieron difíciles con el tiempo. Vino la Crisis del 29 y escaseaba el dinero para volar. Llegamos a cobrar cinco centavos por persona, en lugar de los cinco y diez dólares de antes. Ni siquiera nos alcanzaba para gasolina. En algunas ocasiones, cuando estaban trabajando dos muchachos, sacábamos gasolina de un aparato para mantener el otro en vuelo. Y entonces llegó el Correo Aéreo y después empezaron a formarse las líneas comerciales y necesitaron pilotos. Pero, mientras duró aquello, llevamos una buena vida. Oh, del 21 al 29... nos fue bastante bien. Lo primero que hacíamos después de aterrizar, era llevar a dos muchachos y a un perro. Lo primero, antes que nada..." —Los ojos se cerraban nuevamente, recordando.

Y yo pensaba que quizás esos buenos tiempos no han desaparecido. Quizás están simplemente esperando, allí en el horizonte. Si sólo pudiera encontrar algunos pilotos más y unos aviones Quizás estaríamos en condiciones de redescubrir esos tiempos, ese aire claro y puro, esa libertad. Si pudiera probar que al hombre le es posible elegir. Que puede elegir su propio mundo y su propio tiempo. Entonces podría demostrar que el acero de alta velocidad, que las ciegas computadoras y que los enfrentamientos en las ciudades son sólo una cara de la moneda de la vida... una cara que no tenemos por qué elegir si no lo deseamos. Podría probar que, en el fondo, en Norteamérica no todo ha cambiado y es diferente. Que bajo esa superficie de los titulares, los norteamericanos aún son un pueblo tranquilo, valiente y hermoso.

Cuando mi pequeño y borroso sueño fue conocido, surgieron algunas opiniones contrarias que se apresuraron a aplastarlo. Una y otra vez escuché que no sólo se trataba de algo arriesgado e impracticable. sino también imposible, sin ninguna esperanza de éxito. Los buenos tiempos ya pasaron... ¡Pero, hombre, si eso lo sabe todo el mundo! Oh, quizás este país fue un lugar tranquilo y acogedor, pero hoy día, cualquier persona la tomará con un desconocido (y no de forma muy amistosa) por una simple bagatela. Eso es lo que se estila ahora. Si aterrizas en el henar de un agricultor, te meterá en la cárcel por violación de propiedad, te requisará tu avión por los daños causados y atestiguará que amenazaste la vida de su familia cuando pasaste sobre el granero.

La gente, me decían, es muy exigente en cuestión de bienestar y seguridad. Ni siquiera puedes *pagarles* a ellos para que trepen a un avión de hace cuarenta años, con la carlinga abierta, mientras les azota el viento y se manchan de aceite ¿y esperas que *ellos* te paguen por todas esas molestias? No existiría una sola compañía de seguros... ni Lloyd de Londres cubriría una cosa así, por un centavo menos de mil dólares a la semana. ¡Vaya cosa, pilotos de acrobacias! ¡Mantén los pies en el suelo, amigo, estamos en 1960!

—¿Qué te parece un salto en paracaídas? —preguntó Stu, devolviéndome a esa tarde en Rio.

—Es muy tarde —respondí, y el piloto de acrobacias y las voces sordas se desvanecieron—. Sin embargo, el día es bueno y sereno. Vamos a intentarlo.

Stu no tardó un minuto en prepararse, alto y serio. Se introdujo en el arnés del paracaídas principal, abrochó sobre su pecho el paracaídas de reserva, arrojó su casco sobre el asiento delantero y se dispuso a cumplir su papel en la aventura. Como un buzo, torpe y abultado, lleno de hebillas y tirantes de nylon sobre un traje de un color amarillo brillante, trepó a la carlinga delantera y cerró la portezuela.

—Muy bien —dijo—, vamos.

Me costó creer que este muchacho, lleno de bríos, hubiera decidido estudiar odontología. ¡Odontología! De alguna forma nos arreglamos para convencerle de que la vida tenía algo más que esa seguridad artificial que ofrece un consultorio de dentista.

De pronto, después de los rugidos de la partida y una vez en el aire, me encontré cantando *Rio Rita*. Sólo sabía una parte de la primera estrofa de la canción, y la repetí una y otra vez mientras tomábamos altura.

Stu miraba por encima del borde de la carlinga con una sonrisa débil y extraña en sus labios, pensando en algo muy distante.

Rita... Rio Rita... nada... más dulce... Rita... Oh, Rita. Tuve que imaginarme todos los saxofones y los timbales para vencer el trueno del motor.

Si yo fuera Stu, no estaría sonriendo. Estaría pensando en ese suelo, allí abajo, esperándome.

A dos mil quinientos pies de altura, nos pusimos a favor del viento y volamos directamente sobre el aeródromo. Rio Rita... la... la... di... di... da... Oh, Rita... Mi mujercita Oh, Rita...

Stu volvió de su lejana tierra en la que soñaba y asomó la cabeza por el borde de la carlinga. Luego, enderezándose en el asiento dejó caer cuidadosamente un brillante rollo de papel por la borda. En cuanto se libró de la cola del avión, se desenrolló en una larga tira de color amarillo y rojo a franjas y cayó culebreando. Giré en círculos, siempre tomando altura, mientras Stu observaba atentamente los colores. Cuando tocó tierra, asintió y me sonrió brevemente. Volvimos a tomar el rumbo del aeródromo y nivelamos a 4.500 pies. Me estremecí sólo al pensar en saltar de un avión. Era un largo camino hacia abajo.

Stu abrió la portezuela de la carlinga y yo disminuí la velocidad del. biplano para compensar la fuerza del viento.

Experimenté una extraña sensación al ver que mi compañero del asiento delantero trepaba a un ala y se preparaba a lanzarse al vacío cuando estábamos a una milla de altura. Iba a hacerlo y yo sentía miedo. Existe una gran diferencia entre hablar en tierra firme, con despreocupación, acerca de los saltos en paracaídas, y el hecho de saltar, cuando uno está de pie sobre un ala, luchando contra el viento, mirando hacia abajo, a través del espacio vacío, los pequeños arbolitos, las casas y las carreteras que, como filamentos, se ven aplastados contra el suelo.

Pero Stu estaba muy ocupado en ese momento. Se puso de pie sobre la esterilla de caucho junto a la base del ala, vuelto hacia la cola del avión, esperando que apareciera su objetivo. Se aferró de un tirante del ala con una mano y del borde de mi carlinga con la otra. Al parecer, estaba gozando de esos instantes.

Entonces apareció lo que deseaba ver: el centro de la pista de hierba, el indicador de viento apenas visible por su pequeñez. Se inclinó hacia mí. "¡ALLA VOY!", dijo. Y luego, simplemente desapareció.

Sobre la base del ala, donde estuviera unos instantes antes, ya no había nada. Hacía sólo un momento que estábamos hablando y ahora se había marchado. Me pregunté si en realidad no era una ilusión el que hubiera estado en el avión.

Me incliné por la borda y lo vi, pequeñito, con los brazos extendidos, cayendo como una plomada hacia tierra. Pero era más que caer. Era mucho más rápido que caer. Como disparado por un cañón que apuntara al suelo.

Esperé durante largo rato mientras cambiaba su aspecto de una pequeña cruz a una mota redonda. Y nada de paracaídas No era fácil ni agradable esperar esa apertura del paracaídas. Después de un largo rato de agonía, tuve la certeza de que no se abriría jamás.

El primer salto de nuestro circo de dos aviones y el paracaídas había fallado. Sentí frío. Su cuerpo podría ser ese punto en forma de hoja entre las copas de los árboles que bordeaban el aeródromo, o aquel otro junto a los hangares. Maldición. Habíamos perdido a nuestro saltador.

No me sentí apenado por Stu. Él sabía a lo que se arriesgaba cuando empezó a saltar. Pero unos segundos antes había estado allí, de pie en el ala, y ahora nada.

Debía haberle fallado el paracaídas principal y no tuvo tiempo de abrir el de reserva. Tiré del estrangulador y descendí en espiral, observando el lugar por donde había desaparecido. Me sorprendió no sentirme apesadumbrado ni con remordimientos. Era una lástima que hubiera sucedido así, en los primeros días del verano. Tanto peor para la odontología.

En ese preciso instante se abrió súbitamente un paracaídas, a mucha distancia de mí. Sucedió con la misma rapidez con la que Stu había desaparecido del ala. Y surgió un hongo blanco y anaranjado que flotó suavemente en el aire, y que el viento comenzó a arrastrar gentilmente.

¡Estaba vivo! Algo había sucedido. En el último instante había logrado lanzar al viento el paracaídas de reserva. Había escapado de la muerte por segundos. Tiró de la cuerda y estaba vivo. En unos momentos más tocaría suelo y tendría una historia espantosa que contar, jurando que jamás volvería a saltar en su vida.

Pero la frágil seta coloreada se mantuvo durante largo tiempo en el aire, a la deriva.

El biplano y yo nos zambullimos hacia él, con los cables silbando fuertemente. Y cuanto más nos acercábamos al paracaídas, a mayor distancia se le veía de la tierra. Salimos del picado a los 1.500 pies y volamos en círculos en torno a un hombrecillo que colgaba de unas cuerdas bajo una gran cúpula de nylon vibrante.

Estaba a la altura suficiente. ¡En ningún momento había tenido problemas! ¡Jamás estuvo en peligro!

La figura que se bamboleaba bajo el nylon me hizo señas con una mano y yo le respondí balanceando las alas, agradecido, confundido ante el hecho de que estuviera vivo.

Y mientras volábamos en círculos a su alrededor, no éramos nosotros los que girábamos, sino su paracaídas, que daba vueltas y vueltas en el horizonte. Sentí una extraña sensación de mareo.

¡Por supuesto, el ángulo! Por eso ahora se encontraba a tanta altura del suelo, cuando yo estaba seguro que se había estrellado... el ángulo desde el cual lo observaba yo. Había seguido su maniobra justo desde encima, y mi único punto de referencia era la tierra. Su muerte era una ilusión.

Tiró de una de las cuerdas de suspensión y la bóveda giró suavemente de un lado a otro; una vuelta a la izquierda y otra a la derecha. Controlaba a voluntad la dirección del paracaídas; estaba en su elemento.

Me costaba bastante creer que este valeroso artista del paracaídas era el mismo muchacho silencioso que tímidamente se había incorporado a los Grandes Norteamericanos, una semana antes, al iniciar la temporada en la Prairie du Chien. Recordé una máxima aprendida en doce años de vuelo: No importa lo que un hombre dice o cómo lo dice, sino lo que hace y cómo lo hace.

En tierra, los chicos aparecieron como setas entre la hierba y convergieron hacia Stu.

Volé en círculos en torno al paracaídas hasta una altura de 200 pies, luego nivelé y el hongo siguió descendiendo. Stu dobló y estiró las piernas algunas veces, haciendo los últimos ejercicios antes de tocar suelo.

Segundos antes se encontraba a la deriva, flotando suavemente en el aire. y de pronto el suelo se elevó y le golpeó con rudeza. Cayó, rodó y al momento estaba en pie de nuevo, mientras la gran cúpula perdía su forma perfecta y se desplomaba a su alrededor, como un inmenso monstruo del aire herido.

La imagen del monstruo se desinfló junto con el paracaídas y quedó reducida a una gran tela coloreada sobre el suelo, inmóvil. Y Stu era el propio Stu, con su traje amarillo de salto, indicándonos por señas que se encontraba perfectamente. Los chicos lo rodearon.

Cuando el biplano y yo descendimos en círculos para aterrizar, me di cuenta de que nosotros sí que teníamos problemas. El Whirlwind no respondía a la aceleración. Con el acelerador a fondo y nada. Un poco más adelante se detuvo con un imprevisto rugido de fuerza. Pulsé hacia atrás el estrangulador y rugió de nuevo; tiré de él totalmente y el motor calló de forma extraña. Algo debía sucederle al vástago del estrangulador. No era grave, pero no podría llevar más pasajeros hasta que hubiera arreglado el desperfecto.

Nos aproximamos a tierra de forma muy vacilante, bordeamos el cerro y corté el motor, Al, del SERVICIO SINCLAIR DE AL, se aproximó.

—¡Eso ha estado formidable! Hay un buen número de clientes que desean volar en el biplano. Podrá llevarles esta tarde, ¿no es verdad?

—Me parece que no —respondí—. Nos gusta terminar el día con el salto en paracaídas... dejarles algo hermoso para recordar. Sin embargo, estaremos sin falta mañana y entonces nos agradará mucho que vuelvan.

Cuán extrañas me parecieron mis palabras. Si esa era nuestra forma de actuar, acababa de cumplirla al pie de la letra. Toda mi ilusión habría sido llevar pasajeros hasta el atardecer, pero me era imposible dado el estado en que se encontraba el vástago del estrangulador. Y no era una buena imagen para los espectadores ver que el aeroplano debía ser reparado después de cada vuelta sobre el campo.

Stu se acercó desde su lugar de caída. El biplano conquistó la atención de varios de sus jóvenes admiradores. No me aparté del avión e intenté mantenerles alejados de las alas, para que no pisaran la tela cada vez que trepaban a ellas para mirar el interior de la carlinga.

Muchos de los adultos se mantuvieron en el interior de sus coches, pero unos pocos se aproximaron a la máquina para estudiarla detenidamente y para conversar con Paul, que limpiaba el Luscombe, y conmigo, que estaba ocupado en espantar niños.

—Estaba en el campo de juego cuando ustedes pasaron volando —dijo un hombre—. Mi chico se volvió loco; no sabía si mirar el partido o los aviones. Por último, se sentó en el techo del coche y desde allí pudo ver ambas cosas.

—El paracaidista... es bastante joven, ¿no es cierto? No me obligarían a saltar de un avión por todo el oro del mundo.

—¿Esto es todo lo que hacen para ganarse la vida? ¿Van de un lugar a otro volando en sus aviones? ¿Tienen esposas o a alguien?

Por supuesto que teníamos esposas y también familia. Y ellas estaban tan involucradas como nosotros en esta aventura, pero creíamos que ese era un tema sobre el cual a los clientes no les gustaría escuchar nada. Los pilotos errantes sólo pueden ser hombres libres, sin preocupaciones, sin ataduras, amantes de la buena vida y pertenecientes a otra época. ¿Quién oyó hablar alguna vez de un piloto de acrobacias *casado*? ¿Quién podía imaginar a un piloto errante atado a un *hogar*? Nuestra imagen exigía eludir la pregunta y transformarnos en la típificación de los camaradas alegres y libres, sin preocupación por el mañana. Si ese verano deseábamos tener alguna atadura, la única factible era con la imagen de libertad, e hicimos lo posible por conseguirlo.

De manera que respondimos con otra pregunta.

—¿Esposa? ¿Usted cree que una esposa permitiría que su marido recorriera volando todo el país en unos aparatos como estos?

Y así nos acercamos un poquito a nuestra imagen.

Rio cambió con nuestra llegada. Al menos un diez por ciento de su población de 776 habitantes llegó hasta el aeródromo esa tarde. Y el biplano sin poder despegar.

El sol se puso, la muchedumbre desapareció lentamente en la oscuridad y, al final, nos quedamos sólo en compañía de Al.

—Ustedes son lo mejor que le ha sucedido a este campo en muchos años —dijo en voz baja, mirando hacia su avión y su hangar. No tenía necesidad de alzar la voz para ser escuchado en ese atardecer en Wisconsin—. Muchas personas piensan que nosotros debemos volar en los Cessnas, pero no confían y se sienten inseguros. Y entonces llegan ustedes. Los ven volar como insensatos en esos aparatos, y saltar desde un ala y, de pronto, se convencen de que nosotros sí somos algo seguro.

—Nos alegra haber podido ayudar —dijo Paul, secamente.

Los sapos empenzaron a croar.

—Si quieren, pueden quedarse en el despacho. Les daré una llave de la puerta. Quizás no sea lo mejor, pero es más confortable que dormir bajo la lluvia. Si es que llueve.

Le agradecimos el ofrecimiento, aceptamos y arrastramos nuestra montaña de equipaje con el cual cubrimos el suelo del despacho, llenándolo de paracaídas, botas, sacos de dormir, equipos de primeros auxilios, cuerdas y bolsas de herramientas.

—Aún no logro comprender cómo pudimos meter todo esto en los aviones dijo Paul, mientras dejaba en el suelo el último bulto de su equipo fotográfico.

—Si desean que les lleve hasta el pueblo —dijo Al—, yo parto de inmediato. Me gustaría acompañarles.

Aceptarnos el ofrecimiento sin vacilar y una vez que los aviones estuvieron cubiertos y anclados, saltamos a la caja posterior del camión de la Sinclair. En el camino, con el viento azotándonos violentamente, nos repartimos los ingresos del día. Dos pasajeros a tres dólares cada uno.

—Es preferible —comentó Stu—, que no hayan continuado todos los aviones de la Prairie. Si nos hubiéramos visto obligados a repartir seis dólares en diez partes, no nos habría quedado mucho.

—Sin embargo —dije—, habría. podido atender a esos otros pasajeros.

—Yo no estoy preocupado —declaró Paul—. Tengo el presentimiento de que saldremos adelante por nuestros propios medios. Hemos ganado suficiente dinero para cenar esta noche y eso es lo único que importa.

El camión se detuvo frente a la estación de servicio Sinclair y Al nos indicó con la mano la cervecería A y W, a poca distancia.

—Son los únicos que mantienen abierto y creo que cierran a las diez. Les veré mañana en el aeródromo ¿de acuerdo?

Al desapareció en su oscurecida estación de servicio y nosotros caminamos hacia la cervecería. Por unos instantes deseé deshacerme de la imagen de piloto errante, ya que todas las miradas de los presentes en la cervecería A y W nos siguieron como si fuéramos pelotas de tenis moviéndose a cámara lenta.

—Ustedes son los tipos de los aviones, ¿no es así?

La camarera que nos preparó la mesa de madera estaba como embobada. Quise decirle que se olvidara de nosotros, que se calmara y que nos tratara como a simples clientes. Pedí un bocadillo de salchichas y cerveza de barril, imitando a Paul y Stu.

—Todo va a marchar bien —dijo Paul—. Esta tarde podríamos haber llevado veinte pasajeros si no hubieras temido hacer trabajar a tu avión unos minutos. Así habrían estado mejor las cosas. ¡Si acabamos de llegar! ¡Cinco horas atrás, ni siquiera conocíamos la existencia de Rio en Wisconsin! Haremos una fortuna.

—Quizás, Paul. —Como jefe del día, no estaba tan seguro.

Media hora después entramos en el despacho y encendimos la luz, ahuyentando la noche y encandilándonos.

En el despacho había dos literas, que exigimos de inmediato Paul y yo haciendo pesar nuestra calidad de miembros más antiguos de los Grandes Norteamericanos. Entregamos a Stu las almohadas de las literas.

—¿Cuántos pasajeros podremos llevar mañana? —preguntó Stu, sin sentirse perturbado por su rango inferior—. ¿Hacemos apuestas?

Paul calculó 86. Stu lanzó la cifra de 101. Yo me reí de ambos, burlándome, y dije que la cantidad adecuada era 54. Todos nos equivocamos, pero en ese momento nada importaba.

Apagamos la luz y nos dormimos.

3

Desperté tarareando nuevamente *Rio Rita*; no podía quitármela de la cabeza.

—¿Cómo se llama esa canción? —preguntó Stu. —Vamos. ¿No conoces Rio Rita? —respondí.

—No. Jamás la había escuchado.

—¿Lo oyes... Paul? ¿Te has parado a pensar alguna vez que Stu, el joven Stu, probablemente no conoce ninguna canción del tiempo de la guerra? Vamos a ver... Naciste el año ¡Mil novecientos *cuarenta y siete*! ¡Dios mío! ¿Puedes creer que alguien haya nacido en MIL NOVECIENTOS CUARENTA Y SIETE? —Somos los tres caballeros... —cantó Paul, mirando a Stu.

— ... tres alegres caballeros... —continué.

— ... tres felices amigos, con grandes sombreros

Stu se quedó encantado con la extraña canción y nosotros nos asombramos de que no la conociera. En esa mañana de Wisconsin, en un despacho de madera, una generación trataba de comunicarse con la otra a mitad de camino, y no se llegaba a ningún lado, salvo una sonrisa de incomprensión por parte de nuestro paracaidista que en ese momento se abrochaba los pantalones de algodón.

Probamos con una serie de canciones y con todas sucedió lo mismo.

—... Brilla el nombre... Rodger Young... que luchó y murió por sus camaradas

—¿No recuerdas esa canción, Stu? ¡Cáspita! ¿Dónde has estado metido? —No le dimos tiempo para responder.

—... Oh, en la infantería no tienen tiempo para vanagloriarse... oh, no tienen tiempo para cantar sus proezas en voz alta

—¿Qué sigue? —Paul no daba con la letra y yo le miré con aire burlón.

—... SOLO PARA LA GLORIA ETERNA DE LA INFANTERIA...

Sus ojos cobraron brillo.

—¡RESPLANDECE EL NOMBRE DE RODGER YOUNG! Resplandece el nombre ta-ta-tata... Rodger Young

—Stu, ¿qué te sucede? ¡Canta con nosotros, muchacho!

Cantamos dos canciones más, sólo para que se sintiera molesto por no haber nacido antes, pero no dio resultado. Su aspecto siguió siendo el de un hombre feliz.

Nos pusimos en marcha hacia el pueblo para tomar nuestro desayuno.

—No lo encuentro justo —dijo Paul finalmente.

—¿Qué?

—Que Stu haya comenzado a tan corta edad.

—No hay nada de malo en eso —respondí—. Lo que constituye el éxito no es empezar sino llegar al final.

Las cosas llegan así, como los pilotos errantes.

El cartel en la ventana del café decía: *Entren viajeros. Bienvenidos*. Y encima había un aviso de neón con la pintura de sus tubos en mal estado que indicaba COMIDA.

El lugar era pequeño y en el interior había un mostrador y cinco mesas pequeñas. La camarera se llamaba Mary Lou; una muchacha como sacada de un sueño hermoso y distante. El mundo tomó un color grisáceo. Ella era tan bonita. Tuve que apoyarme en la mesa antes de sentarme. Al parecer, a los otros no les afectó.

—¿Cómo están esas tostadas? —recuerdo haber dicho.

—Muy buenas —respondió ella. Qué mujer tan magnífica.

—¿Me lo garantiza? Es muy difícil hacer tostadas. —Qué muchacha tan hermosa.

—Está garantizado. Las hago yo misma, Son muy ricas.

—De acuerdo. Y dos vasos de leche.

Sólo podía tratarse de Miss América que interpretaba el papel de camarera de un pequeño pueblo del Oeste. Estaba embrujado por la chica y, mientras Stu y Paul ordenaban sus desayunos, me pregunté cuál era la razón. Porque era muy hermosa, sin duda. Esa era una razón poderosa. ¡Pero no podía ser! no estaba bien... A partir de ella y desde nuestra concurrida apertura en Prairie du Chien, comencé a sospechar que encontraría decenas de miles de mujeres bonitas y magníficas en los pequeños pueblos repartidos por el país. ¿Y qué iba yo a hacer de todo eso? ¿Iba a dejarme embobar por todas? ¿Entregarme al encanto de decenas de miles de mujeres diferentes?

Lo malo de esta vida errabunda, pensé, es que uno logra ver sólo la corteza, el fulgor en los ojos oscuros, la breve y maravillosa sonrisa. Toma bastante tiempo descubrir si tras esos ojos o esa sonrisa no hay más que una mente hueca o alienada. Y como no hay tiempo, uno resuelve sus dudas en favor de las personas.

Entonces, Mary Lou era un símbolo. Sin ella saberlo, registrando sólo que el hombre de la Mesa Cuatro había pedido tostadas y dos vasos de leche, se había transformado en una sirena sobre una playa peligrosa. Y los pilotos errantes, para poder sobrevivir, deben atarse a sus máquinas y esforzarse por ser sólo espectadores de lo que les rodea.

Durante todo el desayuno me mantuve en silencio.

Es tan fuerte el acento de Wisconsin cuando habla, pensé, que casi parece escocés. La gente de Wisconsin habla inglés con mezcla de escocés y sueco, con acento suave y vocales prolongadas. Y Mary Lou, al usar ese idioma como su lengua nativa, era tan hermosa de escuchar como de ver.

—Creo que ya es hora de lavar algunas prendas de vestir —dijo Paul por encima de su taza de café.

Fui despertado violentamente de mis sueños.

—¡Paul! ¡El Código de los Pilotos Errantes! Va contra el Código tener todo limpio. Debemos ser tipos manchados de aceite y grasa ¿Alguna vez has oído hablar de un piloto errante *limpio*? ¡Hombre! ¿Qué estás tratando de hacer?

—Escucha. Tú puedes hacer lo que quieras, pero yo voy a ir a esa lavandería.

—¡UNA LAVANDERIA! Pero, ¿quién crees que eres? ¿Un importante fotógrafo de la gran ciudad? ¡Al menos podríamos lavar nuestra ropa en el río contra las piedras! ¡Una lavandería!

Pero no pude apartarlo de su herejía y así se lo comunicó a Mary Lou cuando nos marchamos.

—... y el secador funciona mejor en la posición Media que en Caliente —le dijo ella en su idioma y con una sonrisa maravillosa—. No arruga tanto la ropa.

—La lavandería de los Grandes Norteamericanos Volantes ——dijo Stu para sí, mientras introducía nuestra ropa en la máquina.

Mientras se sacudían las prendas, paseamos por el mercado. Stu se detuvo pensativamente ante el mostrador con alimentos congelados que estaba en el interior de una tienda con pilares de madera.

—Si nos lleváramos una cena congelada —musitó—, y la sujetáramos al tubo de escape y dejáramos funcionar el motor durante quince minutos

—El motor se llenaría de jugo —afirmó Paul.

Caminamos a lo largo de la calle principal bajo árboles de grandes hojas y la compacta sombra que ofrecía la ciudad durante el día. La iglesia metodista, hecha de tablas blancas, adelantaba su aguja antigua entre el follaje hasta anclar el edificio en el cielo. Un día de calma y silencio, sólo interrumpido ocasionalmente por el movimiento de una rama alta que proyectaba su sombra en el prado. Por aquí una casa con ventanas de cristal empañado. Allá otra con su puerta de cristal ovalado de colores rosa y fresa. De vez en cuando una ventana entreabierta que enmarcaba una lámpara de cristal cortado. Hombre, pensé, si aquí el tiempo no transcurre. Esto no es el polvoriento y bullicioso Movietone. Esto es Rio, en Wisconsin, en los Estados Unidos de América, aquí y ahora, lento y suave, lleno de fragancias y colores que juguetean en sus calles.

Llegamos a otra iglesia y aquí unos niños estaban jugando en el prado. A pleno pulmón, cantaban una ronda que aseguraba que el puente de Londres se estaba cayendo. Tomados de la mano formaban el puente y pasaban por debajo. Todo eso sucedía en el prado sin que advirtieran nuestra presencia, como si fuéramos personas trasladadas de otro siglo, invisibles para ellos.

Esos chicos jugaban al puente de Londres desde siempre en el prado, y lo seguirían haciendo por toda una eternidad. Para ellos no éramos más visibles que el aire. Una de las mujeres que les cuidaba alzó la mirada nerviosamente, como lo hace un gamo, sin sentirse totalmente en peligro, sin tomar la decisión de introducirse en la floresta. No vio que nos deteníamos y observábamos, salvo con una especie de sexto sentido. No se dijo una palabra, y el puente de Londres cayó sobre otros dos chicos, que a su vez formaron un nuevo puente. El canto siguió y nosotros finalmente nos marchamos.

En el aeródromo, los aviones nos esperaban tal cual los habíamos dejado. Mientras Paul dobló cuidadosamente su ropa, en su forma acostumbrada, yo metí la mía en una bolsa y me dirigí a arreglar el vástago del estrangulador del biplano. Me llevó menos de cinco minutos de trabajo silencioso en esas horas tranquilas y lentas que constituyen el día de trabajo de un piloto errante.

Paul, que en cierta ocasión había trabajado como paracaidista, ayudó a Stu a desplegar la tela del paracaídas principal, en medio de la calma del hangar. Cuando me reuní con ellos estaban de rodillas sobre el extremo de una larga faja de nylon, concentrados en sus propios pensamientos. Ninguno de los dos se movió. Permanecieron allí cabizbajos y no me prestaron atención.

—Apuesto a que tenéis problemas —dije.

—Inversión —replicó Paul, ausente.

—Oh. ¿Y qué es inversión?

Paul se limitó a mirar las cuerdas de nylon y a pensar.

—Ayer dejé que el paracaídas me cayera encima —dijo Stu, finalmente—, y cuando logré salir, enredé un poco las cuerdas de suspensión.

—Ah.

Pude verlo por mí mismo. El suave conjunto de cuerdas que unía el arnés de Stu a la tela presentaba un par de ellas entrelazadas, torcidas.

—Está bien. Desengancha el Capewell allí —dijo de pronto Paul— y pásalo exactamente por aquí. —Estiró algunas cuerdas y las separó con esperanzas.

Stu desabrochó el arnés y siguió las órdenes de Paul, pero las cuerdas siguieron entrelazadas. Nuevamente cayó el silencio en el hangar y los rincones sintieron el peso de las profundas cavilaciones.

No pude soportar esa atmósfera y me fui. Este era un momento tan oportuno como cualquier otro para engrasar las cajas de los balancines del Whirlwind. En el exterior también había silencio, pero además sol y hierba.

Alrededor del mediodía, con el motor engrasado y el paracaídas desenredado, hicimos nuestro camino acostumbrado al Café nos sentamos en la mesa cuatro para almorzar y, una vez más, la encantadora Mary Lou nos deslumbró.

—Uno se acostumbra rápidamente; se hace conocer, ¿no es verdad? —comentó Paul, frente a su plato de asado—. Sólo llevamos un día y ya conocemos a Mary Lou y Al. Y casi todo el mundo sabe quiénes somos. Me parece vislumbrar dónde nos sentiríamos muy seguros y no querríamos seguir adelante.

Estaba en lo cierto; la seguridad está formada por una cadena de cosas conocidas. Sabíamos cómo desenvolvemos en el pueblo. Sabíamos que la industria principal era la fábrica de guantes, que cerraba a las cuatro y media de la tarde y que dejaba en libertad a clientes potenciales nuestros.

Aquí estábamos seguros, y el temor a lo desconocido más allá de Rio comenzó a invadimos. Era una extraña sensación la que provocaba este conocimiento del pueblo. La sentí y, un poco malhumorado, probé el batido de chocolate.

Una semana atrás había sucedido lo mismo en Prairie du Chien, cuando iniciamos la temporada. Allí también estábamos seguros, con la garantía de trescientos dólares sólo por aparecer durante el fin de semana de las Fiestas Nacionales, aparte de todo el dinero que pudiéramos ganar con los pasajeros.

De hecho, en la tarde del sábado, gracias a la multitud que emergía del invierno, ya llevábamos ingresados seiscientos cincuenta dólares. Sin lugar a dudas, el comienzo fue positivo.

Sin embargo, parte de la garantía estaba en el Arriesgado Vuelo a Baja Altura con Maniobras; y en una hora más tranquila que las demás, incluso pensé en realizar mi Recogida del Pañuelo.

No era tan difícil atrapar el trozo blanco de tela a poca distancia del suelo con un garfio atado a la puntas del ala, pero lo hacía parecer muy arriesgado y, de esta forma, creaba el ambiente para un circo aéreo.

El biplano ascendió como un balazo en el aire, con el viento reducido a una leve brisa que soplaba a veinte millas por hora. La maniobra salió bien, en medio del bullicio y del tronar del motor. El ala se inclinó en el momento apropiado; pero cada vez que miraba, el gancho estaba vacío y a mis espaldas quedaba el pañuelo sin tocar sobre la hierba.

En el tercer intento, extrañado por mi torpeza anterior, me concentré totalmente en mi tarea. Fijé la vista en el pañuelo, aproximándome en línea recta, prestando atención al verde borroso de la hierba pocos metros más abajo, moviéndose a cien millas por hora. Y entonces, con un segundo de anticipación, incliné el ala y esperé hasta que el trozo blanco ondulara en el gancho y tomé altura en lo que estaba calculado que constituyera un ascenso victorioso.

Nuevo fracaso. Me erguí en el asiento y miré la punta del ala para asegurarme de que el gancho aún estaba allí. Sí, estaba y vacío.

Los espectadores debían pensar que el nuestro era un

circo de muy pocos recursos, pensé avergonzado, ya que en tres intentos no era capaz de atrapar un simple pañuelo.

A la vez siguiente, aceleré en un vuelo rasante muy picado y nivelé el avión justo encima de la hierba, a gran distancia de ese pañuelo burlón y en línea recta. Esta vez te agarraré, pensé, aun cuando sea con un trozo de tierra. Con una rápida mirada vi que el marcador de velocidad indicaba ciento diez millas por hora. Incliné levemente el bastón de mando. La hierba revoloteó duramente contra las ruedas y algunos trozos se aplastaron contra los neumáticos. Una ligera inclinación a la izquierda y un poquito más abajo.

En ese momento, las ruedas chocaron contra el suelo, con la suficiente violencia como para sentir un fuerte tirón en la cabeza y nublarme la vista. El biplano botó a gran altura en el aire y yo nuevamente incliné el bastón de mando para intentar la recogida.

En ese mismo instante se escuchó una fuerte explosión, todo se hizo oscuro y el motor gimió en un agudo chillido de metales.

La hélice está golpeando la tierra y me estoy estrellando, qué ha sucedido, las ruedas deben haberse desprendido no tengo ruedas y ahora la hélice se está enterrando nos estamos volcando demasiada velocidad hay que subir subir a toda marcha pero nada no saco nada del motor ya no está la hélice tierra alambres árboles campo viento... Toda esta cadena de pensamientos pasó simultáneamente por mi mente. Y luego, la muerte supo que yo me había estrellado.

4

Sentí el tremendo impacto del avión al estrellarse, me afirmé lo más posible dentro de la carlinga, apliqué plena potencia y elevé bruscamente la máquina. Lo único que salió del estrangulador fue un estampido procedente de la parte anterior. No había potencia. El biplano vaciló y continuó por propio impulso.

No íbamos a poder elevarnos sobre los hilos telefónicos que aparecían ante nosotros. Era algo extraño. A ciento diez millas por hora estaban muy cercanos, pero ahora ya no lo estaban. Logramos situarnos con viento de cola sólo por reflejo y, con plena aceleración, el motor rugiendo a cien pies de altura, todo se hizo lento y pesado. Sentí que el avión temblaba y tendía a la inmovilidad. Tuve conciencia de ello y la certidumbre de que si disminuía más la velocidad, ello equivaldría a enfilar el morro a tierra. Pero conocía muy bien al biplano y supe que después de quedar suspendidos en el aire, bajaríamos planeando lentamente a favor del viento. Me pregunté si los espectadores estarían atemorizados, ya que desde tierra firme el panorama debía resultar bastante inquietante: nubes de polvo y ruedas, el extraño aullido del motor y la ascensión violenta antes de caer. Sin embargo, el único temor que sentí fue el de ellos ante la visión que tendrían desde tierra.

Descendimos despacio, enfrentándonos al viento, hacia la hierba. No había ningún obstáculo que vencer. La tierra se aproximó con lasitud al encuentro y nos recibió con el suave roce de su verdor. Desde ese momento el motor no servía para nada, de manera que corté los magnetos. Nos deslizamos sobre la hierba a menos de veinte millas por hora. Sin nada más que hacer, interrumpí el paso de la mezcla y detuve el selector de combustible. No hubo violencia al tocar suelo ni me sentí lanzado hacia adelante en el asiento. Todo ocurrió a cámara lenta.

Estaba impaciente por salir y ver lo sucedido y antes de detenernos totalmente, ya había desabrochado el cinturón de seguridad y me puse de pie dentro de la carlinga.

El biplano se inclinó bruscamente y el ala derecha lanzó al aire trozos de hierba y polvo. Mi hermoso y maldito aeroplano.

La cosa no tenía buen aspecto. El ala inferior derecha era una masa de pliegues que sólo podían tener un significado: la arboladura rota bajo la tela. Lástima, pensé, de pie en la carlinga, terminar tan pronto con esta vida recién comenzada.

Me estudié cuidadosamente para darme cuenta en qué momento comenzaría a entrarme el miedo. Cuando suceden esta clase de accidentes, se supone que uno debe tener miedo. No obstante, el temor se estaba tomando su tiempo, y más que nada, me sentí decepcionado. Habría trabajo en abundancia y yo prefería volar a trabajar.

Bajé del aeroplano, solo en el campo antes de que llegara la multitud, me subí las gafas y estudié los daños del motor. No era fácil mostrarse optimista.

Además de la arboladura, la hélice estaba doblada. Ambas palas estaban curvadas hacia atrás en las puntas. El tren derecho de aterrizaje estaba suelto, pero no desprendido y, al aterrizar, se había incrustado en el ala. Esos eran todos los daños. Había supuesto que la cosa sería peor.

Desde el otro extremo del campo, la muchedumbre se acercó para ver los restos del viejo aeroplano, los hombres caminando y los chicos corriendo. Bien, reflexioné es algo que tiene que suceder. Lo mismo habría hecho yo si estuviera en su lugar. Pero lo ocurrido ya era una vieja historia para mí y no me gustaba la perspectiva de tener que repetirlo una y otra vez. Como aún no se presentaba el miedo, me dediqué a pensar en una buena historia para afrontar la ocasión.

Un gran camión oficial se acercó avanzando por el prado.

INGRESE EN LA ARMADA, se leía en grandes letras blancas. Y en la parte superior estaban instalados un par de altavoces para dar más fuerza a las palabras. Tal como se presentaban las cosas, no cabía la menor duda de que la Armada ofrecía mayor seguridad que el ingreso en la Aviación.

Paul Hansen fue el primero en llegar, con sus máquinas fotográficas al cuello y sin resuello.

—Hombre... creí... creí que te la habías pegado.

—¿Qué quieres decir? —comenté—. Sólo tocamos un poco más fuerte, eso es todo. Me parece que chocamos contra algo.

—No... no te has dado cuenta. Te estrellaste y luego... hincáisteis el morro en el suelo. Creí... creí que volcaríais totalmente. No fue nada divertido. Realmente pensé que no salías de esta.

Ya debería haber recuperado el aliento. ¿O había sido tan terrible el espectáculo del accidente como para afectarle así? Si alguien tenía derecho a estar preocupado, ese era yo, porque era mi aeroplano el que estaba todo torcido allí sobre el prado.

—Oh, no, Paul. En ningún momento estuvimos en peligro de volcarnos. ¿Se vio así realmente?

—Desde luego. Creí... Dios mío... ¡Dick se la ha pegado!

No le creí. No podía haber sucedido así. Pero recordando, me vino a la mente que el primer impacto fue muy violento y luego esa explosión. Y entonces nos fuimos de morro, también. Pero nada de volcarse.

—Bien —dije, después de un minuto—. Debes admitir que es una maniobra muy difícil de repetir.

Sentí que los nervios comenzaban a relajarse. Esos mismos nervios que tensos en el momento del accidente, me habían permitido sentir cada movimiento del aeroplano. Ahora se estaban soltando y me sentí descansado, excepto por el hecho que no sabía cuánto tiempo tardaría en arreglar los desperfectos. Esa era la única tensión que permanecía. Deseaba arreglar el aparato lo antes posible.

Treinta horas después, el biplano estaba reparado, probado y volando una vez más con pasajeros.

Es una especie de milagro, pensé entonces, y la idea no me abandonó.

Cuando partimos de la Prairie du Chien, Rio era lo Desconocido. Y ahora que Rio había pasado a ser lo Conocido, sentimos el atractivo de la seguridad y esto nos puso nerviosos.

Esa tarde se levantó viento y Stu MacPherson cambió de inmediato de paracadista a vulgar vendedor de entradas.

—Sopla a unas quince millas por hora en estos momentos —dijo, preocupado—. Eso es demasiado para mí y no me atrevo a saltar.

—Oh, vamos —repliqué, sin dejar de pensar en la fuerza que ejercía el viento contra la gran cúpula de seda—. ¿Quince apestosas millas por hora? Eso no puede hacerte daño. —Me habría encantado saber si a Stu se le podía sacar de su equilibrado juicio.

—Es un viento demasiado fuerte. Prefiero no saltar.

—Todas esas personas han venido a verte. No se van a sentir muy felices. Alguien dijo ayer que tu salto era el primero que se había realizado en este campo. Ahora están todos dispuestos a presenciar el segundo. Es mejor que saltes. —Si cedía, ya tenía preparada toda una conferencia sobre los debiluchos que se dejan convencer sobre algo que saben positivamente que está mal.

—Quince millas es demasiado, Dick —dijo Paul desde el hangar—. Te diré algo. Debemos probar el paracaídas primero y asegurarnos de que desapareció la inversión. ¿Por qué no te pones el arnés y nosotros abrimos la seda al viento para revisarla?

—Me pondré ese paracaídas —dije—. No le tengo miedo.

Paul trajo el arnés y me ayudó a ponérmelo. Mientras lo hacía, recordé las historias que había escuchado en la Fuerza Aérea sobre los pilotos que se vieron arrastrados irremisiblemente por paracaídas. En resumen, empecé a tener malos pensamientos.

Pero para entonces, ya tenía puesto el correaje y me encontré de espaldas al viento. Tuve la sensación de que ahora soplaba con mayor velocidad. Paul y Stu estaban junto a la seda tendida sobre la hierba, dispuestos a lanzarla al viento.

—¿Preparado? —gritó Paul.

—¡Un minuto! —No me gustó su entonación y yo estaba decidido a permanecer en ese mismo lugar. Clavé los tacones en la tierra, desabroché el seguro y lo dejé listo para soltar el paracaídas en cuanto sucediera algo.

—No vayas a tocar la seda —advirtió Paul—. Eso enredaría nuevamente la cúpula. Si quieres deshacerte de] paracaídas. tira de los elevadores inferiores. ¿Estás listo?

A poca distancia y a favor del viento, había una cerca de postes de madera y cables de acero. Si era arrastrado, me incrustaría contra ellos. Pero yo peso noventa kilos y si logro afirmarme bien, no habrá brisa que pueda llevarme hasta la cerca.

—¡Listo!

Me incliné contra el viento y Paul y Stu lanzaron la inmensa falda de seda al aire, con lo que me pareció demasiado entusiasmo. El viento se coló de inmediato en la cúpula. Esta se abrió como la arrastradera de un yate y cada gramo de esa fuerza se transmitió por los tirantes hasta mis hombros. Fue como si se hubiera puesto en marcha enganchado a mí.

—¡Epa! —Volé de mi primera y segura posición, y también de la segunda y la tercera, intentando cada vez clavar mis botas al suelo. Imaginé que perdería el equilibrio detrás de esa cosa y que me clavaría contra la cerca. El monstruo de gelatina se arrastró con violentos tirones, mientras Paul y Stu reían a gusto, sin intervenir. Era la primera vez que escuchaba reír a Stu.

—¡Vamos, detente!

—¡Pero si es sólo una ligera brisa! ¡Esto no es nada! ¡Eh, para!

Mientras me veía proyectado hacia la cerca, como un esquiador acuático, pude hacerme una idea de lo que significaba un paracaídas y el viento. Alargué una mano para sujetar los elevadores inferiores. Tiré de ellos, pero nada sucedió. En todo caso, mi carrera siguió a mayor velocidad que antes y casi perdí el equilibrio.

Para entonces dejé de preocuparme de la fragilidad del paracaídas de Stu y tiré de todos los tirantes que pude agarrar. Súbitamente la cúpula se desinfló y me encontré de pie, refrescado por la suave brisa de la tarde.

—¿Qué te ha pasado? —preguntó Paul—. ¿No has sido capaz de sujetarlo?

—No quería dañar el paracaídas contra la cerca. He preferido ahorraros el trabajo de reparación.

Me deshice rápidamente del arnés. —Stu, es mejor que no saltes hoy. El viento sopla con demasiada fuerza. Aunque, desde luego no me opongo si tú quieres saltar de todas maneras. Pero es más seguro que no lo hagas esta tarde. Es lo mejor.

Doblamos la seda y la transportamos al interior del hangar.

—Deberías saltar alguna vez, Richard —dijo Paul—. No hay nada igual. Eso sí que es volar. Hombre, subes a lo alto, te lanzas y no hay motor, no hay nada. Sólo tú. ¿Comprendes? Deberías intentarlo.

Jamás había sentido la necesidad de saltar de un aeroplano y las palabras de Paul tampoco me convencieron esta vez.

—Quizás, en alguna oportunidad —dije—. A lo mejor, si se me cayeran las alas del avión. Me gustaría comenzar de inmediato con una caída libre y no tener que pasar por todo ese entrenamiento en tierra que vosotros habéis tenido que sufrir. Por ahora, digamos que todavía no estoy preparado para dar comienzo a mi carrera de paracaidista.

Llegó el camión de Al y en la cabina venía un hombre alto, de aspecto distinguido, quien nos fue presentado como

Lauren Gilbert, el dueño del aeródromo. Lauren hizo todo lo posible por darnos una calurosa bienvenida. Había aprendido a volar a los cincuenta años, estaba totalmente dominado por la pasión de pilotar y justamente ayer había aprobado el examen de vuelo instrumental.

Nuestras costumbres nos obligaban a ofrecerle un vuelo gratis, ya que se trataba del dueño del campo. Diez minutos más tarde, el biplano se encontraba en el aire en su primer vuelo de la tarde. Ese sería nuestro vuelo publicitario. El vuelo inaugural, para decirle a todo el pueblo que dábamos comienzo al negocio y que ya transportábamos a felices pasajeros. ¿Y por qué no estaban ellos en el aire, mirando su pueblo desde lo alto?

Cada vez que llegábamos a un pueblo debíamos fijarnos un programa de vuelo. El de Rio se iniciaba con el despegue hacia el Oeste, elevación por el Sur y Este con una ligera inclinación a la derecha, volver sobre el aeródromo, un giro agudo hacia el Norte, retorno por encima de los cables telefónicos y aterrizaje. La vuelta completa duraba doce minutos y daba a los clientes una visión aérea de su hogar, la sensación de libertad de vuelo y una aventura para comentar y anotar en los libros de vida.

—Muy agradable —comentó Lauren, mientras Stu le abría la portezuela—. ¿Saben que es la primera vez que vuelo en un avión de carlinga abierta? Esto sí que es volar. Es maravilloso. El viento y ese viejo motor allí delante, ¿me comprenden...?

Aparecieron un par de muchachos, llamados Holly y Blackie. Llegaron en bicicleta y todos caminamos hacia el despacho, después del paseo de Lauren.

—Amigos, ¿queréis dar una vuelta? —les pregunté.

—No tenemos dinero —respondió Holly. Debía tener unos trece años y sus ojos eran brillantes e interrogadores.

—Escuchad. Si me laváis el Cessna y lo limpiais bien, yo os pago el vuelo. ¿Qué os parece?

Los muchachos permanecieron en un incómodo silencio.

—Oh... no gracias, señor Gilbert.

—Pero, ¿qué os sucede? ¡Probablemente este es el último biplano que podréis ver! ¡Podréis contar que habéis volado en un biplano! Y no son muchos, ni siquiera adultos, los que pueden decir que han volado en un verdadero biplano.

Me sorprendí ante el nuevo silencio. Yo habría lavado ese Cessna durante un año, cuando tenía trece años, sólo por tener la oportunidad de volar. En cualquier avión.

—¿Y tú, Blackie? Si me ayudas a limpiar mi avioneta, te ganas un paseo en el biplano.

—No... gracias...

Lauren los estaba tentando. Me sorprendieron sus temores. Pero los muchachos mantenían la vista baja, sin decir nada.

Finalmente y con muchas dudas, Holly se mostró de acuerdo con el trato y el fuego graneado de Lauren se concentró en Blackie.

—Blockie, por qué no subes con Holly. Podéis volar juntos.

—No, creo que no.

—¿Qué? ¡Pero si el pequeño Holly lo hace y tú no, entonces eres un cobarde!

—Sí —contestó Blackie en voz baja—. Pero no importa, porque soy mayor que él.

Sin embargo, toda resistencia resultó finalmente vana ante el entusiasmo de Lauren y los muchachos treparon a bordo del biplano, en espera de lo peor. El motor comenzó a girar y lanzó bocanadas de aire tibio de los escapes a los ensombrecidos rostros de los muchachos; momentos después, ya estábamos en vuelo. A mil pies de altura, se atrevieron a mirar por el borde de cuero de la carlinga delantera, señalando con la mano y gritándose de vez en cuando para hacerse oír por encima del rugido del motor. Al término del paseo, ya eran veteranos del aire, riendo con los inclinados giros y mirando sin temor hacia abajo por encima de las alas.

Cuando bajaron de la carlinga, de vuelta en tierra firme, mantuvieron una digna calma.

—Nos ha gustado mucho, señor Gilbert. Ha sido muy divertido. Vendremos a trabajar este sábado, si así lo desea.

No era fácil aventurar un juicio. ¿Recordarían ese vuelo? ¿Sería algo importante para ellos? Tendré que volver dentro de veinte años, pensé, y preguntarles si lo recuerdan.

Llegó el primer coche, pero sus ocupantes habían venido a observar y no a volar.

—¿Cuándo es el salto en paracaídas;? —El hombre bajó del coche para preguntar—. ¿Pronto?

—Hay demasiado viento —le respondió Stu—. No creo que hoy sea posible.

—¿Qué quiere decir? He hecho todo el viaje para presenciar el salto en paracaídas y ahora usted me viene con que hay demasiado viento. ¡Escuche, no es verdad que el viento sea tan fuerte! ¿Qué les sucede? ¿Tienen miedo? ¿Se han acobardado?

Su voz tenía ya el suficiente calor como para encender el fuego.

—¡Hombre, me alegro de que haya venido! —Me dirigí a él con sincera cordialidad, con el fin de proteger al joven MacPherson—. ¡Me alegra verle! Ya temía que hoy no podríamos efectuar el espectáculo del salto, pero aquí nos cae usted del cielo. ¡Maravilloso! Usted puede reemplazar a Stu. Siempre he pensado que el muchacho era un poco cobarde, ¿no es así, Stu? —Cuanto más hablaba más me enojaba con ese tipo—. ¡Eh, Paul! ¡Aquí tenemos un saltador! ¡Trae el paracaídas y lo prepararemos de inmediato!

—Espere, espere un momento... —dijo el hombre.

—¿Quiere subir a tres mil, o a cuatro mil? Lo que usted diga. Stu ha utilizado como objetivo el indicador de vientos, pero si usted desea acercarse un poco más a los cables.

—Escuche, amigo, lo siento. Yo no quería...

—No, no se preocupe. Nos sentimos muy contentos de conocerle. Sin usted no tendríamos espectáculo hoy. Le estamos muy agradecidos por su ofrecimiento

Paul captó la idea y vino en nuestra ayuda, trayendo el paracaídas y el casco de Stu.

—Es mejor que no lo haga. Comprendo lo del viento —dijo el hombre, moviendo las manos y apresurándose a volver a su coche. La escena podría haber sido sacada de un guión de cine. Dio muy buenos resultados y yo anoté el método en mi lista para librarme de futuros espectadores frustrados.

—¿Qué habrías hecho si no daba marcha atrás? —preguntó Stu—. ¿Y si aceptaba saltar?

—Lo habría aceptado, puesto ese paracaídas y lo habría subido al avión. Estaba dispuesto a lanzarlo por la borda, de todas maneras.

Durante un tiempo los espectadores permanecieron en sus coches, observando, sin moverse cuando Stu se acercaba a sus ventanillas.

—¡Vamos, a volar! —dijo frente a uno de ellos—. ¡Vengan a ver Rio desde el aire!

La figura en el interior movió la cabeza negativamente. —Me gusta más desde tierra.

Si esto continuaba, pensé estamos liquidados; al parecer, habían pasado para siempre los buenos tiempos.

Por fin, cerca de las cinco y media de la tarde, llegó un viejo ranchero armado de valor.

—Tengo una propiedad a cuatro kilómetros por la carretera. ¿Podrían llevarme para verla desde el aire?

—Por supuesto —le dije.

—¿Cuánto me costará?

—Tres dólares, al contado, en moneda norteamericana.

—Bien, ¿qué está esperando, muchacho?

No podía tener menos de setenta años, y sin embargo gozó del paseo. Con su pelo canoso ondeando al viento, me señaló hacia dónde debía volar, y luego su casa y el granero. Todo estaba limpio y ordenado como en una postal de Wisconsin: la hierba verde y brillante, la casita blanca y pulida, el granero rojo y el heno amarillo en el pajar. Sobrevolamos un par de veces, hasta que salió una mujer al prado, haciéndonos señas. El viejo le devolvió el saludo efusivamente y siguió agitando la mano mientras nos alejábamos.

—Un magnífico viaje, muchacho —dijo, cuando Stu le ayudó a bajar de la carlinga—. Son los tres dólares mejor gastados en toda mi vida. Es la primera vez que subo a uno de estos aparatos. Me han obligado a arrepentirme de no haberlo hecho antes.

Ese vuelo dio comienzo a nuestro día, y desde entonces hasta el atardecer, no pude salir de la carlinga, esperando en tierra sólo el tiempo suficiente para que un nuevo pasajero subiera a bordo.

Stu fue captando poco a poco la psicología del pasajero una vez terminado su paseo. Les preguntaba: "¿Les ha gustado?". Las evidentes expresiones de alegría y gozo convencieron a los que esperaban y les llevaron a decidirse a invertir en un vuelo.

Algunos pasajeros, acabado el paseo, volvían a acercarse para preguntarme dónde podrían aprender a pilotar y cuánto les costaría. Al y Lauren no se habían equivocado al pensar que nosotros podríamos hacer bastante por la aviación en Rio. Con un avión más en la pista, los vuelos aumentarían en un veinticinco por ciento y se doblarían con tres aeroplanos más. Pero la naturaleza del errante es ir y venir, llegar y marcharse, todo en un día. Jamás supimos qué fue de Rio cuando hubimos partido.

El sol se puso. Paul y yo nos elevamos una vez más para hacer un vuelo en formación, sólo por divertirnos, y vimos cómo en las calles se encendían las luces una a una, rompiendo la oscuridad. Cuando aterrizamos, la visibilidad era escasa y entonces nos sentimos agotados, como si no hubiéramos trabajado sólo una tarde.

Cubrimos los aviones, pagamos la cuenta de gasolina y cuando ya estábamos arrellanados en nuestros sacos de dormir, en el momento en que Stu se levantaba a apagar la luz por orden de sus superiores, vi un par de ojos como cuentas que me observaban desde debajo del banco de herramientas, cerca de la puerta.

—Muchachos —dije—. Tenemos un ratón por aquí.

—¿Dónde ves un ratón? —preguntó Paul.

—Bajo el de herramientas.

—Mátalo. Dale con tu bota, Stu.

—¡PAUL, MALDITO ASESINO! —le increpé—.

¡Aquí nadie va a matar a nadie! Stu, si no dejas esa bota tendrás que enfrentarte con ese ratón y conmigo.

—Está bien, sácalo de aquí, entonces —dijo Paul—. Si te vas a poner así

—¡No! —exclamé—. Ese bichito también tiene derecho a cobijarse. ¿Qué dirías si alguien te lanzara al frío de la noche?

—No hace frío afuera —comentó Paul malhumorado.

—Bien, el asunto es que él estaba aquí antes que nosotros. Este lugar le pertenece más al ratón que a nosotros.

—Está bien, está bien —dijo—. ¡Deja a ese ratón tranquilo! Deja que corra por todas partes. ¡Pero si llega a ponerme una pata encima, lo aplasto!

Stu apagó obedientemente la luz y volvió a echarse en su cama de almohadones tendidos en el suelo.

Continuamos conversando durante un rato en la oscuridad sobre la amabilidad que habían demostrado nuestros anfitriones, y no sólo ellos, sino también todo el pueblo.

—Pero, ¿os habéis dado cuenta que aquí no ha habido ninguna mujer interesada en volar? —comentó Paul—. Creo que fue sólo una. En la Prairie había toda clase de mujeres.

—Y en cuanto al dinero aquí tampoco hemos tenido gran suerte —dije.

—A propósito, Stu, ¿cuánto hemos sacado?

Hizo unos cálculos mentales.

—Diecisiete pasajeros. Cincuenta y un dólares. Tuvimos que pagar diecinueve por la gasolina. Eso da... —se detuvo unos instantes— ...aproximadamente diez dólares para cada uno, con el trabajo de hoy.

—No está mal —comentó Paul—. Diez dólares por tres horas de trabajo. Y en un día de semana. Eso supone cincuenta dólares por semana con todos los gastos pagados excepto alimentación. Y sin contar sábados y domingo. ¡Vaya! ¡Sí que se puede vivir de esta forma!

Deseaba creerle con toda mi alma.

5

Lo primero que sucedió a la mañana siguiente fue que Paul Hansen empezó a incendiarse. Estaba totalmente hundido en su saco de dormir y por uno de sus extremos, justo por encima de su cabeza, surgió un hilo de humo.

—¡PAUL TE ESTAS QUEMANDO!

No se movió. Después de una larga y exasperante pausa, dijo:

—Estoy fumando un cigarrillo.

—¿A esta hora de la mañana? ¿Antes de levantarte? ¡Hombre, creí que te estabas quemando!

—Escucha —dijo—. No me sermonees respecto al tabaco.

—Lo siento.

Estudié la habitación y desde la posición en que me encontraba tenía más que nunca el aspecto de un trastero. En el centro había una estufa de leña de hierro fundido. En relieve tenía inscritas las palabras *Cálido Amanecer*, y los agujeros del tiro me miraban como ojos hendidos. La estufa no me hizo sentirme bienvenido.

Esparcidos alrededor de sus patas de hierro descansaban nuestro equipo y los víveres. Sobre la única mesa había varios números viejos de revistas de aviación, un calendario de una fábrica de herramientas con fotos antiguas de mujeres retratadas por Peter Gowland, el paracaídas de reserva de Stu con su altímetro y el cronómetro. Justo debajo se encontraba mi saco rojo de plástico para ropa, con el cierre abrochado y un agujero en un costado, del tamaño de una moneda HABIA UN AGUJERO EN MI BOLSA! De problema en problema.

Salté de la cama, tomé la bolsa y abrí el cierre. Bajo la máquina de afeitar, los pantalones tejanos y un atado de lápices de bambú, estaban mis raciones de emergencia: una caja de chocolate agridulce y varios paquetes de queso y galletas. El chocolate estaba roído y una parte de queso estaba consumida. Las galletas estaban intactas.

El ratón. El ratón de anoche bajo el banco de herramientas. Mi pequeño compañero a quien le había salvado la vida librándolo de la bestialidad de Hansen. ¡El ratón se había comido mis raciones de emergencia!

—¡Pequeño demonio! —dije furibundo con los dientes apretados.

—¿Qué te sucede? —preguntó Hansen sin moverse y sin dejar de fumar.

—Nada. El ratón se ha comido el queso.

Una inmensa bocanada de humo surgió de la lejana litera. —¿EL RATON? ¿El mismo ratón del que yo quería librarme? ¿Ese ratón del que tuviste lástima? ¿Se comió tu comida?

—Sí un poco de queso y algo de chocolate.

—¿Y cómo llegó hasta ella?

—Abrió un agujero a través de mi bolsa para la ropa. Hansen no paró de reír hasta mucho después.

Me puse unos calcetines gruesos de lana y me calcé las botas, una de las cuales llevaba un cuchillo adaptado en un lado.

—La próxima vez que vea a ese ratón cerca de mi bolsa —dije—, probará unos cuantos centímetros de este frío acero'. Lo prometo. Es la última vez que salgo en defensa de un ratón. Pensé que al menos roería ese ridículo sombrero tuyo, Hansen, o mordería la pasta de dientes de Stu, o algo parecido. ¡Pero *mi queso*! ¡Vaya! La próxima vez muchachito, probarás el frío acero!

Desayunamos por última vez con las tostadas de Mary

Lou. —Nos marchamos hoy, Mary Lou —dijo Paul—, y no saliste a volar con nosotros. Te has perdido una buena oportunidad. Todo se ve muy hermoso desde arriba. Ahora no sabrás nunca lo que es el cielo.

Ella sonrió de forma arrebatadora.

—Es muy hermoso —dijo—, pero son unos tontos los que viven de eso.

De manera que así pensaba de nosotros esa encantadora muchacha. En cierta forma, me sentí herido.

Pagamos la cuenta, nos despedimos de Mary Lou y volvimos al campo en el camión de Al.

—Muchachos, ¿creen que podrán estar de vuelta para el 16 y 17 de julio? —preguntó—. Se celebra la Fiesta de los Bomberos en esos días. Viene mucha gente a la que le gusta volar. Me agradaría tenerles aquí.

Comenzamos a cargar la montaña de bultos dentro de los aviones. Las alas del Luscombe de Paul se balancearon mientras ataba las cámaras fotográficas a la armazón de la cabina.

—No se puede asegurar nada, Al. No sabemos dónde estaremos para entonces. Pero si andamos cerca, volveremos sin duda alguna.

—Son bienvenidos, cuando quieran.

Era miércoles por la mañana. Nos elevamos y volamos por última vez sobre el taller de Al y el café. Al nos hizo señas con los brazos y nosotros le respondimos balanceando las alas. Pero Mary Lou estaba ocupada, o no tenía tiempo para perder con los tontos que vivían del cielo. Aún me dolía ese comentario.

Y Rio desapareció.

Y la primavera dio paso al verano.

6

Llegó hasta nosotros como lo hacen todos los pueblos del Medio Oeste: un grupo de árboles verdes en medio de una extensa planicie. Al principio parecía sólo un bosque, pero luego aparecieron las agujas de las iglesias y después las viviendas de los alrededores, hasta que por último se hizo patente que bajo esos árboles había casas sólidas y clientes potenciales.

El pueblo se extendía en torno a dos lagos y una gran pista de aterrizaje de hierba. Me sentí tentado de continuar volando sin detenerme, ya que allí abajo vi por lo menos quince pequeños hangares y luces a ambos lados de la pista. Eso empezaba a apartarse mucho del henar tradicional de los verdaderos pilotos errantes.

Pero el Gran Circo Americano Volante estaba escaso de fondos, la pista quedaba muy cerca del pueblo y allí estaban, invitándonos, los lagos, refrescantes y brillando al sol. De manera que descendimos, tocando la hierba uno detrás del otro.

El lugar estaba desierto. Nos acercamos a la gasolinea, una serie de planchas de acero en medio del césped, y detuvimos los motores.

—¿Qué te parece? —pregunté a Paul mientras bajaba de su avioneta.

—Me parece bien.

—¿No crees que es un poco grande para trabajar?

—Me parece muy bien.

Cerca de la gasolinera había un despacho rectangular y pequeño, pero estaba cerrado.

—No es exactamente la idea que tengo sobre las pistas de aterrizaje para los pilotos errantes.

—Quizás los habitantes del lugar no piensen lo mismo.

—Como de costumbre, llegarán a la hora de comer.

Un viejo sedán, marca Buick, se nos aproximó desde el pueblo, avanzando pesadamente sobre el camino de hierba hasta la oficina. Se detuvo y de él bajó sonriendo un hombre enjuto.

—Parece que desean gasolina, ¿no es verdad?

—Sí, nos hace falta.

Subió al porche de madera y abrió el despacho.

—Bonito aeródromo el que tienen aquí —le dije. —No está mal para ser de hierba.

Malas noticias, pensé. Si al dueño no le gusta la hierba, es porque anda tras una pista de asfalto. Y si anda tras una pista de asfalto, lo que quiere es hacer negocio con aviones de alquiler y no con pilotos como nosotros.

—¿Qué estaban tratando de demostrar, muchachos? ¿Cuánto podían acercarse sin estrellarse?

Dio contacto a la bomba, que enseguida empezó a zumbar suavemente.

Miré a Paul y pensé ya te lo había dicho; aquí no tenemos nada que hacer.

—Sólo estábamos practicando un poco de vuelo en formación libre —dijo Paul—. Lo hacemos cada día.

—¿Cada día? —¿A qué se dedican ustedes? ¿Son parte de un espectáculo aéreo?

—Algo así. Estamos de paso, buscando trabajo como pilotos errantes —dije—. Pensamos que podríamos quedarnos por aquí unos días, llevar a volar a algunos pasajeros y hacer que venga público al aeródromo.

Meditó unos instantes, considerando las implicaciones del caso.

—Por cierto, este campo no es mío —dijo, mientras

llenábamos de gasolina los tanques y añadíamos aceite a los motores—. Es propiedad del pueblo y lo administra el club. Yo no puedo tomar la decisión. Debo convocar a una reunión a los directores. Podría ser esta noche y ustedes podrían asistir.

Nada pude recordar acerca de los pilotos de acrobacias mezclados con directores para decidir si se trabajaba o no en un pueblo.

—No es tan importante —afirmé—. Sólo estos dos aviones. Hacemos vuelos en formación, algunas acrobacias y luego Stu efectúa un salto con caída libre. Eso es todo. Y llevamos clientes a dar un paseo.

—Aun así, la reunión es necesaria. ¿Cuánto cobran?

—Nada. Todo es gratis —respondí, devolviendo la manguera a la gasolinera—. Nos conformamos con sacar el precio de la gasolina, del aceite y unas hamburguesas, con los tres dólares por persona que cobramos.

Algo me hizo pensar que en el pasado este pueblo había sufrido el paso devastador de un grupo de pilotos de acrobacias. Este encuentro era totalmente distinto a la alegre bienvenida que habíamos recibido en los pueblos más pequeños.

—Me llamo Joe Wright.

Nos presentamos y Joe cogió el teléfono para llamar a algunos directores del Club de Vuelo de Palmira. Una vez que lo hubo hecho, dijo:

—Nos reuniremos esta noche; les gustaría que ustedes asistieran y expusieran su plan. Entretanto, quizás quieran comer algo. Hay un lugar aquí al lado. Si quieren, les llevo. De lo contrario, puedo pedir que les recoja un coche.

Yo habría preferido caminar, pero Joe insistió y nos metimos todos en su Buick y partimos. Conocía bien el pueblo y nos llevó a dar un paseo antes de dejarnos en el café. Palmira tenía la ventaja de contar con bellas zonas verdes y un estanque sereno y resplandeciente; caminos polvorientos que cruzaban los campos, enmarcados de grandes árboles, y calles silenciosas y retiradas bordeadas de prados; las mamparas con cristales empañados y vidrios ovalados de color fresa.

Cada nuevo día en esta vida de piloto errante confirmaba más el hecho... el único lugar donde pasa el tiempo es en las ciudades.

Cuando llegamos al Café D & M, ya estábamos bien informados sobre el pueblo, cuya industria principal era una fundición oculta entre árboles. También llegamos a conocer a Joe Wright, un hombre bondadoso y operador voluntario del aeródromo Nos dejó frente a la puerta y siguió su camino para hacer nuevas llamadas y arreglar otras reuniones.

—No me gusta, Paul —dije, una vez que encargamos la comida—. ¿Por qué nos debemos molestar con un lugar en el que no vamos a disfrutar? Recuerda que somos nuestros propios agentes que vamos donde nos place. Hay miles de lugares aparte de este.

—No te apresures en juzgar —respondió—. ¿Qué tiene de malo asistir a su pequeña reunión? Nos presentamos, somos muy amables y nos dicen que están de acuerdo. No tenemos ningún problema y todo el mundo sabe que somos muy buenas personas.

—Pero si asistimos a la reunión, nos perjudicamos, ¿no lo ves? Justamente hemos llegado hasta aquí huyendo de reuniones y comités, buscando al verdadero ser humano en los pueblos pequeños. Vivir como pilotos errantes, grasientos, libres, para ir donde nos place y cuando nos gusta.

—Escucha —dijo Paul—. ¿Este es un buen lugar, verdad?

—No. Hay demasiados aviones.

—Está cerca del pueblo, hay lagos y hay gente, ¿no es así?

—Bueno...

Dejamos todo en ese punto, aunque yo aún deseaba marcharme y Paul aún deseaba quedarse. Stu no tomó partido, pero intuí que era partidario de quedarse.

Cuando volvimos junto a los aviones, encontramos unos pocos coches aparcados y algunos habitantes del lugar escudriñando el interior de las carlingas. Stu desenrolló el cartel de VUELE SOLO POR $ 3, VUELE y nos dispusimos a trabajar.

—SEÑORES, VEAN PALMIRA DESDE EL AIRE! ¡EL PUEBLO MAS HERMOSO DEL MUNDO! ¿QUIEN ES EL PRIMERO EN VOLAR? —Me dirigí hacia los coches aparcados cuando los curiosos me respondieron que sólo estaban mirando—. Señor, ¿está dispuesto a dar un paseo en avión?

—Eh-eh-eh-eh. —Esa fue la única respuesta que logré sacar y expresaba en forma bien clara lo que estaban pensando: ¿me crees lo suficientemente estúpido como para subirme a ese aparato anticuado?

El tono de esa risilla me dejó frío y me alejé con paso rápido.

Qué enorme diferencia entre este lugar y los otros pueblos donde habíamos sido tan bien recibidos. Si estábamos buscando al verdadero hombre y al verdadero pueblo norteamericano, entonces debíamos partir de aquí de inmediato.

—¿Puede llevarme a volar? —Un hombre que se acercó valientemente desde uno de los coches me hizo cambiar al instante de actitud.

—Me encantaría —respondí—. ¡*Stu*! ¡Un pasajero! ¡Vamos!

Stu se acercó al trote y ayudó al hombre a trepar a la carlinga delantera mientras yo me acomodaba en la posterior. Me sentía muy a gusto en esta pequeña oficina, con el tablero de instrumentos al frente y todas esas palancas alrededor. Me sentía feliz allí. Stu hizo girar la manivela del dispositivo de puesta en marcha. Primero tensando la manivela, girándola levemente al comiezo para lanzar después todo su esfuerzo hacia la masa de acero bajo la cubierta del motor, Stu transmitió la energía de su corazón hacia el motor de partida. Por fin, cuando se escuchó un zumbido, se retiró y gritó: ¡TODO LISTO!

Empujé la palanca de conexión del motor de partida y la hélice comenzó a girar. Pero sólo giró durante diez segundos. La hélice dio vueltas cada vez más despacio, hasta que se detuvo. El motor no llegó a hacer una sola explosión.

Qué sucederá, pensé. Esta cosa se pone en marcha siempre. ¡Jamás me ha fallado! Stu me miró sorprendido y desmoralizado, ya que todo el esfuerzo que había aplicado en la manivela había sido en vano.

Yo comenzaba a mover la cabeza para decirle que no comprendía por qué el motor no había funcionado, cuando descubrí el motivo. No había dado el contacto. Estaba tan familiarizado con los controles, que había esperado que trabajaran solos.

—Stu... eh... no me gusta decirte esto pero he olvidado dar el contacto. Ha sido una estupidez. Lo siento. ¿Quieres darle a la manivela una vez más, por favor?

Cerró los ojos, implorando al cielo que me destrozara y como su petición no fue escuchada, hizo un ademán de lanzarme la manivela por la cabeza. Pero se detuvo a tiempo y con el aspecto de un mártir de la Iglesia, introdujo la manivela nuevamente y comenzó a girarla.

—Lo siento mucho, Stu —dije. acomodándome en mi carlinga—. Te debo cincuenta centavos por este olvido.

No me respondió, ya que no le quedaba aliento para hablar. La segunda vez que empujé la palanca de conexión del motor de partida, el motor rugió de inmediato y Stu me lanzó una mirada como la que se da a una pobre bestia encerrada en una jaula. Me alejé rápidamente y en unos momentos estuve en el aire con mi pasajero. El biplano trazó el plan de vuelo de Palmira al instante. Primero un vuelo en círculo sobre los lagos para luego elevarse un poco, ya que al este del pueblo no había ninguna pista de aterrizaje de emergencia.

El plan de vuelo se cumplió en diez minutos exactos. Al aterrizar, el biplano brincó un segundo mientras yo pensaba en lo hermosa que era esta pista de hierba. ¡Despierta!, me estaba diciendo. ¡Cada aterrizaje, cada despegue es diferente! ¡Y no lo olvides!

Pagué la penitencia dándole una patada a uno de los pedales del timón para detener los coletazos.

Mientras nos deslizábamos por la pista, Paul iba saliendo en el Luscombe con otro pasajero. El ánimo me subió un poco. Después de todo, quizás Palmira aún tenía esperanzas.

Pero eso fue todo por esa tarde. Tuvimos muchos curiosos, pero ningún pasajero.

Stu cobró la tarifa a mi pasajero y se acercó a la carlinga.

—No puedo sacarles nada —dijo, gritando por encima del rugido del motor—. Si se detienen y bajan de sus coches, tendremos pasajeros. Pero si se quedan en el interior, son simples observadores y no les interesa volar.

Era difícil creer que con todos esos coches no había más clientes. Pero así era. Todos los curiosos se conocían entre ellos y muy pronto entablaron amena conversación. Y llegaron los directores para conocernos personalmente.

Paul aterrizó, avanzó por la pista y al no tener más pasajeros, apagó el motor. Un fragmento de conversación llegó hasta nosotros:

—¡... pasó justo encima de mi casa!

—Pasó sobre la casa de todos. Palmira no es tan grande. ¿quién te dijo que tendríamos una reunión esta noche?

—Mi mujer. Alguien la llamó y la dejó muy intranquila Joe Wright se acercó y nos presentó a algunos de los directores. Contamos toda nuestra historia nuevamente. Me estaba cansando de todo esto. ¿Por qué no nos podían decir directamente si eramos bienvenidos o no? Algo tan simple como un par de pilotos de acrobacias.

—¿Tienen horario para su espectáculo? —preguntó uno de los hombres.

—No tenemos horario. Volamos cuando nos parece.

—Sin duda, sus aviones están asegurados. ¿Cuánto será eso? —El seguro de estos aviones es nuestra experiencia de vuelo —dije, y hubiera querido agregar "patán", con sarcasmo—. No hay un centavo más de otra clase de seguro; ni por propiedad dañada ni por riesgos. El seguro, tuve deseos de agregar, no es un simple papel firmado. El seguro es lo que uno sabe del cielo y del viento y el contacto con las máquinas que pilotarnos. Si no confiáramos en nosotros mismos, o no conociéramos nuestros aviones, entonces ninguna compañía, ni todo el dinero en el mundo nos haría sentirnos seguros, ni tampoco a nuestros clientes.

Sin embargo, dije simplemente:

—... ni un centavo de seguro.

—Vaya —comentó sorprendido—. No quisiéramos dar la impresión de que no son bien recibidos este es un campo público...

Sonreí y esperé que Paul habría aprendido la lección.

—¿Dónde está el mapa? —le preguntó rudamente.

Me habló en un tono persuasivo mientras me dirigía al biplano.

—Escucha. Ya casi ha oscurecido. Van a celebrar su reunión y ahora no podemos partir a cualquier lugar. De manera que es mejor que pasemos aquí la noche y nos marchemos mañana por la mañana.

—No estamos mejor aquí que en el Aeropuerto Internacional Kennedy, hombre. Nosotros...

—No, espera —dijo—. El próximo domingo por la mañana celebran aquí un festival. Un Cessna 180 estaba comprometido para llevar pasajeros. Pero hace un rato escuché decir que el 180 había cancelado su compromiso, así que no tienen a nadie para los paseos aéreos. Y hemos llegado nosotros. Creo que después de la reunión nos pedirán que nos quedemos. Tienen un problema y nosotros podemos ayudarles a resolverlo.

—Debiera darte vergüenza, Paul. El domingo ya estaremos en Indiana. ¡Quedan cuatro días para el domingo! Y lo último que se me ocurriría sería ayudarles en su festival. ¡Te lo diré bien claro, no pertenecemos a este lugar! Lo único que quieren por aquí son esas avionetas modernas con triciclo, como la tuya, que manejas como si fuera un coche. ¡Hombre, yo quiero ser piloto de un aeroplano! ¿Qué demonios sucede contigo?

Tomé un trapo y comencé a limpiar la cubierta del motor en la oscuridad. Si el biplano hubiera tenido luces, me habría marchado en ese mismo instante.

En el despacho, la reunión terminó al cabo de poco tiempo y todos se mostraron alegres y cordiales con nosotros. De inmediato comencé a sospechar algo.

—Muchachos, ¿creen que podrían quedarse hasta el domingo? —preguntó una voz, entre el grupo de directores—. Ese día tendremos un pequeño festival por la maña-na. Habrá cientos de aviones, miles de personas. Podrán ganar bastante dinero.

No pude dejar de reírme. De manera que esto era lo que se sentía al ser juzgados por nuestra apariencia de vaga-bundos. Por unos momentos sentí lástima de estas perso-nas.

—Por qué no pasan la noche en la oficina, mucha-chos? —dijo otra voz, y luego comentó en tono más bajo a alguien que estaba cerca—: tendremos que hacer un inven-tario del aceite que hay en el interior.

Yo no capté las implicaciones de la última voz que había hablado en tono bajo, pero Paul lo hizo al instante.

—¿Has oído eso? —dijo, estupefacto—. ¿Has oído eso?

—Creo que sí. ¿Qué?

—Van a contar las latas de aceite antes de dejarnos entrar en la oficina. ¡Van a contar las latas de aceite!

Me dirigí a quienquiera que había ofrecido el despa-cho.

—No, gracias. Dormiremos fuera.

—En realidad, nos gustaría que se quedaran en la ofi-cina —se escuchó la voz nuevamente.

—No —intervino Paul—. No nos sentiríamos seguros allí, con todas esas latas de aceite. Y a ustedes no les gusta-ría confiarnos todo ese valioso aceite.

Otra vez me reí en la oscuridad. Hansen, nuestro cam-peón de Palmira y su pueblo, estaba ahora furioso porque ellos habían dudado de su honestidad.

—¡Dejo mil quinientos dólares en cámaras fotográfi-cas en mi avión, sin cerrar. mientras vamos a comer, con-fiando en estos tipos y ellos creen que les vamos a robar una lata de aceite!

Stu se mantenía quieto, escuchando, y no dijo una pa-labra. Ya era totalmente de noche cuando entramos en el Café D & M y el ánimo de Paul aún no se había enfriado.

—Estamos tratando de encontrar un mundo ideal —le dije a Joe Wright, quien tuvo el valor suficiente para acom-

64

pañarnos—. Cada uno de nosotros ha vivido en el otro mundo; ese mundo degollador, barato, donde lo único que importa es el todopoderoso dinero. Donde la gente ni siquiera sabe lo que significa el dinero. Y ya estamos hartos de todo eso, de manera que ahora estamos viviendo en este mundo ideal, donde todo es tan simple. Por tres dólares vendemos algo que no tiene precio y con eso pagamos nuestro alimento y la gasolina para poder seguir adelante.

Paul se olvidó del pollo, tal era la intensidad de su conversación con el hombre de Palmira.

¿Por qué estamos tratando de convencer a Joe? ¿Por qué estamos justificándonos ante él?, pensé. ¿Es que no estamos seguros de nosotros mismos? ¿O quizás estamos tan convencidos que deseamos convertir a alguien más a nuestra causa?

Sin embargo, nuestro esfuerzo de misioneros no sirvió en el caso de Joe, quien dio muy pocas señas de haber escuchado algo novedoso o significativo en nuestras palabras.

Stu no hizo más que dedicarse a su sopa. Me intrigaba lo que pasaba por dentro de este muchacho, lo que pensaba, lo que le importaba. Me habría gustado conocerle mejor, pero por el momento, escuchaba, escuchaba sin decir una palabra, sin intervenir una sola vez en todo el torbellino de ideas que flotaba a su alrededor. Bien. pensé, es un buen saltador y está pensando. No se puede pedir mucho más.

—Si quieren, les llevaré de vuelta a la oficina —dijo Joe.

—Gracias, Joe —respondió Paul—. Te aceptaremos el ofrecimiento, pero no vamos a dormir en la oficina. Nos echaremos bajo las alas. Si alguien contó mal las latas de aceite y luego otro las cuenta bien, comprenderás que después de que nos marchemos nos tratarán automáticamente de ladrones. Es mejor que ese lugar quede bien cerrado con llave y que nosotros durmamos bajo las alas.

Media hora después, el biplano era un inmensa sombra negra sobre nuestros sacos de dormir, y más allá de la sombra flotaba la brillante luminosidad de la Vía Láctea.

—El centro de la galaxia —dije. —¿Qué?

—La Vía Láctea. Ese es el centro de la galaxia.

—Te hace parecer muy pequeño —comentó Paul.

—Antes sí. Ahora ya no. Me parece que he crecido —dije, mascando una brizna de hierba—. ¿Qué es lo que crees ahora? ¿Vamos a hacer dinero o no en este lugar?

—Tendremos que esperar para averiguarlo.

—Creo que todo va a marchar bien —dije, con optimismo bajo las estrellas—. No puedo imaginar que alguien no pueda sentir deseos de ver aviones antiguos; incluso en este pueblo.

Observé la galaxia con su cruz del Norte como un inmenso barrilete al viento de las estrellas, pestañeando su luz continuamente. Bajo mi cuerpo sentí la suavidad de la hierba y mis botas formaban una firme almohada de cuero.

—Mañana lo sabremos.

El silencio cayó bajo las alas y el viento frío gimió suavemente en los cables sobre nuestras cabezas, entre las alas del biplano.

El amanecer fue en medio de la niebla y me desperté con el lento tamborileo de las gotas de neblina que caían desde el ala superior sobre la tela del ala baja. Stu ya estaba despierto, enrollando un nuevo trazador de viento de papel de quince metros de largo. Paul todavía dormía, con el sombrero calado hasta los ojos.

—¡Eh, Paul! ¿Estás despierto?

No hubo respuesta.

—¡EH, PAUL! ¿AUN DUERMES?

—Mmmm. —Se movió unos centímetros.

—Creo que estás dormido.

—Mmm.

—Bien, sigue durmiendo, me parece que no podremos volar por el momento.

—¿Qué quieres decir?

—Neblina.

El sombrero fue apartado por una mano que emergió del saco de dormir.

—Mmm. Neblina. Viene de los lagos.

—Sí. Habrá desaparecido antes de las diez. Te apuesto diez centavos.

No hubo respuesta. Traté de chupar el rocío de unas hojas de hierba más grandes, pero en realidad no servía mucho para calmar la sed. Volví a arreglar mi almohada de botas de cuero e intenté seguir durmiendo.

Paul despertó sobresaltado.

—¡Aaaaj! ¡Tengo la camisa toda mojada! ¡Está empapada!

—Eres un piloto de ciudad. Si yo quisiera tener mi camisa tan mojada como la tuya, la habría puesto sobre el ala, tal como tú lo has hecho. Se supone que debes poner la camisa bajo el saco de dormir.

Me arrastré fuera de mi propio saco y me puse la camisa seca y tibia sobre la cual había dormido y que estaba muy arrugada.

—No hay nada mejor por la mañana que una camisa seca.

—Ja, ja.

Saqué la cubierta de las carlingas y descargué las herramientas, las latas de aceite y el cartel donde se leía VUELE SOLO POR $ 3, VUELE de la cabina delantera. Pasé un trapo por los parabrisas, hice girar unas cuantas veces la hélice y, con bastante optimismo, me dispuse a afrontar un día de gran trabajo. La neblina ya comenzaba a levantarse.

Cuando terminó su desayuno, Stu se echó hacia atrás en su silla y estiró las piernas.

—¿Intentamos un salto hoy y vemos lo que sucede?

—Si así lo quieres —dijo Paul—. Es mejor que consultemos primero al jefe. —Hizo un gesto hacia mí.

—¿Qué quieres decir? ¡Siempre se me asigna el papel de jefe! ¡Yo no soy el jefe! ¡No soy el jefe! ¡Renuncio!

Después de esto, decidimos en conjunto que sería positivo efectuar un salto hacia el mediodía y comprobar si alguien tenía tiempo suficiente para venir al campo y querer volar.

—No perdamos el tiempo con un salto en caída libre —dijo Paul—. Nadie te vería. ¿Qué te parece un salto normal a tres mil pies?

Stu no se quedó muy convencido con la proposición.

—Prefiero tener tiempo para estabilizar. Es mejor a tres mil quinientos.

—Me parece bien —aseveró Paul.

—Stu, si no tiras de la cuerda o tu paracaídas no se abre —comenté yo—, seguiremos viaje de inmediato a otro pueblo.

—Estoy seguro de que, entonces, para mí no tendrá ninguna importancia —respondió con una extraña sonrisa.

Hacia el mediodía ya estábamos en el aire, subiendo en formación hacia lo alto. Stu iba sentado junto a la puerta abierta de] lado derecho de la avioneta de Paul, mirando hacia abajo, sosteniendo el trazador en una mano. Al llegar a la altura de salto, me separé de la formación, realicé algunos rizos y volteretas y luego volví a elevarme. No se veía a nadie en las calles del pueblo. El Luscombe niveló vuelo sobre el aeródromo y por la borda cayó a plomo el trazador de viento de papel, luego disminuyó velocidad comparándose a un paracaídas abierto y descendió retorciéndose hasta tierra. El viento lo llevó a varios cientos de metros al Oeste del objetivo.

A mucha altura sobre mi cabeza, en la avioneta de Paul, Stu calculaba el punto exacto del salto con las correcciones debidas al viento para evitar los árboles y los cables eléctricos. Yo puse término a mis acrobacias y volé en círculos bajo la avioneta, que en estos instantes ya casi había alcanzado la altura de salto. Paul maniobró y lo puso a favor del viento y todos nos quedamos esperando. El Luscombe disminuyó velocidad al mínimo; sólo si lo observaba atentamente podría haber dicho que se estaba moviendo. Y entonces Stu MacPherson saltó.

Su cuerpo —una pequeña mancha negra que caía hacia tierra a gran velocidad— giró a la izquierda, se estabilizó, giró a la derecha y se bamboleó de un extremo a otro. Nuevamente sentí admiración por la rapidez de la acción. En unos segundos la pequeña mancha se había transformado en un hombre que cruzaba el cielo como un halcón a la vista de su presa.

El tiempo se detuvo. Nuestros aviones se congelaron en el aire. El ruido y el viento se apagaron. El único movimiento perceptible era ese hombre, a velocidad asombrosa, a quien había visto por última vez sentado en el pequeño asiento derecho del Luscombe. Y ahora bajaba por lo menos a ciento cincuenta millas por hora hacia la tierra plana e inmóvil. En medio del silencio, pude escucharle caer.

Stu aún estaba sobre mi cabeza cuando se llevó ambos brazos junto al cuerpo, los extendió nuevamente y el chorro brillante y largo del paracaídas surgió de su espalda. No lo detuvo un ápice. La estrecha faja del paracaídas se quedó pendiendo en el aire mientras el hombre continuaba su vertiginosa caída. Y entonces le cogió. En un instante, el paracaídas se abrió violentamente, volvió a cerrarse y luego se abrió como un gran plumón bajo el cual flotaba el hombre, aún sobre mi cabeza.

El tiempo volvió a cobrar realidad. Paul y yo fuimos nuevamente dos pilotos en movimiento en el aire, la tierra se hizo redonda y cálida y el único ruido que se escuchaba era el rugir del viento y de los motores. Lo que se movía con más lentitud ante la vista era la cúpula de seda blanca y anaranjada que descendía suavemente.

Paul se aproximó en el Luscombe a gran velocidad y giramos en círculos en torno al paracaídas, uno a cada lado del saltador. Nos hizo señas, hizo girar el paracaídas dejándose llevar por el viento, que era más fuerte de lo que habría deseado. Nuevamente intentó girar, tirando con fuerza de los elevadores hasta casi voltear una parte de la cúpula de seda.

Todo fue inútil. Nivelamos vuelo a quinientos pies y Stu continuó su descenso hasta aplastarse contra un campo de centeno de altas cañas que bordeaba la pista de aterrizaje. Tenía un aspecto mullido hasta el momento en que Stu se estrelló contra el suelo. Entonces apareció toda su dureza.

Giré y me zambullí en una pasada sobre su cabeza y

luego seguí a Paul en su maniobra de aterrizaje. Avancé hasta el borde del campo de centeno y me erguí dentro de la carlinga, con la esperanza de ver al paracaidista de un momento a otro. No apareció. Bajé del avión y caminé entre la vegetación que me llegaba hasta los hombros, dejando atrás el ruido del motor.

—¿STU?

No hubo respuesta. Traté de recordar si le había visto ponerse de pie y hacer señas de que todo iba bien después de tocar tierra. No pude hacer memoria.

—¡STU!

No hubo respuesta.

7

El campo de centeno se extendía sobre un terreno ondulado y las puntas de los tallos formaban una alfombra impenetrable. Ocultaban todo salvo los árboles a quinientos metros de distancia. Maldición. Debía haberme fijado mejor en el lugar exacto de su caída. Podía estar en cualquier parte.

—¡Eh! ¡STU!

—Por aquí... —La voz era muy débil.

Me abrí camino entre las plantas en dirección a la voz y, de pronto, me encontré ante un saltador que estaba doblando su paracaídas.

—Hombre, creí que te habíamos perdido. ¿Te encuentras bien?

—Sí, aunque la caída fue un poco dura. Esto es más profundo de lo que aparenta desde el aire.

Nuestras palabras eran extrañas y sonaban muy quedas: el centeno era una esponja para el sonido. Ni siquiera pude escuchar el ruido del motor, y si no hubiera sido por el rastro que había dejado al avanzar, no habría tenido la menor idea de dónde estaba el avión.

Tomé el paracaídas de reserva de Stu y su casco y caminamos dificultosamente por esta pampa de Wisconsin.

—El saltador en el centeno —murmuró Stu.

Por fin, el ruido del motor se filtró hacia nosotros y un minuto más tarde logramos llegar junto a la hierba de la pista. Tiré sus aparejos dentro de la carlinga delantera y Stu se situó sobre el ala en el regreso.

Nos esperaban cuatro pasajeros y un pequeño grupo de curiosos que se preguntaba cuál sería nuestra próxima actuación. Yo salí con dos de los pasajeros, una pareja, y esto dio por terminada la experiencia del salto de mediodía. No estaba mal, para tratarse de un día no festivo.

Después de un rato, nos cansamos de estar junto a la pista y bajo ese día silencioso caminamos hacia Main Street, que abarcaba tres manzanas.

Andábamos como turistas por la acera mirando escaparates. En una tienda había un cartel que anunciaba el acontecimiento.

FIESTA DE LA LEGION AMERICANA Y
DE LOS BOMBEROS

SULLIVAN, WISCONSIN

Sábado 25 y Domingo 26 de Junio
GRAN DESFILE

Banda de Tambores y Vientos   Los Cadetillos
¡Tartas caseras!   ¡Bocadillos de todo tipo!
LUCHA LIBRE Ambas Noches
2 de cada 3 caídas

EL ENMASCARADO   JOHNNY GILBERT

De origen desconocido   De Ciudad de Michigan, Indiana

La Fiesta de los Bomberos iba a constituir una buena diversión. Los luchadores aparecían en sus batas de combate. El Enmascarado era una montaña de carne con una mirada fija y terrible tras su máscara confeccionada con una media negra. Gilbert era apuesto y robusto. No cabía duda de que el enfrentamiento entre el bien y el mal sería colosal. Me pregunté si Sullivan, en Wisconsin, contaría con un buen henar cerca del cuadrilátero.

El comercio era largo y estrecho con suelo de tablas y olor a palomitas de maíz y dulces en la atmósfera. Estaban los elementos de siempre: un mostrador con cubierta de vidrio, los tarros de caramelos, un recipiente viejo de metal lleno de pastillas rojas, una máquina cuadrada de cristal con bolas azucaradas de todos los colores. Al fondo de la habitación, en ese punto donde los mostradores convergen en la distancia, se escuchó una vocecilla:

—¿Desean algo, señores?

Casi nos disculpamos por encontrarnos allí, con nuestro aspecto de viajeros de otro siglo, sin saber que a mediodía no se acostumbra a entrar tan libremente en una tienda.

Stu le describió el tipo de papel que necesitaba.

La pequeña y delicada señora avanzó desde el fondo de la tienda hacia nosotros y al acercarse fue creciendo en tamaño. Cuando llegó a la altura de la sección de los papeles su estatura era normal. Allí, entre libretas, archivadores de colores y otros, estaba el material que Stu necesitaba para su trazador de viento. La dama nos miró con cierta extrañeza, pero no dijo una palabra más hasta que nos agradeció la compra y nosotros nos marchamos haciendo sonar la campanilla adherida a la puerta y volvimos a enfrentarnos al sol en el exterior.

Yo necesitaba aceite pesado para el biplano. Stu me acompañó por una calle lateral a la ferretería. Paul siguió para explorar otra calle.

La ferretería era una covacha de suelo de tablas, con palos de neumáticos, repuestos de maquinaria y carteles viejos de publicidad por todas partes. Olía a caucho nuevo y hacía mucho frío.

El hombre que atendía estaba muy ocupado y pasaron veinte minutos antes de que pudiera preguntarle si tenía aceite pesado.

—¿Me dijo del sesenta? Quizás tenga del cincuenta, pero no creo que del sesenta. ¿Para qué lo necesita?

—Tengo un aeroplano viejo que requiere del más pesado. Me va bien del cincuenta, si no tiene del sesenta.

—Oh, ustedes son los tipos de los aviones. Les vi volar ayer por la tarde. ¿No tienen aceite en el aeródromo?

—No. Este es un aeroplano viejo y allí no tienen el adecuado.

Dijo que iba a mirar si tenía y desapareció por una escalerilla que daba a un altillo.

Mientras esperábamos, me fijé en un cartel polvoriento clavado en lo alto de un muro: "Podemos... Podremos... Debemos... *Franklin D. Roosevelt*. ¡Compre AHORA bonos de ahorro y sellos de la guerra!" Había una fotografía en colores brillantes con la bandera norteamericana y un portaaviones que navegaba sobre un mar preciso y ondulado. Ese cartel había sido clavado en el muro antes de que naciera nuestro paracaidista.

Hurgamos entre las latas de grasa, poleas, cortadoras de hierba y, por fin, nuestro hombre volvió con una lata de aceite de cuatro litros.

—Este es del cincuenta. Es lo mejor que he podido encontrar. ¿Le va bien?

—Desde luego. Le estoy muy agradecido.

Por un dólar y veinticinco centavos, compré una lata de Essentialube, ya que no había en existencia del acostumbrado Aceite misterioso y maravilloso. La etiqueta decía: "El moderno *acondicionador del motor — Es puro poder*". Yo no estaba muy seguro si quería que mi Wright se transformara en puro poder, pero necesitaba un lubricante para los cilindros y este prometía ser tan bueno como cualquiera.

Nuestro reglamento indicaba que todo el aceite y la gasolina debía pagarse con el dinero de los Grandes Norteamericanos, antes de efectuar el reparto para cada uno. De manera que anoté que los Grandes Norteamericanos me debían dos dólares con veinticinco centavos y pagué con dinero de mi bolsillo.

Cuando llegamos de vuelta al aeródromo, había dos coches con espectadores en el campo. .

Stu extendió su paracaídas para guardarlo y como yo deseaba aprender a hacerlo, Paul se hizo cargo de dos clientes jóvenes a los que llevó a volar en su Luscombe. Era agradable pensar que Paul estaba ganando dinero para todos, mientras estábamos atareados con el nylon.

Por primera vez Stu habló y yo escuché.

—Tira de la cuerda principal, por favor... sí, aquella que tiene el ángulo de metal. Ahora sujetamos todas las cuerdas de estos elevadores...

El acto de doblar un paracaídas era un verdadero misterio para mí. Stu se tomó gran trabajo para demostrarme cómo se hacía: el tendido de las cuerdas de suspensión ("... ya no las llamamos cuerdas de mortaja. Me parece demasiado tenebroso..."). el doblado de los paneles en una pirámide larga y delgada, la introducción de esta pirámide en su funda, el doblado de las puntas que debe evitar las quemaduras por fricción cuando se abre y, por último, meter todo el paquete en su saco.

—Luego metemos las anillas de las cuerdas de desgarro así... con cuidado. Y ya estamos listos para saltar.

Dio unas palmadas al paquete e introdujo unas puntas sueltas de material dentro del saco. Una vez más volvió a ser el lacónico Stu y me preguntó secamente si por la tarde efectuaríamos otro salto.

—No veo por qué no —intervino Paul, que nos había escuchado después de echar una mirada apreciativa al paquete terminado. Me pregunté si tendría la tentación de saltar nuevamente. Hacía años que ya no ejercía este veterano de más de 230 saltos en caída libre, cubierto de heridas que lo mantuvieron en un hospital durante meses.

—Podemos subir de inmediato —dijo—, si me prometes que esta vez caerás más cerca del objetivo.

—Lo intentaré.

Cinco minutos después ya habían partido en el Luscombe mientras yo les observaba desde tierra, con la cámara de Paul y con la misión de obtener unas buenas tomas del salto.

A través del lente zoom, Stu apareció como un punto tambaleante, se estabilizó en forma de cruz, se zambulló en una espiral girando primero hacia un lado y luego hacia el otro. Pensé que podía ir en cualquier dirección, salvo hacia arriba. Cayó durante casi veinte segundos, luego sus brazos se cerraron, se abrieron, tiró de la cuerda de desgarro y el paracaídas se abrió con un golpe seco. El ruido de la seda al abrirse se escuchó como el disparo de una pistola del calibre 50. Tan fuerte y agudo.

Como todo saltador, Stu vivía para esa parte de caída libre del salto. Esos escasos veinte segundos dentro de un día de veinticuatro horas. Ahora estaba "bajo tela", término que debe expresarse en tono bastante aburrido, ya que el *verdadero* salto ya había terminado. Sin embargo, aún quedaban dos mil pies de caída y un cuidadoso manejo de las cuerdas y de la seda de esa máquina voladora que tiene nueve metros de ancho y trece de alto.

Su curso era perfecto, recto hacia mí que me encontraba junto al indicador de vientos. Filmé los últimos cientos de pies del salto y su contacto con tierra. Tuve que retroceder para evitar que sus botas chocaran con el lente de la costosa cámara de Paul.

A través del objetivo, me di cuenta de que un saltador toca tierra a una velocidad bastante considerable. Sentí el impacto en el suelo cuando Stu cayó a unos seis metros de distancia. La cúpula de seda casi me envolvió, pero me retiré a tiempo. De pronto, me sentí orgulloso de él. Formaba parte de nuestro pequeño equipo, tenía un valor y una habilidad que yo no poseía y trabajaba como un profesional, este saltador de temporada, que no contaba con más de veinticinco saltos en su haber.

—Excelente, muchacho.

—Por lo menos he podido evitar el campo de centeno.

Se deshizo del arnés y comenzó a recoger las cuerdas de extensión en forma de una cadena larga y trenzada. Momentos después, Paul aterrizó y se acercó caminando.

—¡Vaya, qué forma de quemar altura! —dijo—. ¿Qué decís de esa voltereta que realicé? Hice detener la avioneta en el aire sobre un ala, ¿no es verdad? ¡Y luego bajé como un COHETE! ¿Qué opináis de eso?

—No he visto tu voltereta, Paul. Estaba filmando a Stu.

En ese momento se acercó una niña de seis o siete

años, nos pasó una pequeña libreta y, con vergüenza, le pidió a Stu que le firmara un autógrafo.

—¿Yo? —preguntó: Stu, asombrado de verse transformado en el actor principal.

Ella asintió. Stu escribió simplemente su nombre en la libreta y la chica se alejó corriendo con su premio.

—¡LA ESTRELLA! exclamó Hansen—. ¡Todo el mundo quiere tocar a la ESTRELLA! ¡Nadie se ha fijado en mi voltereta porque la maravilla estaba en ESCENA!

—Lo siento, Paul —comentó Stu.

Anoté la compra de una caja de estrellitas doradas para pegarlas en todo aquello que fuera propiedad de Stu.

La Estrella extendió de inmediato su paracaídas y muy pronto se perdió en la tarea de recogerlo, preparándose para el día siguiente. Yo me dirigí hacia el biplano y Paul me siguió.

—Esta vez no hay más pasajeros —dijo.

—La calma que precede a la tormenta —comenté, palmoteando el biplano—. ¿Quieres volar en él?

La pregunta estaba cargada de intenciones. Tal como le había repetido en numerosas ocaciones a Paul, el biplano Detroit-Parks era el avión más difícil que me había tocado pilotar.

—Hay un poco de viento cruzado — observó cautelosamente, dándome una oportunidad de retirar la invitación.

—No hay problemas si tienes cuidado al aterrizar —le dije—. Es un juguete en el aire, pero debes concentrarte mucho al tomar tierra. De vez en cuando le gusta coletear y tienes que estar con el estrangulador a mano y el timón listo para detenerlo. Harás un buen trabajo.

No dijo una palabra más, trepó en seguida a la carlinga y se puso el casco y las gafas. Giré personalmente la manivela para romper la inercia, le grité "¡TODO LISTO!" y me eché hacia atrás cuando el motor rugió al partir. Sentí una extraña sensación al ver que mi aeroplano despegaba con otra persona en la carlinga.

Di la vuelta y me apoyé en el fuselaje, junto a su hombro.

—Recuerda que debes volver a elevarte si no te gusta la aproximación que haces a tierra. Tienes una hora y media de combustible. Por esto no debes preocuparte. Si quiere dar coletazos, aplica el estrangulador y el timón.

Paul asintió, aumentó potencia para girar el avión y avanzó hacia la pista de hierba. Yo tomé su cámara filmadora, enfoqué con el lente zoom y observé el despegue a través del objetivo. Me sentí como si fuera mi primer vuelo solo, y no el de Paul. Sin embargo, se elevó suavemente, comenzó a tomar altura y me sorprendió lo bello que se veía el biplano en el aire y la delicadeza del ruido del motor Whirlwind en la distancia.

Ascendieron, giraron y se balancearon gentilmente en el aire mientras yo me dirigía hacia el otro extremo de la pista para filmar el aterrizaje. Aún me sentía nervioso y abandonado sin mi biplano. Durante aquel verano ese era todo mi mundo, revoloteando en el espacio, y ahora se encontraba bajo el control de otra persona. Tenía únicamente cuatro amigos a quienes les permitiría pilotar ese avión y Paul Hansen era uno de ellos. Y esto qué importa, pensé. Aún cuando destruya todo. Para mí, su amistad es más importante que el aeroplano. El avión es sólo un montón de maderos, cables y tela; una herramienta para aprender sobre el cielo y sobre mí mismo cuando vuelo. Un avión significa libertad, alegría, poder de comprensión y de demostrar esta comprensión. Estas cosas no pueden destruirse.

Paul tenía ahora la oportunidad que había estado esperando durante dos años. Era un buen piloto y se estaba midiendo frente a la máquina más difícil que jamás soñara.

El sonido del biplano se desvaneció en la altura, y mientras les observaba realizaron una serie de maniobras por medio de las cuales Paul trataba de comprobar el comportamiento a baja velocidad. Comprendí lo que estaría sintiendo en esos momentos. El control del alerón era prácticamente nulo, la elevación escasa; el bastón de mando estaba suelto y muerto ahora en sus manos. El mejor control que le quedaba era el timón, pero cuando lo necesitara con mayor urgencia, en el momento de avanzar por la pista después del aterrizaje, ya no le serviría de nada. Para que el biplano respondiera, se requería poder y firrneza en el pedal del timón;

mucho timón y un golpe de viento para evitar que se destro-zara en un vuelco estrepitoso sobre la pista.

El motor volvió a rugir cuando Paul comprobó cuánto viento necesitaría para hacer funcionar el timón. Está bien, muchacho, está bien, pensé. Tómalo con calma, no hay prisa.

El último de mis temores se desvaneció cuando me di cuenta de que lo que realmente importaba era que mi amigo se enfrentara a este desafío y encontrara valor y confianza en sí mismo.

Voló en amplios círculos y descendió sobre la hierba a gran velocidad. Filmé la pasada con su cámara y deseé po-der recordarle que, cuando se hallara dispuesto a aterrizar, ese morro metálico estaría a mayor altura sobre su cabeza y le impediría mirar hacia adelante. Era lo mismo que tratar de aterrizar con los ojos vendados, tenía que hacerlo correcta-mente y a la primera.

¿Cómo me sentiría en su lugar? No podía decirlo. Hace mucho tiempo, en algún lugar, mientras volaba, de pronto algo me hizo sentir confianza en estos aparatos. Sentí den-tro de mí que podría volar en cualquier avión, desde un pla-neador hasta un avión de pasajeros a reacción. Si esto era verdad o no, sólo se podía probar en la práctica, pero la confianza era real y jamás sentiría temor de subirme en algo que tuviera alas. Esta confianza era una hermosa sensación, y ahora Paul estaba buscando eso mismo dentro de sí.

El biplano se dispuso a aterrizar, suficientemente cer-ca del suelo y al comienzo de la pista como para superar cualquier fallo del motor. Disminuyó velocidad, enfiló la pista y descendió suave y parejo. Pasó sobre los árboles, sobre la carretera, sobre la cerca al final de la pista y se acomodó en su planeo, con tranquilidad, totalmente bajo control. Mientras esté bajo control, pensé, todo va bien. Man-tuve el dedo en el disparador sin dejar de enfocar con el objetivo, filmando y enviando potencia desde la batería a los carretes de la película.

El contacto con tierra fue tan suave como el deshielo. Las ruedas se deslizaron sobre la hierba antes de comenzar a rodar. Me hizo sentirme celoso. Estaba haciendo un trabajo maravilloso con mi aeroplano, manejándolo como si estuviera construido de cáscaras de huevo.

Avanzaron gentilmente por la pista y la cola bajó a ese punto crítico del aterrizaje durante el cual los pasajeros empiezan a sonreír y hacer señas con los brazos. El avión corrió recto por la pista. Lo había logrado. No me cabía la menor duda de que en la película aparecería mi suspiro de satisfacción.

En ese momento, el avión de colores brillantes e inmenso a través del lente de aproximación comenzó a coletear.

El ala izquierda se ladeó ligeramente y el avión giró hacia la derecha. El timón brilló cuando Paul le dio una patada al pedal izquierdo.

—¡Dale potencia, muchacho, dale potencia! —exclamé.

Nada. El ala bajó aún más y en unos segundos tocó tierra levemente, despidiendo una lluvia de hierba cortada. El biplano estaba fuera de control.

Separé la vista del objetivo de la cámara con la certeza de que la película sólo mostraría un borrón de hierba y movimiento. No me importó. Quizás todavía podía lograrlo. Era posible que el biplano pudiera salir airoso de este patinazo.

Se escuchó un ruido fuerte y sordo. La rueda izquierda estaba cediendo. El biplano se inclinó de costado por un momento, patinó, la rueda se dobló primero y luego se rompió. El avión se enterró de morro y en seguida se detuvo. La hélice giró por última vez y uno de sus extremos se clavó en tierra.

Sin dejar de hacer funcionar la filmadora, la dirigí hacia esta escena. Oh, Paul. ¿Cuánto tardarás ahora en confiar en ti mismo? Traté de imaginarme cómo me sentiría si hubiera destrozado el Luscombe de Paul que él me hubiera confiado. La sensación fue horrible, de manera que borré rápidamente la imagen. Me sentí feliz de ser yo y no Paul.

Caminé lentamente hacia el aeroplano. Los daños eran mayores que los de la Prairie du Chien. El largo extremo del ala superior colgaba angustiosamente. La tela del ala inferior estaba muy arrugada y la punta clavada en la tierra. Tres tirantes estaban torcidos de forma increíble, gritando que una fuerza horrenda los había doblado en sus garras. La rueda izquierda había desaparecido bajo el avión.

Paul saltó de la carlinga y tiró el casco y las gafas sobre el asiento. Busqué algunas palabras de consuelo para decirle, pero no se me ocurrió nada que expresara cuánto lo sentía por él, que hubiera estropeado el biplano.

—Algunas veces se gana, otras se pierde —fue todo lo que logré articular.

—No sabes —dijo Paul—, no sabes cuánto lo siento...

—Olvídalo. No vale la pena preocuparse. El avión es una herramienta para aprender, Paul. Y algunas veces las herramientas se doblan un poco. —Me sentí orgulloso de decir estas palabras con voz calmada—. Todo lo que tienes que hacer es enderezarlo y volver a volar.

—Sí, claro.

—Nada sucede por casualidad, amigo mío. —Estaba tratando de convencerme a mí mismo, más que a Paul—. No existe la suerte. Hay un significado detrás de cada pequeño hecho. Y hay un significado tras todo esto. Tanto para ti como para mí. Quizás no se comprenda ahora, de inmediato. Pero ya lo veremos con claridad, antes de que pase mucho tiempo.

—Ojalá pudiera decir lo mismo, Dick. Todo lo que puedo expresar en estos momentos es que lo siento.

El biplano estaba hecho una ruina.

8

Remolcamos el aeroplano con sus alas destrozadas al amparo de un hangar de plancha y la vida de piloto errante se detuvo bruscamente. Una vez más, el Circo Volante de los Grandes Norteamericanos estaba sin poder trabajar.

Sin contar los tirantes doblados y el tren de aterrizaje roto, dos engranajes se habían estropeado, un brazo del freno estaba fuera de su lugar, la parte superior de la cubierta del motor estaba hundida, el amortiguador derecho roto y el mecanismo del alerón izquierdo estaba doblado, de manera que el bastón de mando se encontraba fuertemente atascado.

Sin embargo, el dueño del hangar próximo al nuestro era un tal Stan Gerlach y esto constituyó un milagro muy especial. Stan Gerlach era piloto desde 1932, y todavía guardaba recambios y piezas de cada avión que había poseído desde entonces.

—Escuchen, muchachos —nos dijo esa tarde—. Tengo tres hangares en este lugar y me parece que aquí encontraremos algunas viejas piezas de un Travelair que tuve hace tiempo. Pueden sacar todo lo que quieran si eso les permite seguir volando.

Abrió un gran portón de hojalata.

—Aquí están los tirantes, unas ruedas y otros desperdicios

Se abrió paso entre las piezas de metal golpeándolas y apartándolas ruidosamente, separando trozos soldados de secciones de avión.

—Esto puede servirles... y esto también...

Nuestro mayor problema lo constituía la armazón de tirantes, ya que pasarían varias semanas hasta que nos enviaran los delicados tubos de acero para confeccionar las piezas nuevas del biplano. Y esas piezas de acero azuladas que estaba separando eran muy similares a las que necesitábamos. Impulsado por la curiosidad, tomé una y la metí sobre la armazón intacta del ala derecha del Parks. Tenía un dieciseisavo de pulgada más de longitud.

—¡Stan! ¡Esto es perfecto! ¡Perfecto! ¡Es justo la medida!

—¿Lo es? Me alegro. Pueden llevárselo entonces. Vean si hay algo más que les sea de utilidad.

Sentía que se renovaban mis esperanzas. Todo esto iba más allá de una simple coincidencia. Las probabilidades en contra de nuestro biplano destrozado en un pueblo pequeño y distante que era el lugar donde vivía un hombre que poseía repuestos de aviones de hacía cuarenta años; las probabilidades de que este hombre estuviera presente en el lugar del accidente; las probabilidades de que remolcáramos el avión justo al lado de su hangar, a menos de tres metros de los recambios que necesitábamos... las probabilidades en contra de todo esto eran tan altas que llamarle "coincidencias" era una respuesta estúpida. Esperé con impaciencia la forma en que se solucionaría el resto del problema.

—De alguna forma van a tener que levantar el avión —dijo Stan—. Tendrán que librar las ruedas de su peso mientras arreglan ese tren de aterrizaje. Aquí tengo un marco de hierro que podemos adaptar.

Volvió a sumergirse en el fondo de su hangar y volvió arrastrando una tubería de acero de unos cinco metros.

—El resto está allí adentro. Es mejor que lo saquen y unan las piezas.

En diez minutos armamos un marco con las tuberías, desde el cual podríamos colgar un montacargas para levantar toda la parte delantera del aeroplano. Pero no teníamos el montacargas.

—Me parece que en el granero tengo una polea con

aparejo... sí que tengo una. ¿Desean ir a buscarla?

Acompañé a Stan a su granero que distaba unos cuatro kilómetros de Palmira.

—Yo vivo para mis aviones —me comentó mientras conducía—. No sé... pero los aviones me transtornan. No sé qué voy a hacer cuando el físico ya no me acompañe... creo que seguiré volando.

—Stan, no se puede imaginar no sabe cuánto le agradezco...

—No es nada. Es mejor que esos tirantes le sirvan y que no sigan tirados en el hangar. He puesto anuncios para vender estos hierros viejos a quienes los necesiten. Puede tomar todo lo que quiera. Un revendedor me pediría unos cincuenta dólares sólo por el hecho de anunciarlos y entregarlos. Tengo también unos balones y un soplete y una serie de herramientas y artefactos en el hangar que pueden servirles.

Nos apartamos de la carretera y nos detuvimos junto a un granero viejo pintado de rojo y algo descascarado. De una viga colgaba una polea con aparejo.

—Estaba seguro de que la encontraríamos aquí.

La bajamos, la cargamos en el camión y volvimos al aeródromo. Nos detuvimos junto al avión y a la luz de los últimos rayos de sol aseguramos la polea al marco en forma de A.

—Muchachos —dijo Stan—, debo marcharme. En el hangar encontrarán una luz de emergencia y un cable de extensión, una mesa de trabajo y todo cuanto deseen. Al marcharse, por favor cierren la puerta.

—Está bien, Stan. Muchas gracias.

—Me alegro de haberles servido de ayuda.

El primer trabajo fue soltar y sacar los tirantes doblados. Al separarlos, las alas bajaron más que nunca y tuvimos que apoyar los extremos del ala inferior con caballetes de madera. Cuando anocheció ya estaba reparado el mecanismo del alerón, y la cubierta del motor había quedado desabollada.

Al cabo de poco tiempo, abandonamos el trabajo y nos fuimos a cenar, dejando cerrado con llave el hangar de Stan.

—Bien, Paul, debo decirte que has derrotado al propio Magnaflux. Muchachos, si tienen cualquier fallo en el avión, el Servicio de Comprobación de Hansen lo encontrará y se lo solucionará en un instante.

—No —dijo Paul—. Sólo toqué tierra y exclamé: "¡Dios mío, lo voy a destrozar!" Y entonces, ¡PLAM! ¿Sabes lo primero que pensé? En tu esposa. ¿Qué va a decir Bette? Es lo primero en que pensé.

—La llamaré. Le diré que estabas pensando en ella. "Bette, mientras Paul hacía pedazos mi biplano, estaba pensando en ti. "

Comimos en silencio durante un tiempo y de pronto a Paul se le ocurrió comentar:

—Me parece que hoy ganamos algo de dinero. Eh, tesorero. ¿Cuánto hemos hecho hoy?

Stu dejó el tenedor sobre la mesa y sacó su billetera.

—Seis dólares.

—Pero debemos descontar una parte para los Grandes Norteamericanos —dijo Paul—. Yo pagué veinticinco centavos a los chicos que encontraron el trazador de viento.

—Y yo compré el papel crepé —añadió Stu—. Me costó seis centavos.

—Y yo pagué el aceite —añadí—. Esto se pone interesante.

Stu nos entregó los dos dólares correspondientes a cada uno y luego yo les pedí su parte del aceite: setenta y cinco centavos. Pero yo debía a Paul ocho centavos y un tercio por mi participación en el pago de los chicos que recuperaron el trazador. Además debía veinte centavos a Stu por el papel crepé. De esta forma, Stu pagó ocho centavos a Paul, dedujo los veinte centavos que yo le debía a él de la cantidad que me adeudaba y me entregó cincuenta y cinco centavos. Paul me sustrajo ocho centavos de su deuda conmigo y me quedó a deber sesenta y siete centavos. Pero como no tenía cambio, me dio cincuenta centavos y dos monedas de diez centavos cada una y yo le devolví dos centavos. En realidad, le tiré las dos monedas en el platito del café, y produjeron un fuerte tintineo.

Nos quedamos mirando nuestras pequeñas pilas de monedas y yo dije:

—¿Están saldadas todas las cuentas? Hablen ahora o callen para siempre

—Me debes cincuenta centavos —afirmó Stu.

—¡Cincuenta centavos! ¿Por qué te debo cincuenta centavos? —pregunté—. ¡No te debo nada!

—Olvidaste dar el contacto. Después que casi caí muerto de tanto hacer girar la manivela, tú te habías olvidado de dar el contacto. Cincuenta centavos.

¿Eso había ocurrido esta mañana? Así era. Y pagué.

Joe Wright se detuvo en el café para insistirnos nuevamente que durmiéramos en la oficina. Que no revisarían las latas de aceite.

Había dos literas, pero apilamos todo nuestro equipo en el interior del edificio y aquello pareció más una fábrica de aviones que un lugar para dormir.

—¿Sabéis algo? —inquirió Paul, tendido en la oscuridad al tiempo que fumaba un cigarrillo.

—¿Qué?

—¿Sabéis que en ningún momento sentí temor de hacerme daño? Lo único que temía era hacerle daño al avión. Estaba seguro de que el avión no permitiría que nada me ocurriera. ¿No es gracioso?

El futuro de los Grandes Norteamericanos dependía de un piloto, saltador en caída libre, mecánico y amigo, todo en uno. Este era Johnny Colin, quien nos había acompañado en los vuelos en la Prairie du Chien e hizo el milagro de reparar el biplano después de su accidente.

A la tarde siguiente, Paul puso en marcha su Luscombe y se dirigió al Oeste, hacia Río Apple, donde Johnny era propietario de una pista de aterrizaje. Si todo marchaba de acuerdo al plan, estaría de vuelta antes del anochecer.

Stu y yo nos dedicamos al avión, intentando dejar todo listo para el momento de la soldadura. Y llegó el punto en que no nos quedó más que hacer. A partir de ese instante, todo dependía de Paul y si lograba traer a Johnny en su Luscombe.

Stan llegó a la pista y sacó el Piper Pacer para efectuar un vuelo. Aterrizó un Cherokee, dio media vuelta y se elevó nuevamente. La tarde era muy apacible en este pequeño aeródromo.

Se detuvo un coche junto al ala del avión y descendieron unos habitantes del lugar. Reconocimos en ellos a algunos de los espectadores del día anterior.

—¿Qué tal?

—Todo va bien. Sólo aplicar una soldadura y estaremos listos para armarlo de nuevo.

—Me parece que todavía está todo un poco doblado.

La mujer que habló, sonrió débilmente, como para indicar que no había querido ofender a nadie. Pero sus amigos no lo notaron.

—No les trates tan duramente, Duke. Han estado trabajando todo el día en este pobre y viejo aeroplano.

—Y estarán volando en él muy pronto, también —replicó Duke.

Era una mujer extraña y mi primera impresión sobre ella fue que se hallaba a mil kilómetros de distancia. Y que la parte de ella que continuaba en Palmira, Wisconsin, estaba a punto de lanzar una frase misteriosa para luego desaparecer.

Cuando hablaba Duke, todo el mundo la escuchaba. Estaba rodeada de una aureola de tristeza, como si perteneciera a una raza extinguida, que había sido capturada de pequeña y enseñada de acuerdo a nuestras costumbres, pero que siempre recordaba su hogar en otro planeta.

—¿Esto es todo lo que hacen para ganarse la vida? ¿Volar de un lugar a otro y efectuar estos paseos pagados? —preguntó. Me lanzó una mirada fija y directa, deseando que le dijera la verdad.

—Eso es casi todo.

—¿Qué piensan de los pueblos que van conociendo?

—Cada uno es diferente. Los pueblos tienen su propia personalidad, como las personas.

—¿Y cuál es nuestra personalidad? —me interrogó.

—Son algo cautelosos, formales, seguros. Desconfían de los extraños.

—Ahí se equivoca. Este pueblo es una verdadera Caldera del Diablo —afirmó ella.

Stan descendió a baja altura sobre la pista y todos observamos su pasada rasante, con el motor ronroneando suavemente.

Paul debía haber llegado hacía una hora y el sol estaba casi sobre el horizonte. Si iba a lograrlo, tenía que ser pronto.

—¿Dónde está su amigo? —preguntó Duke.

—Salió a buscar a un conocido que es muy buen soldador.

Se apartó y fue a sentarse en el guardabarros delantero del coche, escudriñando el cielo. Esa mujer distante, delgada, no era fea. Yo me puse a retocar un parche en la punta del ala.

—Allí viene —dijo alguien y señaló con la mano.

Estaban equivocados. El avión siguió vuelo enfilando hacia el Lago Michigan, en dirección al Este.

Al poco rato apareció otro avión y esta vez era el Luscombe. Descendió suavemente, las ruedas tocaron la pista y se aproximó a nosotros. Paul venía solo: no le acompañaba nadie en el Luscombe. Me volvía para mirar el soplete. Una lástima.

—Tenemos muchos aviones por aquí hoy —dijo Duke.

Era un Champion Aeronca que venía tras Paul y en la carlinga estaba Johnny Colin. Había venido pilotando su propio avión. Johnny avanzó hasta nuestro lado y apagó el motor. Descendió de la avioneta con dificultad, empequeñeciendo el aparato con su tamaño. Llevaba puesta su gorra verde. Sonrió.

—¡Johnny! Me alegro de verte.

Sacó una caja de herramientas de la parte posterior del Aeronca.

—Hola. Me dijo Paul que había estado muy ocupado con tu aeroplano, tratando de mantenerlo bien doblado y torcido. —Puso las herramientas en el suelo y observó los tirantes que debían ser soldados—. Debo partir mañana a primera hora para llegar hasta Muscatine. Allí me espera otro avión. Hola, Stu.

—Hola, Johnny.

—Vamos a ver qué sucede aquí. ¿Esta rueda? —Estudió detenidamente la gruesa unión de hierro que estaba rota y el resto del trabajo que le esperaba—. No será mucho.

Se puso unas gafas negras y de inmediato hizo funcionar el soplete. El sonido que producía la llama transmitía confianza, lo que me hizo sentirme descansado. Durante todo el día, hasta ese instante, había estado tenso, pero ahora me relajé. Gracias a Dios por tener algo tan maravilloso como un amigo.

Johnny terminó de arreglar el brazo roto en tres minutos, aplicando la soldadura y la fina llama del soplete. A continuación se arrodilló junto a la gruesa unión de la rueda y, quince minutos después, ya estaba firme y fuerte, lista para resistir todo el peso del avión. Encomendó a Paul la tarea de cortar trozos de tubería del tamaño preciso para fortalecer el tirante. Entretanto, Stu fue en busca de comida.

Uno de los tirantes estaba reparado antes de que volviera Stu con las hamburguesas, chocolate caliente y un par de litros de leche. Todos comimos rápidamente, bajo las sombras que proyectaba la lámpara de emergencia.

El soplete volvió a encenderse con su fuerte silbido. Las gafas negras cayeron sobre los ojos y Johnny se dedicó al segundo tirante.

—¿Sabes lo que dijo cuando llegué a su casa? —anunció Paul, con voz queda—. Acababa de llegar del trabajo y su mujer le tenía la comida sobre la mesa. Agarró esa caja de herramientas y dijo: "Volveré por la mañana. Tengo que arreglar un avión averiado". ¿Qué te parece?

En la oscuridad, se apartó el tirante ya terminado, brillando con ese color rojo blanco. Quedaban dos trabajos más. Los más difíciles. Ahora, el metal torcido estaba a pocos centímetros de la tela del avión. La tela estaba pintada con varias capas de butirina, y por eso podría arder como dinamita caliente.

—Traed unos trapos y un cubo de agua —dijo Johnny—. Haremos una protección alrededor. Debemos trabajar muy cerca.

Se hizo el taco con trapos mojados y yo los sostuve mientras el soldador realizaba su labor. Entrecerrando los ojos, pude ver la llama brillante que tocaba el metal, transformándolo todo en una masa derretida, devolviéndole la forma que tenía antes del accidente. El agua del cubo empezó a bullir y me sentí tenso nuevamente.

Al cabo de mucho tiempo, quedó terminado uno de los trabajos difíciles. Quedaba el peor de todos. Se trataba de un grueso perno rodeado de tela pintada y madera aceitosa. A diez centímetros sobre la llama del soplete que arrojaba tres mil grados de temperatura, entre una armadura de madera vieja y reseca, estaba el tanque de combustible. Contenía ciento sesenta litros de combustible. Suficiente como para hacer volar todo el aeroplano a unos mil pies de altura.

Johnny apagó el soplete y estudió la situación durante largo rato bajo la luz.

—Ahora debemos tener mucho cuidado —comentó—. Necesitaremos de nuevo esa protección y gran cantidad de agua. Si véis que se produce un incendio, gritad y tirad agua de inmediato.

Johnny y yo nos metimos bajo el avión, entre las grandes ruedas. Tendidos sobre la hierba, todo el trabajo y el fuego quedarían sobre nuestras cabezas.

—Stu —llamé—. Sube a la carlinga delantera y vigila desde allí cualquier llama que surja bajo el tanque de combustible. Toma el extintor de Stan. Si ves algo, apresúrate a gritar y aplicarle el extintor. Si te parece que va a volar todo por el aire, grita y echa a correr. Podemos perder el biplano, pero no quiero que nadie pueda acabar herido.

Ya casi era medianoche cuando Johnny encendió nuevamente el soplete y lo acercó junto al taco de trapos mojados que yo sostenía. El acero era grueso y el trabajo avanzaba lentamente. Me preocupaba el calor que podía transmitirse del metal a la tela, más allá de la protección.

—Paul, es mejor que estés atento a cualquier llama o humo, ¿quieres?

El soplete estaba tan cerca que su rugido era ensordecedor y lanzaba una llama como un cohete en pleno despegue. Justo sobre mi cabeza y a través de una ranura, pude ver el tanque de combustible. Si se encendía un fuego en ese lugar, nos veríamos ante serios problemas. Y era bastante difícil advertirlo con el resplandor y el ruido del soplete.

Cada cierto tiempo se apagaba la llama, con el estampido de un disparo de rifle, lanzando chispas blancas a todo nuestro alrededor. Donde tocaba al avión, la llama del soplete quedaba envuelta en humo. Allí, bajo la barriga del biplano, teníamos nuestro propio infierno privado.

De pronto, hubo un crepitar sobre mi cabeza y escuché a Stu decir algo, pero su voz me llegaba muy débilmente.

—¡PAUL! —grité—. ¿QUE ESTA DICIENDO STU? ¡ESCUCHA LO QUE DICE!

Un poco más adelante había comenzado un fuego.

—¡DETENTE; JOHNNY! ¡FUEGO!

Con un trapo húmedo cerré de golpe la estrecha grieta sobre mi cabeza. Se escuchó un siseo y surgió una columna de humo. —¡STU! ¡MALDITA SEA! ¡DI ALGO! ¿HAY FUEGO POR ESE LADO?

—Está todo bien ahora —se escuchó la débil voz.

Debe ser la distancia, pensé. O el rugido del soplete. No puedo escucharle. No seas tan duro con él. Pero para estas cosas no tenía paciencia. Volaríamos todos en pedazos si no se hacía escuchar cuando se producía un incendio.

—ESCUCHALE, PAUL, ¿QUIERES? ¡NO PUEDO OIR UNA PALABRA DE LO QUE DICE!

Johnny volvió con el soplete y empezó de nuevo el chisporroteo y el humo.

—Sólo es grasa que se está quemando —dijo junto a mí.

En nuestro pequeño infierno tuvimos que soportar tres conatos de incendio. Y tuvimos que apagar cada uno de ellos a muy poca distancia del tanque de combustible. A las dos de la madrugada, nadie sintió pesar cuando el soplete se apagó por última vez y el tren de aterrizaje estaba arreglado, brillando en la oscuridad.

—Con esto debería ser suficiente —dijo Johnny—. ¿Queréis que os ayude a montarlo?

—No. Ya no tendremos problemas para seguir. Nos has salvado, John. Es mejor que todos nos vayamos a dormir. Hombre, no quisiera pasar por todo esto otra vez.

Johnny no estaba visiblemente cansado, pero yo me sentía como un globo desinflado.

A las cinco y media de la mañana, Johnny y yo nos levantamos y le acompañé hasta su Aeronca, que estaba cubierto de rocío. Puso en marcha el frío motor y colocó las herramientas en el asiento posterior.

—Johnny, muchas gracias —le dije.

—Vaya, no es nada. Me alegro de haberte ayudado. En lo sucesivo, ¿quieres tener cuidado con ese avión?

Limpió una sección del parabrisas cubierto de humedad y luego subió a bordo.

No sabía qué más decir. De no haber sido por él, nuestro sueño se habría desvanecido en dos ocasiones.

—Espero que volvamos a volar juntos muy pronto.

—Lo haremos, alguna vez.

Hundió el estrangulador y rodó por la pista en esa mañana llena de neblina. Un momento después no era más que una pequeña mancha en el horizonte hacia el Oeste. Nuestro problema estaba solucionado y los Grandes Norteamericanos habían vuelto a la vida.

9

Tres días después de su segundo accidente, a las cinco de la tarde, el biplano era una máquina voladora sacada de un álbum de recortes de un piloto errante: la tela con parches plateados, placas soldadas en los tirantes, unas secciones chamuscadas y otras pintadas.

Recorrimos todos sus puntos de unión, asegurándonos de que los cables de seguridad y los pasadores estuvieran en el lugar adecuado. Tensamos dos veces los nudos de unión y, finalmente, me encontré de nuevo en mi familiar carlinga, con el motor en marcha suavemente, calentándose con el calor de las explosiones en los cilindros. Este sería un vuelo de prueba para el aparejo y para las soldaduras del tren de aterrizaje. Si las ruedas se desprendían durante el despegue o las alas no resistían durante el vuelo, habríamos fracasado.

Adelanté el estrangulador, giraron las ruedas y nos elevamos con un brinco. El tren y el aparejo estaban en buenas condiciones. El biplano voló maravillosamente.

—¡YA—JUUUU! —grité al viento, donde nadie podía escucharme—. ¡TE QUIERO, MI VIEJO ANIMAL! ¡FORMIDABLE!

El animal rugió feliz a modo de respuesta.

Ascendimos a dos mil pies sobre el lago y efectuamos algunas acrobacias. Si las alas no se desprendían con esta presión y con el vuelo en posición invertida, jamás lo harían. Esta primera voltereta requería de mucho valor y revisé dos veces

93

las hebillas del paracaídas. El viento silbó en los cables como de costumbre y nos elevamos e invertimos en la forma más suave posible en esta primera oportunidad, con la tierra bajo nuestra cabeza. Nos estabilizamos. La voltereta siguiente fue más pronunciada, esperando que los cables se soltaran al viento, o que los tirantes se torcieran o que la tela se desgarrara. El avión fue el mismo de siempre. Soportó la voltereta más pronunciada y el rizo más rápido sin un quejido.

Nos zambullimos hacia tierra e hicimos rebotar con fuerza las ruedas sobre la hierba en una pasada rasante. Esto no era fácil de efectuar, pero tenía que exigir lo más posible a las ruedas antes de llevar pasajeros a bordo.

El avión superó todas las pruebas y lo último que nos quedaba por comprobar era si la soldadura del tren de aterrizaje afectaba en algo la maniobra. Un pequeño desajuste en la alineación de las ruedas haría que el avión resultara más difícil de controlar.

Efectuamos la aproximación final, pasamos sobre la cerca y tocamos la hierba. Esperé con la mano sobre el estrangulador y los pies sobre los pedales del timón. Coleteó ligeramente, pero respondió de inmediato al toque del estrangulador. Me pareció un poco más caprichoso que de costumbre en tierra. Nos acercamos al hangar de Stan, triunfantes. La hélice lanzó su última ráfaga de aire y se detuvo.

—¿Cómo está? —preguntó Paul, en el mismo instante en que se apagó el ruido del motor.

—¡ESTUPENDO! Quizá se bambolea un poco más en el momento de aterrizar. Fuera de esto, perfecto. —Salté de la carlinga y dije lo que debía decir, porque algunas cosas son más importantes que los aeroplanos—: ¿Quieres probar de nuevo, Paul?

—¿Lo dices en serio?

—No lo diría si no lo pensara así. Si vuelve a quedar retorcido, lo arreglaremos de nuevo. ¿Estás listo?

Se quedó pensativo un largo rato.

—Creo que no. Si tengo otro accidente, no podríamos trabajar. Y se supone que debemos pasear clientes y no dedicarnos a arreglar aviones.

Aún quedaba luz en esa tarde del sábado.

—¿Recuerdas que dijiste que si nos convenía quedarnos hasta el domingo nada podría hacemos marchar? —comentó Paul—. Al parecer, nos conviene quedamos hasta el domingo, a no ser que desees partir ahora.

—No —repliqué—. Nos quedaremos. Lo único que podría haberme obligado a esperar hasta el domingo, es lo que nos ha sucedido. De manera que me imagino que algo interesante nos espera mañana.

El domingo por la mañana se celebraba el Festival Aéreo Anual de Palmira. Los primeros aviones llegaron a las siete. A las siete y media ya habíamos volado con los pasajeros que iniciaron el día. Y a las nueve, ambos aviones volaban continuamente y en tierra nos esperaba una fila de cincuenta personas. Un helicóptero trasladaba pasajeros al otro extremo de la pista. Nuestra fila era el doble de larga que la de él, y ello nos llenaba de orgullo.

El cielo se cubrió de pequeños aviones modernos de diferentes tipos. Todos deseaban asistir al gigantesco festival ya tradicional en el aeródromo. El biplano y el Luscombe entraban y salían del tráfico aéreo, pasándose uno al otro, trabajando duro y gruñendo a las otras avionetas que no tenían prisa en volver a tierra.

Habíamos aprendido que no es prudente establecer un plan de vuelo que se aparte demasiado del campo de aterrizaje, de manera que pudiéramos planear si el motor se detenía. Pero en Palmira esta experiencia no tuvo ninguna validez. En todo el cielo se apreciaban largas colas de aviones y, si llegaba el caso de que los motores se detuvieran todos al mismo tiempo, los aeroplanos quedarían diseminados en cualquier parte menos sobre el aeródromo.

No dejamos de volar un instante, bebiendo de vez en cuando una Pepsi-Cola en la carlinga mientras Stu aseguraba los cinturones de los nuevos pasajeros. Estábamos ganando dinero a manos llenas con gran esfuerzo. Vueltas,

vueltas y más vueltas. Los habitantes de Palmira acudieron en masa; la mayoría de nuestros pasajeros eran mujeres y casi todas volaban por primera vez.

Observé el viento fuerte que golpeaba los rostros grácilmente esculpidos y una vez más me admiró la cantidad de mujeres atractivas que habitaban este pequeño pueblo.

Los vuelos fueron repitiéndose según un modelo constante, no sólo en el aire, sino también en nuestras mentes.

Asegura bien los cinturones, Stu, y no te olvides de advertirles que se sujeten las gafas de sol cuando miren por la borda. Avancemos por aquí, cuidándonos de otros aviones. Revisemos nuevamente la aproximación final para ver si alguien está a punto de aterrizar. Metámonos en la pista manteniéndonos atentos al timón. Veamos si podemos elevarnos justo encima de nuestros clientes para que puedan observar cómo giran las brillantes cruces en las ruedas cuando el biplano se ha remontado en el aire. Si se produce cualquier fallo en el motor en ese momento, aún podemos aterrizar en la carretera. Ahora vamos hacia el pequeño valle. Sobrevolamos ese rancho, girando levemente para que puedan ver las vacas y el tractor. Si nos falla el motor en estos momentos, al otro lado de la carretera hay un campo liso y suave. Nivelemos a ochocientos pies y pasemos sobre el Lago Blue Spring. Estamos ganando mucho dinero hoy. Ya he perdido la cuenta de cuántos pasajeros... por lo menos doscientos dólares, con toda seguridad. Pero has trabajado duro para conseguirlo. Pongamos atención a los otros aviones, no dejes de mirar para todos lados. Si ahora falla el motor, podemos bajar justo al otro extremo del lago; allí hay un lugar plano y excelente para aterrizar. Inclínate ahora para que los pasajeros puedan ver los yates impulsados por la brisa y las motoras con sus esquiadores que dejan blancos rastros sobre el agua. A la izquierda hay un buen lugar para aterrizar. Demos una vuelta más sobre este lugar, gratuitamente, para darles una última oportunidad de observar el azul intenso del lago. Luego volvamos por el valle para meternos en el plan de aterrizaje. Pasemos sobre el pueblo, con cuidado; hay muchos aviones en vuelo. Sigamos a ese Cessna... Pobre tipo, no sabe lo que se pierde al no tener un avión con carlinga abierta; tiene que pilotar ese vagón lechero. Por cierto, puede llegar a cualquier lugar en la mitad del tiempo que emplearíamos nosotros. Y eso es lo que desea. Que lo aproveche. Me gustaría que se ciñera más a su plan de vuelo. Algún día se le detendrá el motor y se sentirá muy limitado al no poder planear hasta la pista. Ahora ya está en su plan de vuelo. Giremos, perdamos un poco de altura. Fijémonos en el viento nuevamente. Está soplando de costado, pero no hay problema. Enfilemos por el lado derecho de la pista y tomemos sólo hasta la mitad, pues así pasaremos lentamente frente a nuestros clientes y quedaremos en posición de tomar nuevos pasajeros. Estos viejos pilotos errantes deben haber trabajado duro para subsistir. Olvídalo. Ha llegado el momento de aterrizar y, recuerda que cada aterrizaje es diferente. Pon atención y mucha cautela. No quedarías muy bien si sufrieras un accidente delante de toda esta muchedumbre, aun cuando no sufriera daños el biplano. Las ruedas están más fuertes que nunca. Este Johnny es un as de la soldadura. Y jamás encontraré un amigo igual. Vamos, desciende lentamente, sobre la cerca. Esos coches podrían tener más cuidado con los aviones. Y ahora viene la parte más difícil. Mantenerlo recto, sin coletazos. Atento al estrangulador y al timón. Están felices de haber llegado, pero también les ha gustado el vuelo. Acerquémonos despacio a Stu. Ayúdales a bajar, muchacho. Cuida que no pisen la tela. Hay dos pasajeros más dispuestos a emprender vuelo. Estos valientes que se sobreponen a todos sus temores para experimentar qué se siente en el aire. Esta vez es una madre con su hija. No lo saben todavía, pero también les gustará el vuelo. Asegúrales el cinturón, Stu, y no te olvides de advertirles que se sujeten las gafas de sol cuando miren por la borda

Una y otra vez. Una y otra vez.

Pero el plan se alteró en una ocasión. Mientras Stu ayudaba a subir a unos pasajeros, un hombre furioso se acercó junto a mi carlinga.

—Sé que usted es un piloto muy experimentado —me dijo con palabras cargadas de veneno—, pero podría tener más cuidado al aterrizar. ¡Yo descendía en ese bimotor, en el Apache, y usted me cortó cuando dobló a la derecha justo frente a mí!

Mi primer pensamiento fue disculparme por haber cometido tal error, pero su actitud me chocó. ¿Haría yo lo mismo con otro piloto ante semejante muchedumbre? Por alguna razón muy perdida en el tiempo, recordé a un piloto llamado Ed Fitzgerald, que pertenecía también al Escuadrón 141 de Ataque Táctico, en la Fuerza Aérea de los Estados Unidos. Fitz era uno de los mejores pilotos que conocí y un gran amigo. Pero era el hombre más orgulloso de toda la Fuerza Aérea. Siempre tenía el rostro ceñudo y decíamos que estaba a punto de explotar, como una granada. Si un hombre cometía el error de cruzarse ante Fitz, aun cuando fuera muy ligeramente, debía estar dispuesto a enfrentarse en un combate mano a mano con un leopardo salvaje. Incluso cuando estaba equivocado, Ed Fitzgerald no titubeaba un segundo en golpear a cualquiera que se le opusiera.

En esos instantes recordé a Fitz y sonreí para mis adentros. Me erguí en la carlinga, lo que me hizo sobrepasar en altura por lo menos en un metro al pequeño piloto del Apache. Le fruncí el ceño, furioso, tal cual habría hecho Fitz.

—Escuche, hermano —le dije—. No sé quién es usted, pero vuela de una forma que algún día va a matar a alguien. Se arrastra por todas partes y luego se acerca al aeródromo esperando que todo el mundo se aparte porque usted tiene dos motores en su maldito aparato. Escúcheme bien, hermano, si sigue volando de esa forma, le cortaré cada vez que quiera. Si vuelve a subir, le vuelvo a cortar, ¿me ha entendido? Cuando haya aprendido a pilotar y a mantener la ruta, volvemos a hablar, ¿de acuerdo?

Stu ya había terminado de asegurar a los pasajeros en sus asientos. Apliqué el estrangulador y lancé toda la potencia de la ráfaga de viento de la hélice sobre el individuo para hacerte perder el equilibrio. Se echó hacia atrás, enloquecido de ira y yo me puse las gafas y avancé en medio de un tronar y de un ventarrón que hacía imposible cualquier respuesta. No paré de reírme hasta el momento del despegue. El viejo Fitz había llegado justo a tiempo para ayudarme.

A las tres de la tarde, el aeródromo estaba tan vacío y tranquilo como en el resto del año. No había ningún otro avión a la vista, salvo el Luscombe y el biplano. Atravesamos el campo de maíz para ir a comer y nos dejamos caer sobre la mesa.

—Tres hamburguesas y tres Errantes Especiales, Millie.

Ese era otro aspecto de la seguridad. No sólo se conoce a la camarera, sino que también se tiene una mesa propia y se le pueden añadir cosas al menú. Incluso Stu llegó a escribir la receta y quizás aún esté en alguna carta en Palmira.

Después de largo rato, Paul se restregó los ojos y habló.

—¡Qué día!

—Mmm —le respondí, totalmente de acuerdo, sin decidirme a abrir la boca por el esfuerzo que significaba.

—¿Qué habrá sucedido con Duke? —comentó Stu, momentos después. Y como quedara en claro que nadie seguiría la conversación, continuó:

—Estuvo todo el día mirándoles volar, pero no quiso comprar una entrada. Dijo que sentía miedo.

—Ese es su problema —dije.

—En todo caso, estamos invitados a cenar con ella y unos amigos suyos. Al otro lado del lago. ¿Vamos a ir?

—Por supuesto que iremos —respondió Paul.

—Dijo que volvería a las cinco para recogernos.

Hubo un nuevo silencio y esta vez lo rompí yo.

—¿Dará resultado? ¿Podrá sobrevivir un piloto errante?

—Si tu pájaro pudo sobrevivir a ese accidente y a los dos días estaba volando nuevamente —dijo Paul—, quiere decir que no estamos hechos para el desastre. No sé qué cantidad de dinero hemos recaudado, pero es bastante elevada. Si alguien se sentara a programar con cuidado todos los festivales aéreos, ferias y recepciones en los pequeños pueblos, podría ganarle la mano a Rockefeller en una semana y media.

—Mientras los aviones vuelen y haya clientes, el negocio marcha —comentó Stu. Hizo una pausa y luego continuó—:

—Duke me dijo hoy que en el pueblo se cruzaron apuestas sobre el biplano. Si podía volver a volar o no.

—¿Hablaba en serio?

—Así me lo pareció.

—Ya vieron cómo el helicóptero tuvo que ceder finalmente. Los Grandes Norteamericanos le estaban doblando en vuelos y creo que, por último, no pudo resistir la competencia.

Se hizo el silencio durante un rato y esta vez fue Paul quien habló.

—¿Saben que esa chica voló tres veces conmigo?

—¿Qué chica?

—No lo sé. No habló, no sonrió, pero subió tres veces. Nueve dólares. ¿Dónde podrá obtener una chica nueve dólares para tirarlos volando en un avión?

—¿Tirarlos? —pregunté—. ¿Tirarlos? ¡Hombre, esa chica estaba volando! ¡Nueve dólares es una insignificancia!

—Sí. Pero no te encuentras muchos como ella, que piensen en esa forma. ¿Y saben algo más? Dos autógrafos. ¡Hoy me han pedido dos autógrafos!

—Es muy agradable —dije—. También me has ganado. Se me acercó un muchachito que deseaba le firmara su libreta. ¿Qué te parece, Stu? Ya no eres la Estrella.

—Pobre Stu —comentó Paul con altanería—. ¿Has firmado un autógrafo hoy, Estrella?

Stu respondió en voz muy baja.

—Doce —dijo y apartó la mirada.

A las cinco de la tarde ya teníamos los aviones cubiertos para protegerlos del rocío. Podríamos haber llevado más pasajeros, pero no teníamos ánimo de hacerlo y cerramos la tienda.

Llegaron Duke y sus amigos y nos condujeron a una

casa al otro lado de Palmira, en el segundo lago. Nos quedaba tiempo para bañarnos, pero Paul prefirió esperarnos en la playa. El agua parecía bastante fría.

—¿Me prestas tu peine, Stu? —le pedí, después de una hora en el lago y ya de vuelta en la casa.

—Desde luego.

Me alargó un trozo de plástico roto con cinco dientes en un extremo, un amplio espacio, un breve bosque de 18 dientes y todo el resto vacío.

—Este debe ser el peine típico de un saltador —se disculpó Stu—. Los porrazos le han hecho perder la forma.

El peine no era muy efectivo.

Volvimos a reunirnos con el grupo de personas en el salón y comimos bocadillos y patatas fritas. Estaban interrogando a Paul sobre nuestra actividad: la de piloto errante.

En la habitación flotaba una atmósfera de envidia, como si esas personas carecieran de algo que nosotros poseíamos; como si desearan ocultamente despedirse un día de todo lo que tenían en Palmira y partir volando rumbo a la puesta de sol con el Circo Volante de los Grandes Norteamericanos. Esto se reflejaba muy especialmente en la muchacha llamada Duke. Y pensé: si quieren hacer algo parecido, ¿qué esperan? ¿Por qué no lo hacen simplemente y son felices?

Paul, expresándose con mucha lógica, había logrado convencer a Duke para que volara en el Luscombe.

—Pero tiene que ser de noche —dijo ella.

—¿Y por qué de noche? Si apenas se puede ver.

—Por eso mismo. No quiero ver. Siento un gran impulso de saltar. Quizás no lo sienta de noche.

—Vamos. —Paul se puso de pie.

Se marcharon. Afuera la noche estaba oscura como boca de lobo. Un fallo del motor en el despegue le haría pasar momentos muy difíciles. Escuchamos y al poco rato oímos al Luscombe elevándose. Y luego aparecieron sus luces de navegación moviéndose entre las estrellas. No se apartaron mucho del pueblo y se mantuvieron a gran altura. Mejor para Paul. Así, en ningún momento quedarían fuera de distancia de planeo de la pista de aterrizaje.

En la casa, continuamos la charla durante un tiempo y comentamos lo extraña que nos parecía Duke. Todo el tiempo que había temido subir a un avión y ahora estaba allí arriba, en medio de la noche, donde a nadie se le habría ocurrido ascender la primera vez.

Stu tuvo que soportar algunas bromas por ser tan callado. Yo descubrí una vieja guitarra que estaba de adorno y me puse a tocar con ella. La quinta cuerda se rompió de inmediato y lamenté haberla tomado. Un trozo de hilo de pescar la reemplazó, pero dio un tono ligeramente elevado.

Al cabo de un tiempo volvieron los paseantes.

—Es maravilloso —nos dijo Duke—. Las luces y las estrellas. Pero a los cinco minutos pedí: "¡Bajemos, bajemos!". Ya sentía deseos de saltar.

—No podría haber saltado del avión, aun cuando lo hubiera querido —explicó Paul—. Ni siquiera habría podido abrir la puerta.

Duke comentó su experiencia durante un rato, pero con palabras cautelosas y estudiadas. Hubiera deseado conocer qué era lo que pensaba realmente.

Una hora después agradecimos la invitación a nuestros anfitriones, nos despedinos y regresamos al aeródromo, caminando en la oscuridad.

—Hubiera tenido problemas si se hubiera producido un fallo del motor al despegar —comentó Paul—. Sabía dónde quedaba el valle, pero era imposible verlo. En cuanto separé las ruedas de la pista, empecé a volar en instrumental... ¡Todo era NEGRO! Ni siquiera podía distinguir el horizonte. Sentí esa sensación tan extraña al no saber si las estrellas eran el pueblo o el pueblo las estrellas.

—Al menos no te separaste de la distancia de planeo —le dije.

—Oh, una vez en el aire ya no hubo problemas. Sólo fue en el momento del despegue.

Entramos ruidosamente en la oficina y encendimos la luz—.

—¡Qué día!

—Eh, tesorero, ¿cuánto dinero hemos sacado hoy?

—No lo sé —respondió Stu y sonrió—. Lo contaremos mañana, muchachos.

Stu había crecido desde que se uniera al circo. Ya nos conocía. Esa era la diferencia, pensé. Ojalá pudiéramos decir lo mismo de él.

—¡Un cuerno que lo contaremos mañana! —exclamé—. Mañana nos encontraremos con que nuestro tesorero se ha marchado a Acapulco.

—Cuéntalo, Stu —pidió Paul.

Stu comenzó a vaciar sus bolsillos sobre la litera con el contenido del día más completo que tendríamos en todo el verano. De todos los bolsillos salieron rollos de billetes arrugados y su billetera estaba repleta. La pila final que se formó sobre la litera era impresionante y arrugada.

Stu la dividió en montones de cincuenta dólares, mientras nosotros observábamos. Se juntaron siete montones y un pequeño saldo de billetes. Trescientos setenta y tres dólares.

—No está mal para un día —comenté.

—Espera un segundo —dijo Paul, mientras calculaba—. Eso no puede estar bien. Cada vuelo es a tres dólares, entonces, ¿cómo puede resultar una cifra como 373?

Stu se palpó los bolsillos.

—Vava, aquí hay algunos que faltaban.

Y los contó bajo una lluvia de improperios y murmuraciones. En el último montón se reunieron diecisiete dólares más.

—No sé cómo pudo haberme ocurrido.

—Ya te lo había dicho, Paul —observé—. Debemos tener más cuidado con nuestro tesorero.

Ahora había trescientos noventa dólares sobre la litera. Resultado de 130 pasajeros, la mayoría de los cuales jamás había volado antes. Puedes destruir esa pila de billetes, pensé, o gastarlos en un suspiro, pero jamás podrás destruir la sensación que experimentaron hoy esas 130 personas. El dinero es sólo un símbolo de su deseo de volar, de ver la tierra más allá de sus estrechos límites. Y por un momento yo, piloto errante cubierto de grasa, sentí que quizás había hecho algo de mérito en este mundo.

—¿Y qué pasa con el aceite y el combustible? ¿Cuánto debemos por ese concepto?

Revisé la larga y delgada faja de papel sobre la mesa y sumé las cifras.

—Arroja un total de 42,78 dólares. Utilizamos 671 litros de gasolina y 12 litros de aceite. Debemos pagar a Stan todos los gastos que le hicimos. El acetileno, el oxígeno, la barra de soldar y todo eso. ¿Qué pensáis? ¿Bastará con veinte dólares?

Estuvieron de acuerdo en la cifra.

Entretanto, Stu calculaba la forma de dividir el resto en cuatro partes iguales, incluyendo a Johnny Colin.

—Bien. en total nos quedan 81,80 dólares para cada uno y sobran dos centavos. ¿Alguien quiere revisar mis cálculos?

Todos quisimos hacerlo, pero estaban bien hechos. Sumamos los dos centavos al montón de Johnny para enviárselos al día siguiente por correo.

—¿Sabéis algo? —pregunté cuando estábamos a punto de dormirnos—. Quizás ha sido mejor que no hayamos continuado los diez aviones con este espectáculo. La única oportunidad que hemos tenido de mantener diez aviones volando ha sido la de hoy. Los diez nos habríamos muerto de hambre. Ni siquiera nos habría alcanzado para pagar los gastos de combustible.

—Tienes razón —observó Paul—. Dos aviones es suficiente; quizás tres. De otra manera debes mantener todo organizado y seguir un programa de ferias y festivales aéreos.

—¿Os podéis imaginar a nosotros organizados? —me burlé—. *"Señores, hoy volaremos todos con rumbo uno-ocho—cero durante ochenta y ocho millas en dirección a Richland. Allí tomaremos pasajeros desde el mediodía hasta las dos treinta. Luego proseguiremos hacia el Oeste durante cuarenta y dos millas, en donde trabajaremos desde las cuatro de la tarde hasta las seis y quince minutos"*. No me gusta nada la idea. Me alegra que seamos simplemente nosotros.

—Probablemente opinas que estamos siendo "guiados"

y que los otros aviones habrían fracasado —dijo Paul—. Y que todos estos accidentes no pueden detenernos.

—Es mejor que lo creas. Estamos siendo guiados —repliqué.

A la luz de todos los milagros ocurridos, cada vez tenía más fe en este hecho. Sin embargo, mientras esta América del Medio Oeste se nos presentaba hermosa y bondadosa, no dejaba de preguntarme qué aventuras podrían presentársele al Circo Volante de los Grandes Norteamericanos. No estaba ansioso de correr aventuras y tenía deseos de entrar en un período de calma.

Me olvidé de la calma, ya que para un piloto errante es el desastre.

10

A la mañana siguiente enviamos el dinero a Johnny, todo en billetes en un inmenso y abultado sobre y con una nota de agradecimiento.

Mientras desayunábamos en el Café D & M, Paul revisó la lista de clientes a quienes había prometido fotografiar.

—Tengo un compromiso en Chicago, en las afueras. Debo ir a fotografiar esa empresa. Luego tengo otro en Ohio y en Indiana ¿Crees que vamos a llegar hasta Indiana?

—Tú eres el jefe hoy —le respondí.

—No, vamos. ¿Crees que llegaremos algún día a Indiana?

—Me pillas desprevenido. Tú ya lo sabes. Todo depende de la dirección en que sopla el viento.

—Gracias. Debo ponerme en contacto con ese tipo de Chicago. Y ya que voy a estar allí, es mejor que siga hasta Indiana. Podría reunirme con vosotros, muchachos, más adelante, dondequiera que os encontréis.

—Está bien. Te dejaré recado con Bette. Le diré dónde podrás encontrarnos. Tú la llamas y nos sales al encuentro cuando puedas.

Sentí amargura al comprobar que Paul estaba más interesado en su fotografía que en la vida de piloto errante, pero era libre de hacer lo que le diera la gana.

Nos despedimos de Millie, dejándole una gran propina

sobre la mesa y volvimos caminando hacia los aviones. Despegamos juntos, nos mantuvimos en formación hasta los ochocientos pies de altura y, entonces, Paul nos hizo señas y se apartó bruscamente hacia el distante Lago Michigan y al año 1960.

Nos quedamos solos. El Circo Volante de los Grandes Norteamericanos estaba compuesto ahora por un biplano, un piloto y un saltador en paracaídas. El destino, como siempre, era desconocido.

Abajo, la tierra se acható. Empezamos a pensar que se trataba de Illinois y después de una hora de vuelo distinguimos un río en la distancia. No se veían otros aviones en el cielo, y en tierra todo el mundo trabajaba en lo que parecía una labor razonable y distinguida. Me sentí solo.

Seguimos el curso del río hacia el Sur y el Oeste. Por encima del agua, el biplano iba dejando un rastro de aire enturbiado.

Había pocos lugares donde aterrizar. El campo cercano a los pueblos estaba cercado por cables telefónicos o plantaciones de maíz o judías. Volamos durante varias horas en distintas direcciones manteniéndonos cerca del agua. Por fin, cuando estaba a punto de abandonar muy irritado, encontramos una pista en Erie, Illinois. Era corta, tenía árboles en un extremo y distaba un kilómetro del pueblo. Todos estos aspectos eran negativos, pero en el campo se estaba segando y rastrillando el heno, de manera que quedaba una faja limpia. Pasamos rozando una siembra de maíz y aterrizamos en el campo de heno contiguo. Nos detuvimos muy cerca del ranchero que estaba atareado junto a un inmenso rastrillo rotatorio. Al parecer, tenía problemas con él. Apagué el motor.

—Hola —le saludé.

—Hola.

Stu y yo nos aproximamos al rastrillo.

—¿Podemos echarle una mano?

—Quizás. Estoy tratando de enganchar este artefacto al tractor. Pero es demasiado pesado.

—No puede ser. Nosotros le ayudaremos a levantarlo.

Stu y yo levantamos el tiro del rastrillo, que era de

acero sólido, lo enganchamos al tractor y colocamos el pasador de seguridad en su lugar.

—Les estoy muy agradecido, muchachos —dijo el ranchero.

Vestía una chaqueta de algodón sobre el mono de trabajo, una gorra de empleado de ferrocarril y su actitud fue de calma total ante el hecho de que un avión acabara de aterrizar en su propio campo.

—Es muy bonito el campo de heno que tiene —le dije—. ¿Le importaría que despegáramos de aquí con nuestro avión para llevar algunos pasajeros?

—¿Sólo una vez?

—Esperamos que sean muchas veces.

—Bueno... —La idea no le gustó, pero finalmente nos concedió la autorización.

Descargué el avión para realizar unos vuelos de prueba y comprobar la distancia de que disponíamos para evitar los árboles. No me sentí seguro. Pasamos sobre la copa de los árboles con menor margen del que habría deseado. Y con el peso de los pasajeros a bordo, no resultaría nada confortable. Pero no había otro campo a la vista en las cercanías del pueblo. Todo era maíz.

No valía la pena hacer el intento. Nuestro campo no servía y debíamos continuar buscando. El sol ya estaba bajo y andábamos escasos de combustible. Decidimos pasar la noche en este lugar y partir a primera hora de la mañana siguiente. El plan quedó confirmado cuando el ranchero se acercó a nosotros poco antes de anochecer.

—Muchachos, prefiero que no vuelen demasiado sobre el campo. Los gases del escape pueden dañar el heno.

—Está bien. ¿Le importa si pasamos aquí la noche?

—No, en absoluto. Sólo que no deseo que los gases del escape dañen el heno. Eso es todo.

—Gracias, señor.

Comenzamos nuestra caminata hacia el pueblo para comer unos bocadillos. Nos mantuvimos a la derecha del camino, arrastrando los pies por la hierba.

—¿Y su tractor? —observó Stu—. ¿Su tractor no tiene también un escape?

—Sí, pero eso no tiene importancia. Desea que nos marchemos y nos iremos. No hay más que decir. Es su propiedad.

Volvimos junto a los aviones y a los sacos de dormir cuando el sol ya se había puesto. Nos esperaban millones de mosquitos.

Nos sobrevolaron con un zumbido suave, a media potencia, ansiosos todos de conocernos.

Stu, bastante menos silencioso desde que se había marchado Paul, tuvo algunas sugerencias.

—Podríamos dejarles un litro de nuestra sangre sobre un ala —dijo—. O repartir unos centenares de sapos por todo este lugar. También podríamos poner en marcha el motor y obligarlos a marcharse con la ráfaga de la hélice...

—Eres muy imaginativo, hijo mío. Lo único que debemos hacer es llegar a un entendimiento con los mosquitos. Ellos tienen su lugar para vivir en el mundo y nosotros tenemos el nuestro...

—Podríamos volver al pueblo y comprar un repelente

—... y tan pronto como lleguemos a comprender que no tienen por qué interferir con nuestra paz, entonces simplemente se marcharán.

A las diez de la noche íbamos hacia el pueblo. Mientras caminábamos, cada siete minutos aparecía rugiendo un coche brillante y nuevo, sin silenciador, a unos cien kilómetros por hora. Se detenía, daba vuelta y volvía con el mismo estruendo.

—¿Qué demonios están haciendo estos locos? —inquirí, totalmente desconcertado.

—Entreteniéndose.

—¿Cómo?

—En los pueblos pequeños —explicó Stu—, los chicos tienen poco que hacer, de manera que van y vienen, van y vienen con sus coches, durante toda la noche.

No hizo ningún comentario sobre si le parecía bien o mal esta actividad. Se limitó, a explicarme de qué se trataba.

—¿Es esta una distracción? ¿Eso hacen para entretenerse?

—Sí.

—Vaya.

Otro coche pasó con gran estrépito. No. Era el mismo coche que habíamos visto siete minutos antes.

Dios me libre, pensé. ¿Habríamos tenido un Abraham Lincoln, un Thomas Edison, un Walt Disney, si todo el mundo hubiera pasado sus horas libres de clases haciendo esto? Observé los rostros que iban tras el volante, que no resultaban bien visibles por efecto de la velocidad. Y me di cuenta de que los muchachos no conducían, sino que eran conducidos por su propio y desesperado aburrimiento.

—Espero con ansiedad la contribución que esos muchachos harán al mundo.

La noche era cálida. Stu golpeó a la puerta de una tienda que estaba a punto de cerrar, explicó lo que nos sucedía con los mosquitos y pagó cincuenta centavos por una botella que prometía mantenerlos apartados. Yo compré un litro de zumo de naranja y volvimos a los aviones.

—¿Quieres un poco de este ungüento? —preguntó Stu.

—No, gracias. Todo lo que necesitas es llegar a un entendimiento

—Maldición. Te iba a vender una pincelada por cincuenta centavos.

Ninguno de los dos llegó a hacer las paces con las diminutas criaturas.

A las cinco y media de la madrugada, ya estábamos en el aire como un fantasma en dirección Sudeste, sobrevolando la quieta neblina del río. Nos dirigíamos hacia una mancha negra en el mapa de carreteras que se suponía debía ser un aeródromo. Teníamos una hora de combustible y el vuelo duraría media hora.

La atmósfera se presentó serena, mientras el sol puso vida sobre el frío horizonte. Nosotros éramos la única cosa que se movía en mil millas de cielo. Comprendí por qué los pilotos errantes recordaban sus días con alegría.

Pasamos una semana difícil y nos sorprendió cuán escaso era el número de pueblos en Illinois que podían albergar a los pilotos de acrobacias. Se acabaron nuestras ganancias de Palmira.

La desesperación nos llevó a aterrizar en una pista de hierba cerca de Sandwich. El campo era suave, verde y de muchos cientos de metros de longitud. Y estaba bastante cerca del pueblo. Nos habíamos cansado de volar sin obtener ningún beneficio y, aun cuando no se trataba de un henar, pensamos que al menos sería un buen lugar para pasar la noche.

La oficina del aeródromo acababa de ser remodelada con paneles de madera gruesa y teñida. Desde el instante en que vi al dueño en la ventana, me pregunté si verdaderamente este sería un lugar para nosotros. Nos había observado mientras aterrizábamos. Se fijó en el biplano manchado de grasa y se preocupó por el aceite que goteaba sobre el césped. ¡Y ahora sus cochinos ocupantes *iban a entrar en su oficina nueva!*.

Traté de ser amable. Al menos eso se puede decir en su favor. Pero dio la bienvenida al Circo Volante de los Grandes Norteamericanos con tanto calor como si se tratara del monstruo del Loch Ness.

Le expliqué brevemente cuáles eran nuestras intenciones, que jamás habíamos recibido una reclamación de ningún pasajero y que podríamos atraer a muchos clientes nuevos al aeródromo y así incrementar su propio negocio de vuelos.

—Soy un tanto conservador —replicó, una vez que hube terminado. Y luego añadió con mala intención, tendiéndonos una trampa—:

—¿Corren ustedes mismos con su mantenimiento?

Si no se tiene licencia, es ilegal efectuar el propio mantenimiento. Esperó nuestra respuesta como un buitre, pensando en el precio que tendrían nuestras cabezas. Me pareció que casi se sintió defraudado al saber que el biplano tenía todos los papeles en regla. De pronto, se le ocurrió decir:

—El próximo mes voy a inaugurar el nuevo edificio. Para entonces podrían ser de utilidad...

Esto de ser útiles no nos sentó nada bien. Stu y yo nos miramos y nos dispusimos a marcharnos. En ese preciso momento, como en un guión cinematográfico, apareció un cliente en el umbral de la puerta.

—Quiero dar un paseo en avión —dijo.

El propietario empezó a dar una larga explicación, dándole a conocer que su licencia de piloto estaba vencida y que no valdría la pena llamar a un piloto al pueblo sólo por un cliente y que, en todo caso, los aviones estaban detenidos en mantenimiento. No dijimos una palabra. Tampoco nos movimos y el cliente hizo otro tanto. Deseaba volar.

—Por cierto, estos señores podrían llevarle. Pero no les conozco de nada...

Ah, pensé, la fraternidad del aire...

El pobre hombre sentía tanto temor al biplano como el gerente del aeródromo. Sin embargo, lo dio a conocer en una forma más directa.

—Nada de saltos ni cabriolas. Quiero que se eleve suavemente, damos una vuelta sobre el pueblo y de regreso.

—Será todo tan suave como una nube, señor —dije, jactancioso—. ¡STU, HAGAMOS PARTIR ESTE APARATO!

El vuelo resultó tan suave como una nube y el hombre incluso llegó a decir que le había agradado. Se marchó pocos segundos después de haber aterrizado y me quedé reflexionando acerca de la razón que podría haberle impulsado a volar.

Partimos quince minutos más tarde, felices de alejarnos de Sandwich y de su brillante y nueva oficina. Mientras nos dirigíamos hacia el Norte, nuevamente sin rumbo, mirando hacia abajo, me asaltaron las dudas de costumbre sobre la posibilidad de supervivencia.

Finalmente aterrizamos en Antioch, un pueblo de veraneo a pocos kilómetros al sur de la frontera con Wisconsin. La pista de hierba quedaba al borde de un lago. Descubrimos que durante los fines de semana, el dueño se dedicaba a hacer vuelos en su biplano Waco. Cobraba cinco dólares por el paseo y no estaba interesado en la competencia, bajo ningún punto de vista. Se sentiría muy feliz si nos marchábamos. Pero antes de que pudiéramos partir, aterrizó un moderno Piper Cherokee y se nos acercó. Un tipo con aspecto de comerciante y de camisa blanca caminó contoneándose hacia nosotros y nos sonrió en esa forma que acostumbran a sonreír aquellas personas que tratan con mucha gente.

—Me llamo Dan Smith —se presentó, por encima del ruido del motor—. Pertenezco a la Comisión de Aeronáutica de Illinois.

Le saludé con una inclinación de cabeza y me prepunté qué razón tendría para tratar de apabullarnos con su título. Entonces me di cuenta de que buscaba en el biplano un rótulo con el Registro del Estado de Illinois. No lo encontró. El rótulo es obligatorio en este estado. No costaba más de un dólar obtenerlo, con lo que se alcanzaría a pagar un día de trabajo del obrero del aeródromo.

—¿De qué parte son?

Habría sido una pregunta normal y corriente en labios de cualquier persona. Pero en este hombre resultaba siniestra. Si soy de Illinois debería pagar una multa de inmediato.

—Somos de Iowa —contesté.

—Oh.

Sin añadir otra palabra más, se dirigió al hangar y desapareció en su interior, buscando aviones ocultos que carecieran del rótulo.

Qué manera de ganarse la vida, pensé.

Nuevamente en el aire, comenzamos a desesperarnos. No había forma de encontrar un sólo lugar donde aterrizar junto a un lago, en esta región plagada de lagos. Nuestra idea era simple: si hay un pueblo hay un lago. Pero, hasta el momento, no habíamos encontrado nada. Durante más de una hora sobrevolamos un sinnúmero de lagos y no hallamos nada. La sed era intensa en las carlingas recalentadas y enfilamos hacia el Norte una vez más, buscando cualquier lugar adecuado para aterrizar.

Pasamos sobre el lago Geneva y observamos sedientos toda esa inmensidad de agua. Esquiadores acuáticos, yates, gente bañándose... y todos bebían del lago toda el agua que deseaban.

Aterrizamos en la primera pista que encontramos. Nos equivocamos de lugar. *Lago Lawn,* decía en un cartel brillante. La hierba estaba cortada en forma inmaculada y descubrimos que se trataba de la pista particular del Country Club de Lago Lawn.

Ocultamos lo más posible el biplano manchado de grasa, descendimos cansadamente de las carlingas y nos encaminamos hacia el Club como si fuéramos dos jardineros trabajando. Los guardias de la puerta nos detuvieron, pero se apiadaron de nosotros y nos indicaron dónde podríamos encontrar agua.

—Empiezo a dudar de tu método para encontrar aerodromos —dijo Stu.

Nuevamente nos elevamos y nos dirigimos hacia el Sur, ceñudos, dando comienzo al tercer circuito gigante de la semana. No existe la suerte, pensé, apretando los dientes. No existe la suerte. Algo nos guiaba hacia el lugar que sería mejor para nosotros. En este mismo instante nos está esperando un buen lugar. Un poco más adelante.

Un campo abierto y suavemente inclinado apareció bajo nosotros. Estaba distante de cualquier pueblo, pero era un lugar perfecto para que aterrizara un avión.

Pensé en la idea de bajar y ofrecer nuestros servicios a las vacas que pastaban por allí. Lo pensé seriamente durante unos segundos, preguntándome si daría resultado. Pero siempre volvía a lo mismo. Teníamos que probarlo una y otra vez, cada día... Necesitábamos pasajeros humanos que pagaran su vuelo.

11

El pueblo de Walworth en Wisconsin es un lugar agradable y amistoso. Nos demostró esa amistad al ofrecernos un henar blando y suave, recién cortado y rastrillado. El campo estaba muy próximo al centro del pueblo. Era extenso y ancho y no presentaba problemas de aproximación, salvo unos cables telefónicos. Aterrizamos con nuestras últimas reservas de dinero y de ánimo.

El propietario era bondadoso y se mostró cordialmente divertido ante el viejo aeroplano y los extraños personajes que descendieron de él.

—Por supuesto que pueden usar el campo y les agradezco su invitación a volar. Se lo recordaré.

La esperanza renació. ¡Alguien nos había dicho que éramos bienvenidos!

Los carteles surgieron de inmediato y efectuamos dos vuelos gratis para el propietario y su familia. Hacia el atardecer ya habíamos realizado tres vuelos pagados. El tesorero me informó esa noche que durante el día había pagado 30 dólares de gasolina, pero que habían ingresado 12 dólares por concepto de pasajeros. Nuestra fortuna estaba cambiando, sin duda.

A la mañana siguiente, en la gasolinera, el espejo me devolvió la imagen terrible de un hombre barbudo y macilento, como un Mr. Hyde. Fue tan horrible la visión que me retiré espantado. ¿Ese era yo? ¿Esto era lo que los rancheros habían visto en cada lugar donde aterrizamos? ¡Yo habría perseguido a este monstruo con una horquilla. Sin embargo, la imagen barbuda desapareció bajo la acción de la máquina de afeitar eléctrica y me sentí casi humano al volver a la luz del sol.

Debíamos hacer dinero en Walworth, o retirarnos. Revisamos los procedimientos a utilizar para atraer clientes. El método A consistía en efectuar unas acrobacias en los límites del pueblo. El método B era el salto en paracaídas. Por lo tanto, decidimos experimentar el método C. Existe un principio básico que dice: si te pones a jugar un solitario en medio de la selva, sin duda alguna llegará alguien que, mirando sobre tu hombro, te dirá cómo debes colocar las cartas. Este era el principio del método C. Desplegamos nuestros sacos de dormir y nos tendimos bajo el ala, totalmente despreocupados.

Dio resultado inmediatamente.

—Hola.

Alcé la cabeza en dirección a la voz y miré desde debajo del ala.

—Hola.

—¿Usted pilota este avión?

—Así es. —Me puse de pie—. ¿Desea volar?

Por unos instantes, el hombre me pareció conocido. A su vez, él me miró cono si tratara de recordar.

—Es un bonito vuelo —dije—. Walworth es un pueblo encantador desde el aire. Y todo lo que tiene que pagar son tres dólares.

El hombre leyó mi nombre escrito en el borde de la carlinga.

—¡Eh! ¡Tú no puedes ser Dick! ¿No me recuerdas?

Le miré nuevamente, esta vez con mayor detenimiento. Le había visto antes. Le había conocido en

—Tú eres...

¿Cómo se llamaba? Había reconstruido un aeroplano. Él y Carl Lind reconstruyeron un aeroplano hace un par de años atrás...

—Tú eres... Everett Feltham. ¡El biplano Bird! ¡Tú y Carl Lind!

116

—¡Exactamente! ¡Dick! ¿Dónde demonios has estado metido?

Everett Feltham era un ingeniero de vuelo de una línea aérea gigantesca. Había nacido junto a Piper Cubs y Aeronea Champs. Era mecánico de aviones, piloto, restaurador. Si algo surcaba el aire, Everett Feltham lo conocía; cómo pilotarlo y cómo mantenerlo en el aire.

—¡Ev! ¿Qué haces aquí?

—¡Vivo en este lugar! ¡Aquí nací! ¡Vaya hombre, jamás sabes qué gentuza te va a caer desde el aire! ¿Cómo está Bette? ¿Y los niños?

La reunión fue agradable. Ev vivía a sólo tres kilómetros al norte del campo en el que habíamos aterrizado. Y nuestro amigo, Carl Lind, tenía una casa de campo en el lago Geneva, a quince kilómetros al Este. Carl había pilotado aviones en los años veinte y había recorrido esta misma región como piloto errante. Dejó de volar cuando contrajo matrimonio y se dedicó a su familia. Ahora era el presidente de los Productos Plásticos Lind.

—Un piloto de acrobacias —comentó Ev—. No podía tratarse de otra persona, cometiendo la locura de aterrizar en un henar. ¿Sabes que hay un aeródromo justo al otro lado de la carretera?

—¿Lo hay? Bueno, pero está muy apartado. Hay que mantenerse cerca de los núcleos habitados. Estamos casi en la ruina, después de volar toda la semana sin resultados. Debemos conseguir algunos pasajeros esta tarde, si no queremos morirnos de hambre.

—Llamaré a Carl. Si está en casa, querrá verte. Probablemente te pedirá que vayas tú a su casa. ¿Necesitas algo? ¿Algo que yo pueda ofrecerte?

—No. Quizás algunos trapos... se nos han terminado. Si tienes algunos que no necesites

Ev nos hizo señas y se alejó en su coche. Sonreí.
—Hay algo gracioso en esto de volar, Stu. Nunca puedes decir cuándo te vas a tropezar con un amigo. ¿No es algo increíble? Aterrizas en un henar y te encuentras con el viejo Ev.

Las cosas no suceden por azar. Nada ocurre por azar, me recordó la voz que ya estaba casi olvidada.

Los pasajeros empezaron a llegar después de la hora de cenar. Una mujer comentó que la última vez que había volado tenía seis años. Y lo había hecho con un piloto errante, en un biplano igual a este.

—El jefe me dijo que usted estaba aquí y no quise perdérnelo.

Un muchacho joven, con un mechón de pelo fantástico, se detuvo junto al biplano y lo observó largamente antes de decidirse a volar. Mientras Stu le abrochaba el cinturón de seguridad en el asiento delantero, el muchacho dijo:

—¿Veré el día de mañana?

La estructura de la frase sonó muy extraña en labios de una persona que se decía analfabeta. (¡Pensé que lo decía por vergüenza, al juzgarlo por su forma de peinarse!) Durante el vuelo, se aferró fuertemente en los giros, con temor. Y una vez que aterrizamos, dijo: "¡Vaya!". Estuvo bastante rato observando el biplano, casi con asombro. Le hice descender como a una verdadera persona, a pesar de su corte de pelo. Algo de la experiencia que acababa de vivir había penetrado muy hondo en su ser.

Un par de jovencitas muy hermosas, con pañuelos atados a la cabeza, puso fin a nuestro trabajo del día. En el aire rieron alegremente y luego volvieron al pueblo.

Revisé el combustible. Los cuarenta litros que quedaban no cumplían el mínimo de seguridad. Debía llenar el tanque de gasolina, aun cuando los pasajeros tuvieran que esperar.

Despegué de inmediato hacia el aeródromo que me había indicado Ev y a los cinco minutos me detuve junto a la gasolinera. En el momento en que terminaba de llenar el tanque, se acercó rápidamente al avión un hombre corpulento, de ojos brillantes y con aspecto respetable que llevaba un sombrero de paja de ala muy breve.

—¡Eh, Dick!

—¡CARL LIND!

Estaba tal cual le recordaba. Era uno de los hombres

más alegres del mundo. Había logrado sobrevivir a un paro cardíaco y ahora gozaba hasta del aire que respiraba.

Estudió el avión detenidamente, con mirada de experto.

—¿Está bien, Carl? —pregunté—. ¿Así es como lo recuerdas?

—En mis días no contábamos con toda esta pintura dorada tan llamativa, de eso puedes estar seguro. Pero el patín luce bien y también esos parches en las alas. Es tal cual yo lo recuerdo.

—Sube, Carl. Sube adelante, si confías en mí. No hay controles allí. Debo volver al campo.

—¿Me vas a dejar subir? ¿Estás seguro de que puedo subir?

—Sube o me atrasarás. ¡Me esperan algunos pasajeros!

—Nunca los hagas esperar —dijo y trepó al asiento delantero.

Despegamos en menos de un minuto. Me alegró ver a ese hombre nuevamente en el aire que amaba. Se quitó el sombrero y su pelo canoso ondeó al viento. Su rostro dibujó una amplia sonrisa, hundido en los recuerdos.

El biplano le ofreció un aterrizaje suave sobre la hierba. Dejé el motor en marcha mientras Carl bajaba.

—Cumple con tus pasajeros —me dijo—. Después cubriremos el avión y vienes a mi casa.

Paseamos clientes sin descansar hasta que el sol se puso en el horizonte. Y durante todo ese tiempo, Carl Lind estuvo observando el biplano, esperando junto a su mujer y a Ev. Fue el mejor día de trabajo. Veinte pasajeros en total.

—No sé si esto está dentro del Código de los Pilotos Errantes —le dije a Carl mientras nos conducía en torno al lago Geneva, siguiendo el tortuoso camino entre las mansiones—. Se supone que debemos ensuciarnos mucho y estar siempre bajo el ala cuando no volamos.

—Oh, no. También solían hacer esto. Alguien a quien le gustaban los aviones les llevaba a casa a cenar.

Pero no así, pensé cuando llegamos al fin del paseo en coche. La escena correspondía a una fotografía extraída de una revista de casas y jardines. Todo lleno de colorido y la casa cubierta de alfombras mullidas y con ventanales de pared a pared que daban al lago.

—Este es nuestro pequeño lugar... —comenzó a decir Carl, disculpándose.

Stu y yo nos reímos al unísono.

—Sólo una cabaña que mantienes en el bosque, ¿verdad, Carl?

—Bueno... me gusta llegar a mi casa y poder descansar...

Nos mostraron brevemente la elegante casa y sentimos una extraña sensación. Nos sentimos cerca de algo civilizado. Carl estaba entusiasmado con su casa y, en realidad, por esta razón, era un lugar alegre.

—Podéis cambiaros aquí. Nos daremos un baño en el lago. Al menos vosotros. Yo pescaré un par de peces en las cinco primeras lanzadas. Os lo apuesto.

Ya casi había oscurecido totalmente cuando nos dirigimos al muelle caminando sobre un césped suave y mullido y en ligero declive hacia el lago. A un lado de los maderos pintados de blanco, había una casa de botes. Una lancha a motor colgaba de unas poleas.

—Es probable que el acumulador esté inservible. Pero si logramos ponerlo en marcha, podremos dar un paseo.

Bajó el bote al lago por medio de un motor eléctrico y le dio contacto al motor. Se escuchó un ruido seco y hueco y luego silencio.

—Debo recordar que es necesario sacar el acumulador —dijo y volvió a izar el bote y lo dejó, suspendido.

Carl había traído una pequeña caña de pescar, y puso en seguida manos a la obra para lograr sus Dos Peces en las Primeras Cinco Lanzadas. Al mismo tiempo, Stu y yo nos zambullirnos en el agua desde el muelle. El lago estaba de un color negro claro, como el aceite puro envejecido en hielo durante veinte años. Nadamos furiosamente hacia una boya luminosa que distaba unos treinta metros de la orilla.

Desde allí vimos desaparecer los últimos vestigios de luz del cielo. Mientras se apagaba esta luminosidad, se detuvieron también todos los ruidos del Medio Oeste, de manera que el más ligero susurro de la boya se escuchaba desde la orilla.

—Carl, llevas una vida bastante agitada —me dirigí a él desde el agua.

—Me retiraría dentro de dos años. Y antes, si logro aprobar este examen médico. ¡Si pudiera volar solo, me retiraría este mismo año! Pero si no puedo volar solo, las cosas no se presentarán muy bien.

Atrapó un pez en la segunda lanzada y lo dejó caer en las oscuras aguas.

Nos soltamos de la boya y nadamos lentamente hacia el muelle. Los pilares de madera de la baranda estaban suavizados y reblandecidos por el musgo. Cuando nos pusimos de pie sobre   las planchas blancas, el aire estaba tibio como la noche de verano.

—He perdido mi apuesta —nos dijo Carl—. Vuestro chapoteo ha espantado a todos los peces. Llevo cinco lanzadas y un solo pez.

En el tiempo que tardamos en volver a la casa y vestirnos nuevamente con nuestra ropa manchada de grasa, Everett salió y regresó con una bolsa humeante que dejó sobre la mesa.

—Aquí tenéis doce hamburguesas —dijo—. Esto será suficiente, ¿no creéis? Y también cuatro litros de cerveza.

Esa noche comimos hamburguesas sentados en torno a una mesa, junto a la chimenea de la sala de estar de la casa de Carl, rodeados de grandes ventanales.

—Tuve que vender el Bird —comentó Carl.

—¿Qué? ¿Por qué? ¡Ese era tu avión!

—Sí, señor. Pero no pude soportarlo más. Lo tenía en el campo, donde lo lavaba y sacaba brillo, pero sin poder volar en él. Debido a este examen médico, ya lo sabéis. No era justo para el avión y tampoco para mí. De manera que decidí venderlo. Thelma aún tiene su Cessna y de vez en cuando salimos a algún lugar. —Terminó su hamburguesa—. Venid, quiero mostraros algo. —Se levantó de la mesa y se dirigió al salón.

—Espero que le den ese certificado médico —nos dijo Thelma Lind—. Significa mucho para Carl.

Asentí, sin dejar de pensar en lo injusto que era que la vida de un hombre se viera tan afectada por algo que para todo el mundo no era más que un simple papel. Si yo estuviera en el lugar de Carl, quemaría todos los papeles en la chimenea y saldría a volar solo en mi avión.

—Aquí tengo algo que os gustará ver —dijo Carl al volver.

Depositó sobre la mesa una larga fotografía y en ella vimos una fila de diez biplanos detenidos frente a un hangar. Unas letras con tinta blanca decían en la esquina inferior: 9 de junio de 1929.

—Estos son los muchachos con quienes solía volar. Observadlos. ¿Qué opináis?

Nos indicó el nombre de cada uno de los pilotos y ellos, desde la fotografía, nos miraron con orgullo y desenfado, con los brazos cruzados y junto a sus aviones. A un lado estaba el joven Carl Lind, de cuello blanco y corbata y pantalones cortos. Estaba muy lejos de ser el presidente de los Productos Plásticos Lind y de sentirse preocupado por un certificado médico. Pasarían treinta y cinco años antes de que tuviera que pensar en esos problemas.

—Miradlos. Este es el Long-Wing Eaglerock, el Waco Ten, el Canuck, el Pheasant... Estos sí que son aviones, ¿no creéis? Solíamos asistir al Festival de los Bomberos

La velada fue muy agradable y me sentí feliz al haber podido coincidir en parte con Carl Lind. Esa fotografía, donde estaba sonriente, había sido tomada siete años antes de que yo naciera.

—Alegráos de tener amigos —afirmó Carl—. Conocemos algunas personas, ¿no es así, Thelma?, que tienen millones de dólares, pero ningún amigo en el mundo. Muchachos, alegráos de tener amigos.

Sus palabras estaban cargadas de seriedad y sinceridad. Para romper la gravedad del momento, sonrió a Stu y le dijo:

—¿Te has divertido por esos pastizales, volando de un lugar a otro?

—Me he divertido más que en cualquier momento de mi vida —respondió el muchacho, y sus palabras casi me hicieron caer de la silla. En todo el verano no había pronunciado palabras tan reveladoras.

Ya era medianoche cuando nos introdujimos en nuestros sacos de dormir bajo el ala del biplano.

—Esta es una vida dura, ¿no crees, Stu?

—Así es. Mansiones, pastel de chocolate, baño en el lago Geneva... ¡Realmente esta vida de piloto errante es muy dura!

A las seis de la mañana apareció un ranchero junto a la base del granero de formas góticas, al otro lado del campo. Parecía un punto, empequeñecido por el inmenso techo a dos aguas y sus cuatro ventiladores gigantes alineados a lo largo de la armadura del techo a unos veinticinco metros de altura. Estaba a unos quinientos metros de distancia, pero su voz nos llegó con toda claridad a través del henar en esa tranquila mañana.

Me desperté y permanecí inmóvil bajo el ala del avión a la luz de la primera hora de la mañana, tratando de entender el significado de sus palabras. Se escuchó nuevamente la serie de exclamaciones a través de la fragancia del heno. Me hizo sentirme culpable. Yo estaba durmiendo, cuando las vacas ya debían ponerse en movimiento.

Un perro ladró y un nuevo día comenzó en Norteamérica.

Tomé papel y lápiz y anoté para no olvidar que debía averiguar el significado de ARRE. Mientras escribía, una diminuta criatura de seis patas, más pequeña que la punta de mi bolígrafo, atravesó con lenta marcha la página de líneas azules. Añadí en la libreta: "Un bichito pequeño de nariz puntiaguda acaba de caminar sobre esta página, con mucha decisión, perfectamente seguro de hacia dónde se dirigía. Se detuvo aquí".

¿No estaríamos nosotros también caminando lentamente sobre la página de una libreta cósmica? Y cuanto nos sucedía, ¿no formaría parte de un mensaje que podíamos comprender con solo situarnos en la verdadera perspectiva para traducirlo? Al menos, así lo pensé después de la serie de milagros que habían ocurrido, el último de los cuales era este de Walworth.

La revisión matinal del avión nos demostró que debíamos enfrentarnos al primer problema de mantenimiento. El patín de cola estaba muy gastado. Tiempo atrás, contaba con una ruedecilla metálica y una placa también de metal que la protegía. Pero los continuos despegues y aterrizajes habían desgastado ambas piezas. Si lo deseábamos, podríamos fabricar un nuevo patín con la rama de un árbol, pero había llegado el momento de llevar a cabo trabajos de prevención. Mientras nos dirigíamos a desayunar discutimos este asunto y decidimos buscar una ferretería.

Debido a la proximidad de los centros de veraneo del lago Geneva, Walworth se estaba transformando en un pueblo bastante moderno. Encontramos una ferretería en el centro comercial.

—¿Puedo servirles en algo? —preguntó el empleado.

—Sí, así es —respondí muy lentamente—. Buscamos un patín de cola. ¿Tiene algo en esta línea de productos?

Era extraño, pero si uno no define con bastante claridad lo que desea, las palabras pueden muy bien entenderse como dialecto swahili.

—¿Cómo ha dicho?

—Un patín de cola. Nuestro patín de cola se ha gastado.

—No creo que... ¿un qué?

—Gracias, no se preocupe. Nosotros miraremos por aquí.

Recorrimos los escaparates buscando una barra de metal larga y delgada, que tuviera unos agujeros para atornillarla a la base de madera del patín. Encontramos unas bisagras grandes que podrían servirnos, una paleta de albañil y una llave inglesa.

—Esto nos sirve —expresó Stu desde el final de la tienda. En sus manos sostenía un patín de cola. En la etiqueta decía: *Super Barra de Acero de Resorte Vaughn*. Se trataba de una barra plana que, sin lugar a dudas, había sido confeccionada en una fábrica de patines de cola.

—¡Oh, deseaban una cuña! —dijo el empleado—. No estaba seguro de lo que buscaban.

El lugar donde desayunamos era más antiguo que el centro comercial. Lo único que había cambiado desde el tiempo del *Saloon* era que habían sustituido las puertas batientes, que los muebles estaban transformados en piezas de museo y que sobre el espejo y, al menos, en unos mil vasos puestos al revés, en grandes cajas de plástico brillante, había anuncios de "*hamburguesas*", "*hamburguesas con queso*" y "*patatas fritas*".

En una pared colgaba un triángulo viejo y rústico de madera de roble, con uno de sus lados lleno de muescas burdamente talladas y atornillado a otras piezas de madera movibles. Unos centímetros más abajo, en una tabla estaban impresas las siguientes palabras: "Gato de Carreta".

—Stu.

—Dime.

—La cola del Parks pesa más que todo el resto del avión. Debemos alzarla para colocar el patín nuevo.

—Lo levantaremos.

—¿Piensas que podríamos pedir prestado ese gato de carreta y utilizarlo?

—Ese es un gato antiguo —me respondió—. Jamás nos permitirían usarlo para levantar un avión.

—Nada perdemos con preguntar. ¿Pero cómo lo hacemos funcionar?

Miramos el gato y en nuestra mesa se hizo un profundo silencio. Era imposible que ese gato hubiera levantado nada alguna vez. No podíamos imaginar cómo sería posible que levantara cualquier carreta que se hubiera construido. Dibujamos esquemas en servilletas y posavasos, con pequeñas carretas y la forma en que ese triángulo de roble podría haber efectuado su trabajo. Por último, Stu creyó haber comprendido el funcionamiento e intentó explicármelo, pero su teoría no tenía ningún sentido. No nos molestamos en pedir prestado el gato de carreta. Pagamos la cuenta y salimos desconcertados respecto al artefacto que colgaba del muro.

—Podemos poner en marcha el motor —dije—, y levantar la cola con la ráfaga de aire de la hélice. Desde luego, el viento soplará con bastante fuerza mientras tú te introduces bajo la cola y pones el patín. Es posible que alcance más de ciento cincuenta kilómetros por hora.

—¿Mientras yo me introduzco bajo la cola?

Estaba seguro de que encontraríamos la forma de hacerlo.

La mente de Stu se apartó del problema inmediato que debíamos solucionar.

—¿Y si usáramos harina? —preguntó—. ¿Puedo probar con harina? Me llevo un saco de harina y lo abro poco antes de saltar. Así dejo un rastro al descender.

—Puedes intentarlo.

Así fue como los Grandes Norteamericanos invirtieron 59 centavos en Harina Seleccionada King. Costaba cinco centavos menos que cualquier otra marca. Esa fue la razón por la cual la compramos.

La respuesta al problema de cómo sostener la cola en el aire, surgió tan pronto como llegamos junto al biplano. Era muy simple.

—Stu, toma unas latas de aceite cerradas. Yo alzaré la cola lo mejor que pueda y tú colocas esas latas bajo el poste del timón para mantenerlo levantado. ¿Comprendes?

—¿Me estás tomando el pelo? ¿El enorme peso de la cola sobre esas latas de ACEITE? ¡Mancharemos todo de aceite!

—Todo un universitario y dice cosas como esta. ¿No has oído hablar de la incomprensibilidad de los líquidos? Si lo deseas, te daré una lección sobre la materia. O si lo prefiere, señor MaCPherson, puede meterse bajo la cola de ese avión y poner las latas de aceite para que sostengan el poste del timón.

—Está bien, profesor. Cuando usted quiera.

Con un esfuerzo tremendo, logré levantar la cola del avión a unos treinta centímetros de altura durante tres segundos. Stu puso las latas en el lugar debido. Soportaron el peso y me sorprendí por ello tanto como él.

—Y si ahora desea conocer los detalles matemáticos, señor MacPherson, podemos discutirlos con toda calma

Diez minutos después, habíamos colocado el patín de cola.

Nos tendimos bajo el ala para poner a prueba el Método C. Por cierto, dos coches se detuvieron junto al camino antes de que estuviéramos adormilados. Nuestros clientes eran dos muchachas universitarias que estaban de vacaciones. Miraron el biplano con ojos desorbitados.

—¿Quiere decir que puede *volar*? ¿Puede elevarse en el *aire*?

—Sí, señorita. Le prometo que vuela. Puede mirar el mundo entero desde arriba. Sólo tres dólares el paseo y no podríamos pedir un día mejor, ¿no es cierto?

Cuando avanzamos hacia el extremo del campo con bastantes sacudidas y al girar para enfrentar el viento y despegar, mis pasajeras se vieron asaltadas por grandes dudas. Se gritaron una a otra para vencer el ruido del motor y el traqueteo sordo de la máquina voladora. En el momento que decidieron que era una locura el sólo pensar en volar *en este aparato viejo y sucio*, se hundió el estrangulador y se vieron envueltas por el fortísimo tronar del motor. Comenzamos a avanzar a trompicones por el áspero terreno, cada vez con mayor velocidad hacia el camino, los coches y los cables de teléfono. Se aferraron a los bordes de cuero de la carlinga delantera y en ese momento tuvo lugar el despegue. Emitieron unos sonidos entrecortados, se miraron y se sujetaron aún con más fuerza. Una de ellas gritó. Los cables pasaron veloces y brillantes por debajo y nos elevamos suavemente hacia el cielo.

Se volvieron para mirarnos a la tierra y a mí con intranquilidad. De pronto, se dieron cuenta de que ese loco de la carlinga posterior tenía en su poder la llave de todo su futuro. Parecía mal afeitado. Y no tenía el aspecto de poseer mucho dinero. ¿Podrían confiar en él?

Les sonreí en la forma que creí lo más arrebatadora posible y les señalé el lago. Dirigieron la mirada hacia los botes que semejaban servilletas de papel y al brillante resplandor del sol en el espejo de agua. Yo volví a mi trabajo de buscar lugares de aterrizaje forzoso, cuidando en todo momento de no apartarme demasiado de ellos para mantenerme siempre a la distancia de planeo.

Me divertía observar cómo me transformaba en un piloto distinto para cada tipo de pasajero. Había llevado a unos pocos que, antes de subir, habían dejado abrigos de visón sobre los asientos de sus Cadillac descapotables. Para estos pocos yo me transformaba en una criatura de dos dimensiones: un chófer inmutable que tomaba todo el asunto del vuelo como un trabajo muy aburrido, sin apreciar en lo más mínimo el atractivo del lago. Un hombre alquilado no puede darse cuenta de la belleza de las cosas. Al menos, así se espera. Estas personas obtenían un vuelo directo y convencional, tal como lo haría un conductor poco inspirado de una carreta de caballos. Despegue. Vuelo sobre el pueblo. Sobre el lago. Sobre el pueblo. Aterrizaje. Todo de acuerdo a los reglamentos.

Las muchachas universitarias, ahora con el pelo todo revuelto por el viento, habían subido al biplano para encontrar algo novedoso y alegre. Y para ellas, yo era un piloto alegre y novedoso, con una gran sonrisa arrebatadora y tranquilizadora. Para ellas, yo sabía que el hecho de volar puede ser muy hermoso. Incluso les podía señalar un panorama especial para que lo contemplaran. Una de las muchachas se volvió hacia mí con un brillo en los ojos como diciéndome: qué hermoso es. Yo le sonreí nuevamente para darle a entender que la comprendía.

La mayoría de los pasajeros suben tan sólo por la diversión y la sensación de aventura del vuelo. Con ellos he realizado experimentos. Me di cuenta de que, en casi todos los casos, podía hacerles mirar hacia donde quisiera: me bastaba con inclinar el avión en esa dirección,

Al inclinarme, también podía probar sus aptitudes para el vuelo. Cuando una persona se sienta con seguridad y aplomo, cuando sigue las maniobras del avión con el cuerpo, cuando mira hacia abajo sin temor durante un giro inclinado, cuando no se preocupa de aferrarse a los bordes de la carlinga, entonces se trata de un piloto nato. Uno entre sesenta aprobaba el examen y siempre se lo hice saber... que si alguna vez sentían el deseo de pilotar, serían muy buenos pilotos. La mayoría se alzaba de hombros y me respondía que era divertido. Y yo me sentía apenado, con la seguridad de que ni yo mismo habría aprobado ese examen en la misma forma, antes de comenzar a volar.

Y ahora, para las muchachas, cuando incliné un poco más el biplano, fue como si estuvieran en un parque de diversiones a gran altura. A los 40 grados de inclinación, la muchacha de la derecha gritó y se cubrió los ojos. Cuando nivelamos, volvió a mirar y otra vez nos inclinamos lentamente. Y en cada oportunidad, cuando llegábamos a los 40 grados de inclinación, soltaba algún gritito y ocultaba la cara entre las manos. A los 39 grados, gritaba hacia abajo alegremente; a los 40 grados, gritaba. Su amiga se volvió para mirarme y movía la cabeza al tiempo que sonreía.

En la última vuelta antes de aterrizar, esa vuelta que se da a mayor proximidad del suelo con la más vívida sensación de velocidad y de cosas borrosas, nos inclinamos hasta los 70 grados y descendimos como una bala de cañón hacia tierra. La muchacha de la derecha no apartó, las manos de los ojos hasta que estuvimos detenidos al lado del coche.

Apagué el motor mientras Stu les ayudaba a bajar de la carlinga.

—¡Oh, es MARAVILLOSO! ¡Es simplemente MARAVILLOSO! —nos dijo.

Su compañera nos dio las gracias tranquilamente, pero la otra muchacha no pudo dejar de exclamar lo maravilloso que había sido. Me limité a alzar los hombros. Para mí, los momentos más maravillosos eran justamente aquéllos durante los cuales ella se había cubierto los ojos.

Se alejaron, haciéndonos señas con las manos y a los pocos minutos el Método C nos trajo nuevamente a Everett Feltham con una caja de trapos.

—¡Eh, nido de ratas! ¿Por qué no venís a casa a comer unas fresas?

Tardamos tres minutos en cubrir el avión y meternos

en su coche. Las horas siguientes las pasamos con Ev, primero buscando aceite para el biplano y luego sentados a la sombra de sus olmos, consumiendo grandes cantidades de fresas y helados de vainilla.

—Hombre, esta vida de piloto errante es muy agitada, Ev —le dije, echándome hacia atrás en la tumbona—. No te la recomiendo.

—NO lo dudo. Cuando os encontré tendidos bajo el ala, parecíais extenuados. Desearía tener un biplano. Me uniría a vosotros de inmediato.

—Muy, bien. Consíguete un biplano. Unete a los Grandes Norteamericanos. ¿Tienes otro problema?

Esa tarde, Ev debía partir en vuelo desde el Aeropuerto Internacional de O'Hare, de manera que en su camino a Chicago nos dejó junto a nuestro biplano. Nos despedimos en la forma en que lo hacen los pilotos, con un "Ya nos veremos" lleno de confianza. Con la seguridad de que así sucederá, si no se comete alguna torpeza mientras se vuela un aeroplano.

Stu sacó su paracaídas, que aún estaba guardado de cualquier manera después de su último salto. Lo extendió en el suelo para doblarlo adecuadamente. Aparecieron un par de muchachos para curiosear y preguntar qué se siente al saltar al vacío, cómo se arman las distintas partes de un paracaídas y dónde se puede aprender a saltar.

—¿Va a saltar hoy? —preguntó uno de ellos—. ¿Y pronto, quizás?

—Si el viento sigue aumentando, no voy a saltar. —Pero si no corre viento.

—Es distinto cuando se baja en una de estas cosas. —Continuó trabajando en silencio.

Un avión se acercó por el Sur, sobrevoló el pueblo y luego se lanzó sobre nuestro campo a gran velocidad. Era Paul Hansen en su Luscombe. Pasó a unas 120 millas por hora, se elevó en un ángulo muy agudo hacia el azul del cielo y giré, para una nueva pasada rasante. Le hicimos señas.

El Luscombe sobrevoló el campo tres veces para medirlo. Me puse en su lugar, observando el henar desde la cabina, pilotando la avioneta deportiva pesadamente cargada. Entrecerré los ojos y al final moví la cabeza negativamente. Yo no lo haría: no aterrizaría. El campo era adecuado para el biplano. Pero el biplano tiene una envergadura de ala que es más del doble de la del Luscombe. El campo era demasiado corto para el avión de Paul. Podría hacerlo, pero con sólo un margen estrechísimo para no estrellarse contra los cables telefónicos. Si llegaba a aterrizar en este lugar, le daría un buen sermón sobre su poco juicio.

A la cuarta pasada, movió el timón de un lado a otro para decirnos "No" y siguió hacia el aeródromo situado junto a la carretera.

Este es el problema de trabajar con un monoplano, pensé. Requiere demasiada pista. Y este campo es excelente, tan cercano al pueblo. Además nos salvó cuando estábamos arruinados y aún quedan muchos clientes con deseos de volar.

Retiré las cubiertas del Parks y lo preparé para despegar. Maldición. Un campo tan adecuado

Cuando aterricé en el aeródromo, Paul ya estaba anclando su avión. Todavía no se había despojado de la camisa blanca y la corbata.

—Hola —le saludé—. ¿Has logrado sacar todas las fotografías?

—Sí. He llegado aquí en vuelo sin escala desde Ohio, por eso no me he entretenido más sobre el campo. Estaba a punto de agotarse la gasolina. Y ese campo es demasiado corto para mí. —Se estaba disculpando, como si él tuviera la culpa de que el campo no alcanzara la longitud necesaria.

—No te preocupes. Tira todas tus cosas en el asiento delantero y te llevo. Si confías en mí... No hay controles allí delante...

Llevó algún tiempo que el año 1960 se desvaneciera de la mente de Paul. Y mientras ayudaba a Stu a doblar el paracaídas, nos explicó el trabajo que había realizado. Me sentí deprimido al escuchar que el otro mundo aún existía, con su gente apresurada con ropa elegante de negocios, discutiendo cosas abstractas que nada tenían que ver con motores, patines de cola o pistas de aterrizaje adecuadas.

Esa tarde, incluso sin la atracción del salto en paracaídas, el biplano transportó quince pasajeros y una vez que estuvo cubierto para pasar la noche, nuevamente estuvimos todos de acuerdo en que un piloto errante desorganizado puede subsistir, aun cuando tenga algunos días malos.

En torno a la mesa del restaurante, sostuvimos la misma conversación animada de siempre. Pero en el fondo de mi mente, no pude dejar de pensar en el Luscombe y en su imposibilidad de aterrizar en pistas de escasa longitud. Si había sido difícil encontrar este lugar para que aterrizara el biplano, sería doblemente difícil hallar un henar del largo suficiente para que aterrizaran ambos aparatos.

Un piloto errante puede subsistir, pero, ¿no estaría impulsando a los hados demasiado en su contra al trabajar junto a un avión que no estaba acondicionado para aterrizar en pistas cortas? ¿No sería el Luscombe la causa del derrumbe de los Grandes Norteamericanos y de todos sus sueños? No pude apartar estos pensamientos de mi mente.

12

Lo primero que hice por la mañana fue revisar el patín de cola. Requería más alambre para mantenerse en su lugar y esto significaba levantar nuevamente la cola sobre las latas de aceite.

Paul estuvo rondando con aspecto malhumorado.

—¿Crees que podrías ayudarme a levantar la cola? —le pregunté—. Stu, ¿estás preparado?

—Levantad —respondió Stu desde debajo de la cola del avión, junto a las latas de aceite.

Al parecer, Paul no me había escuchado, porque no hizo ningún intento de ayudarme.

—¡Eh, Paul! ¿Por qué no dejas de chupar ese cigarrillo un segundo y nos ayudas?

Paul me miró como si se tratara de un bicho repugnante y se acercó a echarnos una mano.

—¡Está bien, está bien, os ayudaré! Tómalo con calma.

Levantamos la cola y pusimos el patín con la ayuda de las latas de aceite. Más tarde, caminamos hasta el pueblo para desayunar y Paul se mantuvo unos pasos más atrás, sin decir una palabra. Era la imagen misma de la depresión. Cualquiera sea su problema, pensé, no es de mi incumbencia. Si desea estar deprimido, él lo ha elegido. Fue el desayuno más silencioso y desagradable que jamás hubiéramos tenido. Stu y yo comentamos el tiempo, el patín de cola, el gato de carreta y su imposibilidad de funcionar. Durante todo ese tiempo, Paul se mantuvo en silencio sin emitir el menor sonido.

Todos teníamos lugares diferentes donde ir después del desayuno y, por primera vez en todo el verano, no caminamos juntos, sino en tres distintas direcciones. Fue algo interesante de experimentar, pero inquietante, ya que la misma ola depresiva nos golpeó a todos.

Bueno, pensé, de vuelta solo. hacia el avión, no me importa. Si los otros quieren dedicarse a otra cosa y sentirse mal por ello, no puedo detenerlos. Al único que puedo controlar es a mí mismo y estoy aquí para ser un piloto errante y no para perder el tiempo sintiéndome mal.

Decidí que volaría al aeródromo para cambiar el aceite del biplano y que luego me marcharía. Si los otros deseaban acompañarme, muy bien. .

Cuando llegué de vuelta al henar, Paul estaba solo, escribiendo una nota, sentado sobre su saco de dormir. No dijo una palabra.

—Bien, hermano —le dije, finalmente—. Lo que hagas no me importa, salvo cuando me afecta personalmente. Y está empezando a afectarme. ¿Qué te inquieta?

Paul dejó de escribir y dobló la hoja.

—Tú —me respondió—. Tu actitud ha cambiado. Desde que volví no eres el mismo. Me marcho hoy. Me vuelvo a casa.

De manera que ese era el problema.

—Eres libre de marcharte. ¿Quieres decirme en qué ha cambiado mi actitud? Crees que no deseo continuar volando contigo, ¿verdad?

—No lo sé. Pero eres otra persona. Yo podría ser alguien a quien acabas de conocer. A otros puedes tratarlos como si fueran desconocidos, pero no puedes tratarme a mí de esa forma.

Revisé cada palabra y acción que había dicho o cometido desde el regreso de Paul. Me había comportado un poco duro y formal, pero esto había sucedido mil veces desde que lo conocía. Soy serio y formal con mi avión cuando no he volado durante unos días. Debe haber sido mi comentario sobre su cigarrillo, esta mañana. Tal como me salió, sonó un poco más duro de lo que había sido mi intención.

—Está bien —le dije—. Te pido disculpas. Siento haberte levantado la voz por ese cigarrillo. Se me olvida constantemente que eres tan sensible...

Qué forma de disculparme, pensé.

—No, no se trata sólo de eso. Es tu actitud en general. Como si tuvieras prisa por deshacerte de mí. No te preocupes. Me voy. Te estaba escribiendo una nota, pero has regresado demasiado pronto y no he podido terminarla.

No me moví. ¿Había estado equivocado durante tanto tiempo? ¿Este hombre, a quien consideraba entre mis mejores amigos en el mundo, me habría juzgado sin escuchar mi defensa? ¿Me habría encontrado culpable y se habría marchado luego sin una palabra?

—Lo único en que puedo pensar... —Empecé lentamente, tratando de hablar con la mayor veracidad posible— ...es que habría deseado con todo mi ser que hubieras sido capaz de aterrizar en este campo. Me enfurecí contigo cuando no aterrizaste, ya que es un campo magnífico. Pero tampoco yo habría aterrizado con el Luscombe y me habría parecido una estupidez que tú lo hicieras. Actuaste debidamente, pero habría deseado que el Lusk fuera un poco más adecuado para llevar esta vida errante. Eso es todo. —Comencé a enrollar mi saco de dormir—. Si deseas marcharte, allá tú. Pero si te marchas porque crees que quiero librarme de ti, estás equivocado. Y ese es un problema que debes solucionar solo.

Discutirnos una y otra vez sobre el asunto y, poco a poco, volvimos a hablar como lo hacíamos siempre, tendiendo un puente sobre la brecha que había estado oculta bajo el hielo.

—¿Vas a calmarte ahora? —me preguntó Paul—. ¿Y vas a tratar a tu tropa como si realmente se tratara de seres humanos?

—Durante todo este tiempo creí que ya nos habíamos olvidado de quién es el que manda —respondí—, y tú sigues dándome el título de jefe. ¡Renuncio, te lo digo, renuncio!

Nuevamente en el aire, volando en formación, buscamos primero hacia el Norte sin resultados. El terreno cercano a los pueblos era demasiado escabroso o de extensión demasiado reducida para los dos aviones. Miré otra vez la ancha faja verde junto al lago Lawn y pensé que podríamos constituir una diversión interesante para los jugadores de golf y ganar mucho dinero. Pero los golfistas eran gente urbana, que tenía muchos años más adelante que nosotros, preocupados de cosas irreales... márgenes de utilidad, interés del crédito y de la vida en las megalópolis. Nosotros buscábamos a los pasajeros que pertenecían al mismo mundo que nuestros aviones.

Seguimos la carretera hacia el Oeste y hacia el Sur y nuevamente cruzamos al calor del verano de Illinois. Sobrevolamos ocho o diez pueblos, cambiamos la carretera por un río y, finalmente, nuestras ruedas giraron sobre la hierba de una pista junto al río. La pista tenía la longitud necesaria. Había espacio suficiente para que el Luscombe despegara con plena carga y quedaba a un kilómetro y medio del pueblo. Quizás un poco lejos, pero valía la pena hacer la prueba.

El campo estaba rodeado de sembrados de avena y maíz, emplazado en la parte baja del largo y ancho valle del río. Al final de la pista había una granja y un pequeño hangar.

Dos minutos después de aterrizar, un biplano ligero tocó tierra y se acercó al hangar.

—Desde luego —dijo el dueño—. Pueden trabajar aquí si lo desean. Me agradaría atraer a algunas personas al aeródromo.

Estábamos trabajando nuevamente. Nuestro primer contacto con Pecatonica, Illinois, había sido amistoso.

Junto a la granja y en largos barracones, había un gran número de cerdos, gruñendo y chillando como aprendimos que los cerdos acostumbraban a hacer. Un hombre y una mujer salieron de la casa para averiguar quiénes éramos, seguidos de una tímida pequeña que se asomaba tras las faldas de su madre. La niña se quedó asombrada. Estaba convencida de que éramos marcianos que habíamos aterrizado en unos extraños platillos voladores. Nos miró con ojos desorbitados y volvió a meterse en la casa, llorando, apenas pronunciamos las primeras palabras, Stu avanzó por el prado para instalar nuestros carteles y la pequeña no le quitó la mirada de encima, por si se le ocurría dar la vuelta y lanzarse sobre ella para devorarla entre sus fauces.

En las porquerizas había doscientos cerdos, supimos más tarde. Y deambulando por el lugar había nueve gatos y un caballo. En ese momento, el caballo se hallaba dentro de los límites de una cerca. Cuando nos aproximamos al portón se nos acercó trotando para entablar conversación.

—Este es Skeeter —nos señaló la mujer—. Le criamos desde que era un potrillo. Skeeter es un caballo maravilloso ¿no es verdad, Skeeter?

Le acarició el hocico aterciopelado.

Skeeter hizo algunos comentarios, un relincho suave y educado y asintió con la cabeza. Luego trotó por todo el perímetro de su prado y volvió para apoyar amistosamente la cabeza sobre la verja. Skeeter tenía una gran personalidad.

—Debo ir al pueblo ¿quieren que les lleve? —preguntó el granjero. Respondimos afirmativamente y saltamos a la parte trasera de una camioneta de color rojo. Mientras nos dirigíamos hacia la carretera, fue Paul quien hizo la pregunta.

—¿Cómo creéis que va a resultar?

—Me parece un buen lugar —comentó Stu.

—Quizás un poco apartado —dije— pero resultará.

La calle principal de Pecatonica tenía aceras altas, estaba enmarcada por escaparates de tiendas y por fachadas de madera. El centro del pueblo lo constituía un largo edificio: ferretería, cafés, el Distribuidor de Alimentos Wayne, estación de servicio, un pequeño comercio. Descendimos de un salto del camión al principio de la calle, dimos las gracias al conductor y entramos en un café para beber una limonada.

Era pleno verano y los termómetros de plástico señalaban los 34 grados. Pedimos limonadas gigantes y miramos el techo y las paredes. Se trataba de la misma estancia larga y angosta que ya estábamos acostumbrados a encontrar. Mesas junto a una pared, el mostrador, el espejo y las estanterías con vasos en la otra. La cocina muy al fondo con su ventanilla para los pedidos. El techo estaba por lo menos a cinco metros de altura, estampado con flores verdes de estaño. Todo era como un ingenioso museo eléctrico del año 1929, con personajes animados que podían moverse, hablar y pestañear.

La camarera que nos atendió era una muchacha de sorprendente belleza. Nos sonrió al traernos las limonadas. No tenía nada de muñeco electrónico.

—¿Vas a venir a volar con nosotros? —le preguntó Paul.

—¡Oh, ustedes son los de los aviones! Les vi pasar volando no hace mucho. ¿Son ustedes dos?

—Y otro que salta en paracaídas —añadí.

Era bastante difícil de comprender. Sólo habíamos circulado brevemente por el pueblo, pero con toda seguridad, la mitad de los habitantes de Pecatonica ya sabían que dos aviones esperaban en el aeródromo.

Dejamos el dinero de las limonadas sobre la mesa.

—¿Vendrás a volar con nosotros? —repitió Paul.

—No lo sé. Podría ser.

—No lo hará —dijo Paul—. ¿Por qué será que las camareras jamás se deciden a volar con nosotros?

—Las camareras son los mejores jueces del mundo para apreciar los distintos caracteres —le expliqué—. Saben que nunca deben volar con gente que use estrafalarios sombreros verdes.

Partimos de vuelta al aeródromo llevándonos las limonadas con nosotros. Tardamos quince minutos en recorrer el trayecto y cuando llegamos a la pista ya estábamos sedientos nuevamente. En el cobertizo cercano a la porqueriza, había varios tractores y unos fardos de heno para Skeeter. Los niños estaban fuera, en el prado, y en cuanto Stu se tendió sobre el heno corrieron hacia él y prácticamente le cubrieron de gatos pequeños. Estaba la gata madre entre ellos y, mientras Paul y yo nos dedicamos a conversar con Skeeter, Stu, tendido de espaldas sobre el heno, fue pisoteado por una estampida de gatitos dirigida por los niños. Se estaba divirtiendo mucho y esto me sorprendió. Stu no se estaba comportando de acuerdo a su carácter; no era este el tipo de reacciones a las que estaba acostumbrado por parte de ese saltador pensativo y taciturno.

Muy pronto, Paul y yo tuvimos en marcha los aviones y efectuamos una breve escaramuza sobre los límites del pueblo. Cuando aterrizamos, nos esperaban cuatro coches y unos pocos pasajeros. Comenzamos a trabajar.

Por último recibí la señal de Stu, pulgares hacia abajo, indicando que ya no quedaban pasajeros y detuve el Whirlwind.

Paul acababa de descender y su pasajera, una muchacha atractiva de unos diecinueve o veinte años, que llevaba un vestido muy corto, caminó directa hacia mí.

—Hola —saludó—. Me llamo Emily.

—Hola, Emily.

—¡Acabo de bajar de mi primer vuelo y lo he encontrado simplemente maravilloso! ¡Todo es tan bello! ¡Pero Paul me dijo que si *realmente* deseaba divertirme, debía volar con usted!

Paul pensaba que yo perdía el equilibrio cada vez que me enfrentaba a una mujer bonita y, sin duda, Emily constituía su forma de comprobarlo. Miré hacia el Luscombe y allí estaba Paul, limpiando unas manchas de su impecable y limpia cubierta del motor. Parecía demasiado atento en su trabajo.

Le daría una lección.

—Por cierto, Emily, ese viejo Paul tiene toda la razón. Si quiere averiguar lo que es volar realmente, diríjase a ese jovencito con el mono de salto amarillo, pague la tarifa y saldremos a volar.

Por un momento pareció deprimida y se situó, cerca de mí.

—Estoy sin dinero, Dick —me dijo calladamente.

—¡No puedo creerlo! ¡Tres dólares no es nada para un

vuelo en un biplano! Ya no quedan muchos en estos tiempos.

—Me encantaría volar con usted —coqueteó.

—Valdría la pena, señorita. El día es hermoso para volar. Bien... como usted sabe, si acaba de volar con Paul

No tenía ninguna prisa por pagarle a Stu sus tres dólares y se contentó con quedarse por allí, charlar y dejar que el sol se reflejara en los brillantes colores de su corto vestido de verano.

Justo en ese momento llegó un pasajero que ya había subido antes y pidió un nuevo y "alocado paseo". Me despedí muy atento de la muchacha, puse en marcha el Wright y me alejé. Al pasar junto al Luscombe, sacudí la cabeza lentamente a Paul, que ahora estaba puliendo en forma vigorosa la hélice. Jamás volvimos a ver a Emily.

El borde de la carretera estaba cubierto de flores rojas cuando volvimos de desayunar.

—Mirad —llamé la atención—. ¡Trébol dulce!

—Es muy hermoso.

—No, no es hermoso. Es bueno para comerlo. ¿No recordáis cuando érais muchachos?

Arranqué una mata y probé los pétalos huecos. En cada uno había la décima parte de una gota de néctar y el sabor delicado y dulce de la mañana. Mientras caminábamos, Stu y Paul lo probaron también.

—Es lo mismo que comer flores —dijo Stu.

—No os comprendo. —Recogí otro manojo de flores púrpuras y mastiqué los tiernos pétalos—. Con esta maravilla que crece por todas partes y vosotros pasáis sin darle importancia.

Había un puente de hormigón entre el pueblo y el aeródromo que cruzaba sobre el único tramo recto del curso del río Pecatonica. Oímos el ruido de motores fuera de borda y un par de pequeños hidroplanos de carrera se acercaron a toda velocidad por el río, tratando de adelantarse uno al otro. Sus rugidos despertaron ecos bajo el puente durante breves momentos. Los pilotos llevaban cascos y pesados chalecos salvavidas y estaban totalmente absortos en su carrera. Al final de la recta disminuyeron la velocidad, giraron en redondo y volvieron a acelerar, levantando altos arcos de espuma. Era como el juego de los muchachos en sus coches, pero por alguna razón este deporte me pareció más limpio.

Cruzamos el puente y pasamos junto a un prado donde un niño golpeaba una alfombra con unos alambres retorcidos.

—¿Cuál es el programa? —preguntó Paul cuando llegamos junto a Skeeter. Este nos saludó con un relincho y continuamos hacia los aviones—. ¿Queréis intentar algo durante el día nuevamente? Quizás logremos atraer a alguien.

—Lo que tú digas.

—Me queda poco tiempo —afirmó Paul—. Debo regresar pronto. Tengo unos tres días de viaje para volver a casa desde aquí.

—Bien, hagamos un intento. Despegamos y volamos un poco —dije—. Es posible que logremos un par de clientes. En todo caso, escaparemos del calor.

Despegamos y nos elevamos a tres mil pies, manteniendo la formación sobre el pueblo de veraneo. Los hidroplanos no se habían detenido; sus rastros blancos gemelos todavía estaban dibujados uno junto al otro a lo largo de la oscura superficie del río. El muchacho aún estaba golpeando la alfombra quinientos metros más abajo. Sacudí la cabeza. Habían pasado veinte minutos desde el momento en que le vimos por primera vez. Debía ser un muchacho muy constante para golpear la alfombra durante veinte minutos. Mi límite máximo solía ser tres minutos. La gente tornaba las cosas muy en serio en 1929.

Paul se apartó con un giro amplio y brusco y luego se aproximó para dar comienzo a la acostumbrada batalla aérea. Enderecé hacia arriba el morro del biplano con la esperanza de que el Luscombe pasara por debajo y me diera la oportunidad de dejarme caer sobre su cola. Jamás programábamos la primera parte de nuestras escaramuzas; hacíamos todo lo posible por obtener cada uno la mejor posición de fuego posible. Sólo al final yo debía dejar ganar a Paul, puesto que yo tenía la antorcha de humo y era el único que podía caer envuelto en llamas.

La tierra giró en torno a nosotros con su color verde, el cielo con su azul y por unos instantes no me importó que me observaran o no algunos clientes potenciales. No resultaría que en la primera parte de nuestro juego Paul se ubicara tras el biplano. Yo había sido entrenado en este ejercicio en la Fuerza Aérea mucho antes de que Paul aprendiera a volar; había practicado el combate aéreo en cazas militares de primera línea cuando Paul aún se dedicaba a fotografiar moda en su elegante estudio.

Todo el mundo a quien conocía, había empezado a volar en aviones lentos, aviones pequeños, aviones antiguos y luego se ponía al día con los tiempos. En unos pocos años ya estaban pilotando máquinas más rápidas, de mayor tamaño y más modernas. En mi caso, fue todo al revés.

Primero fueron los aviones de entrenamiento militar los cazas y los combates aéreos a velocidad supersónica, luego los transportes, los aviones comerciales modernos, después un avión ligero algo anticuado y ahora este biplano, firmemente anclado en el pasado. Había pasado del radar en las armas de ataque a la electrónica moderna, para seguir con un simple panel de radio y terminar sin nada. El biplano no sólo carecía de radio. No tenía ningún instrumento eléctrico. Pertenecía a la época en que el piloto estaba completamente solo, sin lazos que lo unieran a tierra para ayudarle o molestarle. El año 1929 es un año feliz, pero en algunas ocasiones, al observar un reactor que se elevaba a gran altura en la estratosfera, debía admitir que echaba de menos la potencia y la velocidad y esa alegría solitaria del piloto de cazas. Esto sólo me sucedía algunas veces.

Ahora el Luscombe estaba a mi lado, haciendo un intento desesperado por retrasarse y caer tras la cola del biplano. Empujé el estrangulador a fondo, mantuve el morro alto, miré a Paul a través del aire y me reí. La pequeña avioneta no pudo soportar más tiempo: de pronto se estremeció y cayó hacia tierra, con el motor parado. Un segundo después el Parks corrió la misma suerte. Apliqué todo el timón y me dejé caer tras la cola del Luscombe. Mi reputación estaba a salvo. Ahora, pasara lo que pasara, podía decirle a Paul que le había dado ventaja deliberadamente, después de haberme puesto sobre su cola. Paul se elevó de nuevo, se invirtió, se dejó caer y giró en torno a nosotros mientras yo giraba a mi vez para seguirle.

Stu ya había empezado a trabajar, convenciendo a los clientes de que el día era perfecto para volar. Al mediodía ya habíamos llevado a cinco pasajeros. Pasamos la tarde bajo la sombra de las alas, tratando de mantenernos un poco frescos. No fue fácil.

Pocos minutos después de que hubiera conseguido dormirme, Paul se acercó y me despertó.

—¿Qué te parece una sandía? ¿No crees que sería grandioso? ¿Un trozo de sandía fría?

—Me parece muy bien. Tú vas a buscarla y luego te ayudo a comerla.

—No, vamos. Acompáñame a buscar una sandía.

—Estás, loco. ¡El pueblo queda a un kilómetro y medio!

—¡Stu! ¿Qué te parece si vamos a buscar una sandía? —le preguntó Paul—. Podríamos traerla hasta aquí y no le ofrecernos ni un sólo trozo a Bach.

—Puedes ir tú a buscarla —respondió Stu—. Yo te esperaré aquí.

—Oh, no puedo estar así, sin hacer nada. Voy a subir al avión y efectuar unas acrobacias.

—Magnífico —afirmé. Stu ya dormía.

Paul despegó unos minutos después y observé cómo volaba. Luego busqué un lugar más fresco debajo del ala.

No le oí aterrizar y aproximarse y nos despertó nuevamente.

—Escuchad. Debemos conseguir una sandía. Nadie va a venir a volar.

—Te diré algo, Paul —le propuse—. Tú vas a comprar

143

la sandía y yo te dejo usar mi cuchillo para cortarla. ¿Qué te parece?

Al cabo de un rato, un camión salió del hangar y tomó la dirección del pueblo. Paul subió a él. La sandía se había transformado en una obsesión para él. Bien, pensé mientras intentaba volver a dormir, si tanto desea una sandía, que la consiga.

Media hora más tarde escuchamos el relincho de Skeeter y regresó Paul, con una sandía bajo el brazo. La temperatura al sol era de casi cuarenta grados y había cargado con la famosa fruta desde el pueblo.

—Mirad muchachos —gritó,—. ¡Una sandía!

Era algo difícil de comprender, pensé mientras masticaba esa deliciosa textura fresca. Si yo hubiera estado en el caso de Paul, habría dejado que esos vagos murieran de hambre bajo el ala del avión. A lo más les habría tirado un resto de cáscara. ¿Pero compartir la primera parte de la sandía con ellos? ¡Jamás!

—Es mejor que me prepare para marcharme —dijo Paul—. No vamos a tener muchos pasajeros, al menos hasta muy tarde. El trayecto de regreso a California es muy largo y prefiero partir hoy.

Se dispuso a separar sus pertenencias del desordenado montón que formaba nuestro equipo y las cargó cuidadosamente en su avión. Máquinas fotográficas, filmadoras, estuches, saco de dormir, bolsa para la ropa, mapas.

—Os dejaré la sandía —comentó.

Se acercó un coche al campo y luego otro más.

—Hemos descubierto el Método C retardado —dije, cuando aparcó el tercer coche junto a la hierba.

Pusimos en marcha el Parks y Stu se acercó a los clientes. Los primeros pasajeros fueron un hombre y su hijo. El hombre llevaba puestas unas gafas que había usado por última vez en el escuadrón de tanques en Africa. Alcanzaron a decir unas palabras que se fueron con la ráfaga de viento y nos elevamos, sobrevolando el río y hacia el aire fresco de las alturas.

—Eh, ha sido magnífico —dijo el hombre, once minutos después, cuando Stu le ayudó a descender—. Realmente magnífico. Se puede admirar un extenso panorama desde arriba, ¿no es cierto?

Stu cerró la portezuela tras los siguientes pasajeros y se detuvo junto a mi carlinga.

—Vuelan por primera vez y uno de ellos está asustado.

—Comprendo.

Me pregunté por qué me había dicho eso. La mayoría de nuestros pasajeros volaban por primera vez y casi todos afrontaban el acontecimiento con cierta aprensión, aun cuando generalmente no lo demostraban. Estos debían estar más preocupados de lo habitual ante la aventura de volar en ese biplano viejo y ruidoso. Pero cuando estábamos a la mitad de la primera vuelta sobre el pueblo, se relajaron y pidieron que diéramos giros más agudos e inclinados. Es lo desconocido lo que amedrenta a los pasajeros, pensé. Pero cuando se dan cuenta de lo que es volar y de que incluso llega a ser hermoso, entonces pasa a ser algo conocido y agradable y las causas del temor desaparecen. El miedo es sólo una forma de pensar, una sensación. Si te liberas de esa sensación al conocer lo que es verdadero en el mundo, el temor desaparece.

De pronto, me di cuenta de que había mucho trabajo. Había ocho coches aparcados en la hierba y Stu ya tenía otros dos pasajeros dispuestos cuando me detuve ante él.

Paul se acercó a mi carlinga.

—Parece que hay tormenta hacia el Oeste. Trataré de llegar a Dubuque antes del anochecer —me dijo—. Me estoy arriesgando mucho, ¿no crees?

—Recuerda que jamás te arriesgas si procuras mantener siempre el avión bajo control —le respondí—. Si no te gusta el aspecto que toman las cosas, desciendes y aterrizas en un campo y esperas. Puedes quedarte otra noche más con nosotros.

—No. Prefiero ponerme en marcha y volver a casa. Te esperan cuatro pasajeros. No te esperaré para despedirme. Partiré en cuanto esté listo.

—Está bien, Paul. Encantado de haber pasado este tiempo contigo.

Stu cerró la portezuela tras los nuevos pasajeros y me hizo señas de que ya estaban preparados para el vuelo.

—Sí, ha sido muy agradable —dijo Paul—. Podemos volverlo a repetir el próximo año, ¿verdad? Quizás durante una temporada más larga.

—Muy bien. No te apresures. Vuela con calma y desciende si el tiempo te juega una mala pasada.

—Lo haré. Añádeme a tu lista de aquéllos a quienes envías postales.

Asentí, me puse las gafas y hundí el estrangulador. Qué despedida tan brusca después de haber volado tanto tiempo juntos.

Despegamos sobre el maíz y nos elevamos por el aire cálido de la tarde, sobrevolando el pueblo y el río. Observé que el Luscombe tomaba altura en nuestra dirección. Paul nos siguió en formación durante unos minutos, para gran satisfacción de mis pasajeros. Ambos fotografiaron el momento y lo fijaron en el celuloide.

¿Qué significado tenía la marcha de este hombre? Había volado con nosotros y había formado parte de nuestros riesgos y alegrías, del trabajo y las penurias, de la comprensión y desavenencias en la vida de los pilotos errantes.

Paul se despidió haciéndome señas con la mano y zambulló al Luscombe en un giro muy agudo y brusco. Aceleró en la dirección Oeste donde el sol estaba bloqueado por una inmensa nube de tormenta.

Por extraño que pareciera, no significaba que se marchaba, sino que estaba allí. Que si llegaba el momento de intentar una nueva prueba de libertad, otra oportunidad para comprobar que podemos vivir como realmente deseamos, quizás no estaría solo en estos momentos. ¿Cuántos otros iguales a él quedaban en el país? No podía decir si eran diez o mil. Pero al menos conocía uno.

—Nos veremos, amigo —me despedí. Sólo el viento me escuchó.

13

La tormenta se abalanzó sobre nosotros a las cinco de la madugada. Nos despertaron las gotas de lluvia golpeando sobre el ala.

—Nos vamos a mojar —observó Stu con toda calma.

—Así es, señor. Podemos quedarnos bajo el ala o acobardarnos y correr bajo el cobertizo del tractor.

Decidimos acobardamos. Tomamos los sacos de dormir y corrimos hacia el cobertizo, apedreados por las gruesas gotas de agua. Me acomodé junto a una puerta del cobertizo, desde donde podía observar tanto la tormenta como el indicador de vientos. La lluvia no me preocupaba, pero sí sería interesante averiguar si habría granizo. Tendría que ser un granizo largo y muy fuerte y caer en vertical para que dañara al biplano. Me sentí más tranquilo al pensar que una granizada de esa naturaleza también dañaría la avena y el maíz, y que la avena y el maíz raramente resultan dañados por el granizo.

El biplano no parecía en absoluto preocupado por la tormenta y después de un tiempo trasladé mi saco de dormir al interior de la canoa de una cargadora Case 300. Los pesados bordes metálicos de la canoa cubiertos por las dos capas del saco de dormir, constituyeron una cama bastante confortable. Quizás lo único que perturbaba la tranquilidad era la cercanía algo ruidosa de los cerdos con sus gruñidos. Si yo fuera el fabricante de los alimentadores automáticos para cerdos, pensé, recubriría el borde de esa tapa con gruesas fajas de goma para amortiguar el ruido. Cada veinte segundos ¡*Clang!* No comprendía cómo Skeeter podía soportarlo.

La lluvia cesó al cabo de una hora y Stu se acercó a los animales para verlos comer. Regresó a los pocos minutos y empezó a recoger su equipo bajo el cobertizo.

Desayunamos en la otra cafetería y estudiamos el este de los Estados Unidos en nuestro mapa Texaco de carreteras.

—Me estoy cansando del Norte —expresé—. Vayamos hacía el sur de Illinois, Iowa o Missouri. Illinois no. Me he cansado de Illinois.

—Lo que tú quieras —dijo Stu—. Podríamos probar con un salto en este lugar. Ayer el día fue magnífico. No he podido utilizar el saco de harina todavía.

Más tarde Stu se encontraba sobre el ala, sosteniéndose del tirante y mirando hacia abajo. Su objetivo era el centro del campo, pero allá arriba el viento era fuerte y arrastró el indicador a una media milla al este de la pista. Pensé que renunciaría al salto, pero se mantuvo en el ala y me señaló las correcciones necesarias que le llevarían al punto exacto elegido para iniciar el salto. La primera pasada no fue satisfactoria, y para colmo un grupo de nubes cubrieron la pista. Dimos una larga vuelta para intentarlo de nuevo.

La presencia de Stu sobre el ala hizo que el flujo de aire sobre la cola del biplano dejara de ser suave y regular... el estabilizador horizontal saltó y brincó penosamente y el bastón de mando se estremeció con la fuerza del viento arremolinado. Siempre que Stu se hallaba sobre el ala la situación era tensa, pero esta vez fue peor. Giramos lentamente para realizar un nuevo intento, en medio de fuertes vientos de altura y con el estabilizador tembloroso bajo la influencia de ese flujo de aire discontinuo.

La nube se apartó lentamente del campo y ahora todo parecía mejor. Me indicó que nos deslizáramos dos grados a la derecha; otros dos grados más a la derecha y entonces cortó la bolsa de harina King. Esta cayó por la borda dejando un verdadero túnel blanco desde los cuatro mil pies de altura a que nos encontrábamos. En seguida saltó, todavía dejando un rastro de harina.

Corté el estrangulador, incliné el avión profundamente para mantenerlo dentro de mi campo visual y lo seguí en su caída. Eso jamás llegaría a ser una rutina; ya estaba deseando que se apresurara en tirar de la cuerda.

Stu era un cohete, pero lanzado a la inversa. Había estado quieto y esperando sobre el ala. Había sido disparado y ahora cruzaba sus propias barreras de sonido y zonas de alta presión atmosférica.

Finalmente, detuvo sus vueltas y cabriolas, tiró de la cuerda y la cúpula se abrió en el cielo con brusquedad. Parecía un trozo de tarta. Se dejó llevar por el viento, se acomodó sobre su objetivo y cayó en el centro del mismo, tirándose hacia atrás y poniéndose de pie en el acto. para no dañar la seda.

Cuando aterricé ya estaba listo para saltar a bordo y acompañarnos en el breve trayecto de vuelta.

—¡Ha sido un salto espectacular, Stu!

—Ha sido el mejor. Salió todo tal cual lo calculé.

Nos esperaba una muchedumbre y me dispuse a realizar una larga serie de vuelos. Pero no fue así. Sólo cinco personas deseaban volar, aun cuando un hombre le pasó un billete de diez dólares a Stu y le dijo:

—¿Puede pasearme por el tiempo equivalente a este importe?

Estuvimos veinte minutos admirando el panorama desde la altura y el hombre no se cansó de mirar hacia abajo.

Esa mañana, un granjero fue el último cliente y sobrevolamos su casa y su propiedad, muy verde y diáfana después de la lluvia. En realidad, no miró tanto su tierra como lo que reflexionó sobre ella; pude adivinar sus pensamientos en su rostro. De manera que esta es mi propiedad. De manera que es aquí donde he pasado toda mi vida. Hay cincuenta lugares semejantes por aquí, pero esta es mi tierra y cada hectárea de ella es buena.

Cuando ya no quedaban clientes que desearan volar, detuvimos el trabajo para almorzar. Nos condujo al pueblo un joven que había subido con nosotros y que luego se quedó mirando.

—Realmente, les envidio —nos dijo, en el momento en que tomábamos la carretera—. Apuesto a que se encuentran con muchas muchachas que quieren volar.

—Así es. Vemos muchas muchachas —afirmé.

—Vaya, me gustaría unirme a ustedes. Pero el trabajo me tiene atado.

—Muy bien. Abandone su trabajo —le repliqué, sometiéndolo a prueba—. ¡Vamos, únase a nosotros!

—No podría hacerlo. No podría abandonar el trabajo...

Había fracasado en la prueba. Ni siquiera las muchachas constituían atractivo suficiente para que dejara su trabajo.

Cuando volvimos de almorzar, advertí que el biplano estaba bastante manchado de grasa. Tomé un trapo y empecé a limpiar la plateada cubierta del motor.

—¿Por qué no te encargas de los parabrisas, Stu? Están tan cubiertos de aceite que los pasajeros apenas pueden ver.

—Ahora mismo.

Charlamos mientras trabajábamos y decidimos quedarnos en Pecatonica el resto del día y partir a la mañana siguiente, temprano.

Me aparté para admirar el biplano. Me sentí satisfecho. Estaba mucho más hermoso. Stu limpió, la parte superior de la cubierta del motor, lo que no era necesario. Pero algo extraño había en el trapo que estaba usando

—¿Stu? ¡Ese trapo ES MI CAMISETA! ¡ESTAS USANDO MI CAMISETA!

Abrió la boca con terror y se quedó paralizado.

—Estaba con los otros trapos —musitó entrecortadamente—. Y parecía tan raída... —La desdobló sin poder hacer nada por ella—. Dios sabe que lo siento.

—Oh, maldita sea. Sigue usándola como trapo. Era mi única camiseta.

Titubeó unos instantes, miró la camiseta y volvió a limpiar la grasa con ella.

—Ya me parecía a mí que había algo extraño en todo esto —comentó—. Este trapo estaba demasiado limpio.

Esa tarde, el Método C nos ayudó con algunos pasajeros y los primeros fueron el granjero y su esposa que vivían en la pista de aterrizaje.

—Les hemos estado observando y parecen gente de fiar. De manera que nos hemos decidido a arriesgarnos.

La decisión les dejó felices. Sobrevolamos la casa antes de aterrizar y en ese momento se detuvo un coche frente a ella, bajó un hombre y golpeó a la puerta.

La mujer sonrió y le señaló para que su esposo pudiera verlo. El hombre que estaba junto a la puerta esperó pacientemente a que esta se abriera, sin pensar que sus amigos estaban a mil pies sobre su cabeza.

Aterrizamos y la mujer corrió hacia la casa, riendo, para evitar que se marchara el visitante creyendo que no había nadie en ella.

Aunque aún quedaban algunas personas observando el biplano, cesó nuestra actividad. En el momento en que apagué el motor, se acercó a la carlinga un hombre algo encorvado y miró al interior detenidamente.

—¿Ha oído hablar de Bert Synder? —preguntó.

—En realidad no sé... ¿quién es Bert Synder?

—En el año 1929 era propietario del Circo Bert Synder. Solía venir a este pueblo para la feria del condado. Llegaba con una gran cantidad de aviones, muchísimos. Y yo era el muchacho más envidiado de todo el pueblo. Me subía a la carlinga delantera de uno de esos aviones y lanzaba panfletos por todo el lugar para hacer propaganda de su llegada. Su circo era realmente magnífico. Este pueblo se llenaba con tanta gente que venía a verle a él y a la feria, que casi no se podía caminar por las calles... ese viejo Bert Synder.

—Al parecer, se trataba de todo un personaje.

—En verdad era todo un personaje. ¿Sabe una cosa? Estas gentes a quienes usted saca a volar, recordarán para toda la vida ese paseo. Oh, quizás puedan trasladarse en reactores de un lugar a otro del mundo, pero a sus hijos les dirán: "Recuerdo el verano de 1966, cuando subí a bordo de un avión muy antiguo, de carlinga abierta ".

Tenía toda la razón, claro que la tenía. Después de todo, no estábamos allí sólo para nuestro beneficio exclusivo. ¿En cuántos álbumes habrían quedado ya inmortalizados los Grandes Norteamericanos? ¿En cuántos recuerdos y pensamientos dormían nuestras imágenes en este momento? De pronto, sentí que el peso de la historia y de la eternidad caía sobre todos nosotros.

En ese instante llegó otro coche. Era nuestro amigo conductor de tanques en África. Esta vez venía acompañado de su esposa, quien, en cuanto descendió del coche, se puso a reír.

—¿Es este... el *avión*... en que deseas que vuele?

No pude comprender qué tenía de gracioso todo aquello, pero sus risas eran tan fuertes que me vi obligado a sonreír. Quizás, para algunas personas, tenía un aspecto gracioso.

La mujer no pudo controlarse. Rió hasta que los ojos se le llenaron de lágrimas; se apoyó en el fuselaje, ocultó la cara entre las manos y continuó riendo. No pasó mucho tiempo antes de que todos la imitaran: nos convertimos en un grupo muy alegre.

—Admiro su valor —me dijo, medio ahogada por la risa. Se calmó al cabo de un rato e incluso llegó a decir que estaba dispuesta a volar.

Sobrevolamos el pueblo y sus alrededores, volvimos, aterrizamos y cuando descendió del aeroplano continuaba sonriendo. Tuve la esperanza de que el motivo de la sonrisa fuera ahora otro.

El sol tomó un color dorado oscuro en el horizonte y la suave neblina que flotaba sobre el valle tomó el color y lo proyectó por todo el campo. Nos rodeaba un grupo de veinte personas, pero ya habían volado o no tenían la intención de hacerlo.

No tenían la menor idea de lo que se estaban perdiendo. La puesta de sol sería magnífica desde el aire.

—Vamos, amigos —les animó—. ¡Esta tarde se venden puestas de sol! ¡El Circo Volante de los Grandes Norteamericanos les garantiza esta tarde un mínimo de dos puestas de sol, pero sólo si se deciden rápidamente! ¡Vean la puesta del sol desde aquí y luego repitan la escena desde el aire! ¡Es algo que jamás podrán volver a admirar en toda su vida! ¡Es la puesta de sol más hermosa de todo el verano! ¡La tarde se cubrirá de un color cobrizo como si saliera del corazón mismo de Beethoven! ¿Quién está dispuesto a acompañarme?

Una mujer que estaba en el interior de un coche cercano pensó que me dirigía a ella personalmente. Sus palabras me llegaron con toda claridad, a través del aire diáfano, con una sonoridad mayor de la que ella hubiera deseado.

—Yo no vuelo a no ser que me vea obligada a ello.

Me sentí furioso y triste. Pobre gente. ¡Con su cautela se estaba perdiendo el paraíso! ¿Cómo hacerle ver lo que es bueno? Les hice una última llamada y como no obtuve respuesta, puse en marcha el motor y despegué solo, por el simple deseo de volar y ver la tierra desde el aire.

El espectáculo fue más grandioso de lo que yo mismo había prometido. La delgada capa de neblina tenía un techo máximo de mil pies y desde los dos mil pies la tierra tenía el aspecto de un silencioso lago dorado, con algunos cerros de color esmeralda que surgían como islas en la atmósfera cristalina. La tierra se presentaba como un sueño dorado, vivían sólo los seres buenos y hermosos. Se extendía ante nosotros como en un cuento de Marco Polo, y en la lejanía el cielo tomaba un color negro oscuro y aterciopelado. Esa Tierra era otro planeta. Uno que el hombre jamás había visto. El biplano y yo nos guardamos este esplendor para nosotros solos.

Dimos comienzo al primer rizo a una milla de altura y luego el biplano no cesó de efectuar rizos, picados, toneles y sus cables no dejaron de cantar agudamente hasta que la tierra se oscureció, la neblina se disipó y el color dorado desapareció del cielo.

Descendimos siseando sobre la hierba, rodamos hasta el lugar de aparcamiento y el motor se apagó para dar paso al silencio cálido de los metales que se enfrían. Estuve sentado durante un rato, solo, sin desear hablar con nadie, ni oír a nadie, ni ver a nadie. Sabía que ese vuelo no lo olvidaría nunca y deseaba un instante de tranquilidad para que se asentara cuidadosamente en mi mente. En los años venideros, regresaría muchas veces a ese mismo lugar.

Una persona del grupo dijo en voz baja:

—Tiene el valor de diez hombres para volar en ese vejestorio.

Sentí deseos de llorar. No comprendían... yo no podía hacerles comprender.

Los coches se alejaron uno a uno y la tierra se oscureció totalmente. Los cerros recortaron su negro contorno contra los últimos resplandores del sol. Aparecían las siluetas de árboles, molinos y campos ondulados; como la línea del horizonte en un planetarium en el momento que comienzan a encenderse las estrellas de la cúpula, ofreciendo un nítido contraste.

El viejo fue el último en marcharse. Y al subir a su coche, me dijo:

—Jovencito, ¿cuánto cree usted que vale su aeroplano?

—Escuche, señor, si Henry Ford se presentara en este lugar y quisiera comprarme esta máquina, le diría: "Hank, no tienes suficiente dinero para comprar este avión".

—No dudé por un instante de que esa sería su respuesta —contestó—. Realmente, no dudé de que esa sería su respuesta.

Mientras desayunábamos contamos el dinero. Habíamos tenido veintiocho pasajeros y las ganancias eran abundantes.

—¿Sabes una cosa, Stu? Creo que con campos como este, con las pequeñas pistas por toda la región, la vida del piloto errante puede ser mucho mejor ahora que tiempo atrás.

—Te hace sentir poderoso, ¿verdad? —comentó.

Abandonamos definitivamente Pecatonica y pasamos

junto a un perro encadenado a su caseta. Nos había ladrado otras veces.

—¿Cuántas veces nos va a ladrar el perro, Stu?

—El perro nos va a ladrar dos veces.

—Yo digo que nos va a ladrar cuatro. Por lo menos cuatro veces.

Pasamos junto a él y no emitió el menor sonido. Se quedó sentado, quieto y atento a cada movimiento nuestro.

—¡Vaya, Stu, parece que ha llegado a conocernos! —Me detuve en el camino y miré al perro a los ojos—. ¡Ahora es nuestro amigo!

En ese preciso intante, el perro se puso a ladrar furiosamente y cuando llegamos a la altura del puente, habíamos contado doce ladridos rápidos y potentes.

Stu encontró junto al camino una revista de historietas y la recogió. Contenía propaganda de unos tejanos marca Wrangler y la historia se refería a un tal Tex Marshall, estrella de los rodeos. Stu la leyó en voz alta mientras caminábamos, interpretando el papel del joven Tex, quien iniciaba su carrera como ayudante en los rodeos. El título de la historieta era: Muchachos, no dejen de asistir a Clase, y narraba la tremenda constancia de Tex para obtener su titulación antes de dedicarse totalmente a los rodeos y ganar montañas de dinero.

Nos preguntamos cómo ese título podría ayudar a Tex a enlazar novillos Hereford en seis segundos exactos. Pero, al parecer, esto era algo que los muchachos daban por hecho. Se obtenía el título y así se podía ganar más dinero en *cualquier* trabajo.

Nuevamente le insistí a Stu que abandonara la Universidad hasta que decidiera qué deseaba hacer en este mundo; que simplemente estaba postergando el momento de empezar a vivir hasta que no tomara esa decisión; que cavaría su propia tumba si se dedicaba a la odontología si era un aventurero de corazón. No se convenció.

Nos despedimos de Skeeter diciéndole que era un buen caballo, que le recordaríamos. Cargamos el avión. El motor se preparó para la próxima aventura, golpeando la hierba con impulsos de un quinto de segundo. Parecía una película de 1910 sobre un biplano que corría en medio de hierbas de tallo alto, vacilante y avanzando a trompicones.

A las diez de la mañana nos enfrentamos a un fuerte viento cruzado y arrastramos nuestra sombra como un salmón gigante que lucha y salta al final de una caña de pescar de mil pies. No encontramos la calma en esta América del Medio Oeste hasta que las ruedas tocaron hierba en Kohoka, Missouri.

14

Nos esperaban dos muchachos y un perro.

—¿Le ha sucedido algo, señor?

—No, no me ha sucedido nada —respondí.

—¿Me vio haciéndole señales?

—¿No vieron que les contestamos? No pensarían que podríamos seguir de largo sin saludarles, ¿verdad? ¡Vaya, quiénes creen que somos!

Descargamos nuestra montaña de equipo y la llevamos a través de la hierba verde y profunda hacia la sombra de un destartalado hangar. Cuando tuvimos los carteles colocados y nos preparábamos para dar comienzo a una nueva jornada de trabajo, el avión se vio rodeado de once muchachos y siete bicicletas.

Era una situación incómoda. No deseábamos ahuyentarlos, pero tampoco queríamos que pisaran la tela de las alas.

—Sí, podéis sentaros en el asiento delantero, niños, pero no os apartéis de la sección oscura del ala. No piséis la parte amarilla. Tened cuidado, allí. —Me volví hacia uno de ellos que observaba tranquilamente—. ¿Cuántos habitantes tiene Kahoka. amigo?

—Dos mil ciento seis. —Conocía el número exacto.

Se escuchó una explosión estridente cerca de la cola del biplano y unas briznas de hierba saltaron en el aire.

—Escuchad, muchachos, no quiero que encendáis petardos cerca del avión, ¿comprendido?

Hubo risillas y cuchicheos por parte de un grupo de muchachos y una nueva explosión sonó bajo la punta de] ala. En ese momento me sentí como un profesor de colegio frente a un problema de disciplina.

—¡AL PROXIMO QUE ENCIENDA UN PETARDO CERCA DE ESTE AVIÓN LE VOY A LANZAR POR ENCIMA DE ESTE CAMINO! ¡SI QUEREIS JUGAR CON ESAS COSAS LARGAOS DE AQUÍ !

La violencia dio sus resultados. No hubo más explosiones, al menos en un radio de cien metros en torno al biplano.

Los muchachos surgían en torno nuestro como los peces piloto alrededor de los tiburones. Si nos alejábamos del avión, todo el mundo se alejaba. Si nos inclinábamos sobre un ala, todos se inclinaban. Estaban ocupados incitándose mutuamente a volar Era un gran desafío.

—Yo volaría, si tuviera el dinero. Pero no lo tengo.

—Jimmy, ¿volarías si te prestara los tres dólares?

—No respondió Jimmy—. No te los devolvería.

El temor que sentían frente al aeroplano era sorprendente. Todos mencionaron la posibilidad de un accidente; qué se puede hacer cuando se desprende un ala ¿y si salta y no se abre el paracaídas? La decepción caería sobre Kahoka si no nos estrellábamos y moría al menos uno de nosotros.

—Pensé que todos vosotros érais valientes —les dijo Stu—. Y ni siquiera hay uno que se atreva a subir.

Se agruparon, juntaron tres dólares entre todos y enviaron un emisario.

—Si le pagamos tres dólares, señor, ¿nos haría algunas acrobacias?

—¿Me queréis decir que nadie va a volar? —pregunté—. ¿Vais a quedaros a mirar desde tierra?

—Así es. Le pagaremos tres dólares.

Así era la sociedad humana. Si se elimina la temeridad individual, entonces sólo nos queda el papel de espectadores.

Los muchachos se reunieron en masa al final de la pista y se sentaron en la hierba, junto al camino. Me dirigí hacia el otro extremo de la pista, para así despegar sobre sus cabezas para luego sobrevolar el pueblo. Calculé todo para una buena publicidad.

Se les veía como pequeños puntitos cuando las ruedas del biplano dejaron de tocar la hierba. Sin embargo, en vez de elevarnos, nos mantuvimos a baja altura, rozando los tallos y aumentando gradualmente la velocidad. Enfilamos recto hacia el grupo.

Si el motor falla ahora, pensé, relevo, giro a la derecha y aterrizo en el sembrado de habas. Pero los muchachos no sabían esto. Vieron crecer de tamaño al biplano hasta transformarse en algo inmenso y rugiente que se les venía encima, sin apartarse, sin elevarse y cada vez más grande y con más estruendo que un petardo de cinco toneladas.

Cuando empezaron a correr en todas direcciones y se zambulleron en busca de protección, nos elevamos bruscamente con una fuerte inclinación hacia la derecha, para mantener el campo de habas dentro de la distancia de planeo.

Para hacernos publicidad sobrevolamos el pueblo una vez y volvimos a la pista en medio de rizos, toneles y hojas de trébol y por último una caída en picado. Esperé encontrarme con una desilusión generalizada, ya que los tres dólares habían desaparecido con tanta rapidez.

—¡Ha estado sensacional, señor!

—¡Sí! ¡Y esa parte, al principio, cuando usted se nos vino encima zzzZZZZOOOOOOMM, recto hacia nosotros! ¡Fue algo de espanto!

Los primeros automóviles no tardaron en llegar y nos alegramos mucho de verlos. Stu entró en acción de inmediato explicando el placer de volar en un día tan caluroso y vendiendo la idea de admirar Kahoka desde el cielo fresquísimo.

Mientras Stu le ponía el cinturón de seguridad, el primer pasajero dijo:

—Quiero un vuelo realmente emocionante.

Un hombre se aproximó a la carlinga cuando me disponía a rodar hacia la pista de despegue y me dijo en voz baja:

—Este es el fanfarrón del pueblo. Súbalo y hágale volar cabeza abajo unas cuantas veces. ¿De acuerdo?

Durante todo el verano, en cada pueblo que estuvimos trabajando, lo más destacado de todo fue siempre la torre del agua. De hecho, la torre del agua se transformó para nosotros en el símbolo Pueblo, tanto como para los habitantes que vivían bajo su sombra. Pero ahora, desde el sol y el viento, desde el cuero y los cables del biplano, nuestros pasajeros observaban por primera vez su torre hacia abajo, junto con las grandes letras negras con el nombre del pueblo.

Estudié cuidadosamente a mis clientes en Kahoka y cada uno de ellos lanzó una larga y pensativa mirada a su torre de agua y luego a la carretera que conducía hacia el horizonte. Cuando me di cuenta de esto, incluí en el vuelo una pequeña vuelta que me apartaba ligeramente de esa cosa brillante de cuatro pilares con sus grandes letras de casi nueve metros: KAHOKA. El hecho de alzarse sobre esa torre constituyó un acontecimiento inolvidable.

Al atardecer ya habíamos transportado diecinueve pasajeros. —Lo que me repito a cada momento, Stu —comenté mientras caminábamos hacia el pueblo en la oscuridad—. ¡Si damos el máximo, no podemos perder!

Terminamos de comer nuestras hamburguesas en Orbit Inn y nos dirigimos a la plaza del pueblo. Las tiendas estaban cerradas y el silencio flotaba entre las ramas de los olmos como una serena neblina.

En el parque había un quiosco de música, con su techo inclinado y rodeado de filas de bancos de madera, todo en quietud y paz en medio de la cálida noche estival. El Emporio Seyb quedaba al otro lado y también la tienda de géneros diversos y el hotel, con sus grandes ventiladores de madera girando en la recepción de alto techo. Si pagaba un dólar por cada cambio que habían hecho allí desde 1919, me sobraría dinero de las ganancias del día.

Nos paseamos por las tranquilas aceras, de regreso a nuestro campo, escuchando los débiles sonidos de los aparatos de radio que se escapaban de las casas con luces amarillas.

Sin embargo, la paz de Kahoka no incluía a sus mosquitos. De nuevo fue una pesadilla, y mucho peor. Finalmente, inventé el Método D para Evitar-Mosquitos, que consistía en tenderse sobre el saco de dormir, totalmente vestido y echar un velo de seda sobre la cabeza, dejando sólo la abertura mínima indispensable para respirar. El método dio un resultado decisivamente bueno, pero no pude evitar el zumbido hipersónico de mil pequeñas alas.

Nos despertamos con el primer canto de gallo, aproximadamente a la misma hora en que los mosquitos se retiraron a descansar.

Me levanté, puse un par de litros de aceite en el motor y revisé todo cuidadosamente: quizás íbamos a enfrentarnos a un día de gran trabajo. Acababa de cerrar la cubierta del motor cuando se detuvo un coche junto al campo, levantando una gran nube de polvo del camino de tierra.

—¿Van a volar ya esta mañana?

—Sí, señora. En un minuto el motor estará listo para usted.

—No pude venir ayer y temía que se hubieran marchado...

No cabía la menor duda de que se trataba de una profesora. Tenía ese tipo de confianza y de control sobre las cosas que sólo pueden proceder de cuarenta años de experiencia en meter la historia de América en la cabeza de diez mil alumnos de la escuela secundaria.

El viento de 90 millas de velocidad en esa mañana en que sobrevolábamos el pueblo destruyó el peinado de la cabellera azul plateada, pero eso no le importó, Su mirada recorrió el pueblo y los campos hasta el horizonte, lo mismo que los niños, sin tener conciencia de ella misma en absoluto.

Diez minutos más tarde entregó a Stu tres billetes de un dólar, nos dio las gracias a ambos y se alejó lentamente dejando un rastro suave del polvo de verano.

Allá está América, pensé. Allí está la verdadera América colonial reflejada en las hijas de los pioneros cien años después.

—¿Qué piensas de esto? —preguntó Stu—. Creo que tendremos un gran día si empiezan a volar desde tan temprano.

—¿Cuál es tu cálculo? —Emprendí la marcha hacia el pueblo y nuestro desayuno—. ¿Cuántos pasajeros crees que tendremos hoy?

—Yo diría veinticinco. Pasearemos a veinticinco personas —respondió Stu, siguiéndome los pasos.

—Estamos muy optimistas esta mañana. Será un buen día, pero no creo que tanto. Alcanzaremos hasta los dieciocho pasajeros.

En el restaurante se nos acercó uno de nuestros clientes del día anterior. Se llamaba Paul y era dueño, de una faja de tierra a la salida de] pueblo.

—Tomaré una taza de café con ustedes. Sólo puedo estar unos minutos ——dijo.

En ese momento. yo estaba pensando que no hay nada más horrible en este mundo que una tostada rancia para el desayuno.

—Siempre tuve deseos de volar ——observó Paul—. Siempre lo quise pero jamás logré realizarlo. Al principio, mis padres se negaban a ello y luego mi esposa me prohibió volar. Pero ayer por la tarde conseguí el permiso.

La tostada estaba cambiando mi forma de pensar. ¿Qué sería del mundo si todos tuviéramos que esperar el permiso de nuestras esposas y familiares antes de hacer lo que deseáramos? ¿Si todos tuviéramos que someter nuestros deseos a la aprobación de un comité,? ¿Sería un mundo diferente? ¿O ya estábamos viviendo en un sistema de esas características? Me negué a creer que era esto último y dejé la tostada en el cenicero.

—Deberían decirle al viejo Kenny que les acompañara. ¡Se volvería loco en ese aparato! Lo voy a invitar. ¡Le invitaré esta tarde! Me preocuparé de que tengas un buen número de clientes Es algo muy positivo que hayan venido ustedes. Ese pequeño y viejo aeródromo está siempre vacío y nadie cuida de él. Antes existía un club de vuelo con un par de aviones, pero todos perdieron el interés y ahora queda solo uno. Quizás ustedes puedan contribuir a que tenga un poco de vida.

Paul se marchó al cabo de poco tiempo y nosotros salimos al calor del sol de julio en Missouri. Un tractor pasó a buena velocidad por la calle con sus grandes ruedas traseras girando contra el pavimento. A las diez y media el trabajo estaba en pleno apogeo. Un hombre joven voló cuatro veces sacando un rollo tras otro de fotografías en color con su máquina Polaroid. Debía ingresar al Ejército dos semanas después y gastaba el dinero como si fuera una obligación deshacerse de él antes de que se cumpliera el plazo. Me hizo recordar la vida alegre y feliz de los jóvenes pilotos suicida de un tiempo atrás... Este pobre muchacho iba a sufrir una gran desilusión si lograba sobrevivir la primera semana en el Ejército.

El próximo cliente fue un verdadero gigante que llevaba una bolsa de plástico llena de barras de caramelo.

—Escuche, Dick —me dijo, leyendo mi nombre en el borde de la carlinga—. ¿Cuánto me pide por llevarme hasta mi granja para tirar estos caramelos a mis hijos? Está a unos quince kilómetros por la carretera estatal 81.

—Vaya. Son en total treinta kilómetros Eso le va a costar dieciocho dólares. Es un precio bastante elevado, pero usted comprenderá, cada vez que nos vemos obligados a salirnos del área

—El precio no me preocupa. Está bien. Los muchachos van a enloquecer al ver que su padre llega en un avión.

Cinco minutos más tarde ya habíamos dejado atrás a Kahoka y volábamos sobre los ondulados cerros y los campos suaves al sur del río Des Moines. Me fue señalando la ruta y, por último, me indicó una casa blanca construida a un kilómetro de la carretera.

Descendimos y volamos en círculos sobre la casa. El ronroneo del Whirlwind alertó a su esposa y a los niños, quienes salieron corriendo de la casa para ver de qué se trataba. Les hizo señas y todos le respondieron con ambos brazos.

—¡PASE SOBRE ELLOS! —me gritó, mostrándome la bolsa de caramelos para que comprendiera lo que intentaba hacer.

El biplano se estabilizó a 50 pies sobre los sembrados de maíz y se acercó rugiendo sobre el pequeño grupo en tierra. Su brazo se movió y la bolsa de caramelos cayó como un plomo. Los muchachos se abalanzaron sobre ella como mangostas, con la velocidad del rayo, y nuevamente agitaron sus brazos para saludar a su padre. Dimos dos vueltas más y luego me indicó con un gesto que regresara.

Jamás había tenido un cliente tan satisfecho. Sobre su rostro estaba dibujada la sonrisa del propio Santa Claus en su trineo rojo y amarillo en medio del verano. Había cumplido su promesa y los muchachos estaban todos felices. Ahora la historia podía llegar a su fin.

Al trineo le esperaba bastante trabajo cuando volvimos.

Un hombre escéptico, ya entrado en años, finalmente aceptó volar, pero antes me advirtió:

—Nada de piruetas, recuérdelo. Quiero un vuelo suave y tranquilo.

El vuelo fue suave y tranquilo, hasta el momento en que planeamos en la aproximación final a tierra. Mi pasajero escogió ese momento para comenzar a mover súbitamente los brazos y gritar a todo Pulmón.

Le sonreí y moví la cabeza en ademán afirmativo, totalmente absorto en la tarea de aterrizar. No logré escuchar lo que decía hasta que nos detuvimos junto al camino.

—¿Que le sucedía? —le pregunté—. ¿Tuvo algún problema mientras volábamos? ¿Qué quería decirme?

—¡UUUUUYYYY! —exclamó, con esa sonrisa llena de asombro del que ha logrado burlar a la muerte—. Cuando bajábamos por allí, muy inclinados y girando ¡Uuuuyyy! Me di cuenta de que íbamos a caer justo en la laguna, de manera que le grité: "¡ENDERECE, MUCHACHO, ENDERECE EL AVION!". Menos mal que usted maniobró a tiempo.

El día fue caluroso en extremo y cada vez que el avión estaba en tierra con la hélice en marcha, se congregaba un grupo de muchachos para refrescarse con el huracán de viento tras la cola del avión. Se veían como pequeñas truchas en un río de viento, que saltaban alegremente cuando yo hundía el estrangulador para rodar hacia la pista. Entre un pasajero y otro, me subía las gafas y descansaba un poco, refrescándome con la brisa que soplaba sobre la carlinga.

En cierta oportunidad, estando en tierra, Stu entabló conversación con un par de reporteros. Les interesó el avión y también nosotros; hicieron algunas preguntas y tomaron fotografías.

—Muchas gracias —se despidieron—. Saldrán en el noticiario local de las diez y veinte.

Volamos con pasajeros toda la tarde, pero este era ya nuestro segundo día en Kahoka y debíamos pensar en la partida.

—Tengo grandes dudas —me dijo Stu—. Si es mejor quedarnos y ganar dinero, o marcharnos para ganar más aún.

—Entonces, quedémonos esta tarde y nos marchamos mañana temprano.

—No me gusta abandonar un buen lugar. Pero siempre tendremos la oportunidad de volver, ¿no es así?

Nos tendimos bajo la cálida sombra del ala, tratando de escapar hacia el frescor del sueño. Se escuchó un ruido apagado en el cielo.

—Un avión —observó Stu—. Eh, observa. ¿No te parece conocido?

Miré. A mucha altura un Cub amarillo volaba en círculos, estudiando el terreno más abajo. Giró, descendió en picado y volvió a elevarse con una voltereta y un rizo. Se trataba del mismo Cub que había volado con los cinco aviones de los Grandes Norteamericanos en la Prairie du Chien.

—¡Es Dick Willetts! —exclamé—. Es... pero cómo pudo saber... ¡Por supuesto, es él!

Unos minutos después, el Cub estaba en tierra y rodó hasta nuestro lado. Me sentí feliz de verle. Dick era un piloto alto, tranquilo y de gran habilidad. Me hizo recordar la soledad que significaba Dejar la vida de piloto errante en un solo avión.

—¡Hola! Pensé que os encontraría por aquí.

—¿Cómo supiste dónde encontrarnos? ¿Llamaste a Bette o algo parecido? ¿Cómo has dado con nosotros?

—No lo sé. Simplemente, pensé que andaríais por aquí —respondió Dick, sentado en la carlinga de su Cub mientras aspiraba lentamente su pipa—. En realidad, este era el último lugar que me quedaba por revisar.

—Mm. Eso es fantástico.

—Sí. ¿Qué tal os ha ido?

Dick se quedó y voló el resto de la tarde con nosotros, llevando a cinco pasajeros. Tuve oportunidad de permanecer en tierra y escuchar a algunas personas después de su vuelo. Descubrí que existía en ellos una fuerza misteriosa que les inducía a creer que el piloto que les había llevado era el mejor del mundo.

—¿Has sentido algo cuando aterrizó? —preguntó un hombre—. Yo no sentí nada. Lo escuché, pero fue tan suave que no sentí nada.

—¿Sabes? Tengo mucha fe en él

—¿Qué opinas de tu piloto, Ida Lee? —preguntó a su esposa un granjero, después de que ella hubiera volado con Dick.

—Ha sido todo tan hermoso y divertido —opinó ella—. Yo diría que es *bueno*.

Poco antes de las cinco de la tarde, me di cuenta de que el combustible estaba descendiendo demasiado como para durar hasta el fin de la jornada. Al mismo tiempo, descubrimos que el hombre que guardaba la llave de la bomba de gasolina no se encontraba en el pueblo

—Volaré hasta Keokuk, Richard —le dije—. Tú puedes mantener felices a nuestros clientes sacándoles a volar.

—Toma todo el tiempo que necesites —me respondió.

Veinte minutos después, buscaba con desesperación el aeródromo de Keokuk. La pista era de asfalto y estaba rodeada de construcciones recientes. Si aterrizaba sobre esa superficie duna, reduciría a cenizas el patín de cola y no me quedaba más gasolina para buscar otro aeródromo. Sin embargo, en la sección este del campo quedaba un resto de pista de hierba. Allí aterrizamos.

Debíamos cruzar una pista recién construida para llegar hasta las bombas. Por todo el borde de la pista había una zanja profunda y enfangada, con un bordillo de quince centímetros que debíamos saltar. Rodamos de una parte a otra por el borde de la pista, escogimos el lugar con menos lodo para cruzar y avanzamos directamente hacia allí.

No dio resultado. El lodo disminuyó al mínimo la velocidad del biplano y cuando llegó el momento de saltar el bordillo de asfalto, toda la potencia del motor no fue suficiente para vencer el obstáculo.

Apagué el motor Wright con muy malos pensamientos sobre el progreso de la aeronáutica y la destrucción total a que estaban sometidas las pistas de hierba. Prometí no volver a aterrizar en Keokuk o en cualquier otro aeródromo moderno y partí a buscar quien pudiera remolcarme.

La respuesta la encontré en un tractor que segaba heno.

—¡Hola! —saludé al conductor—. Me he topado con un pequeño problema al tratar de cruzar la pista nueva. ¿Cree que podría remolcarme con ese tractor?

—Oh, por cierto. Puede remolcar un avión diez veces mayor que el suyo.

Abandonó de inmediato la segadora de heno y me llevó de regreso al aeroplano. Cuando llegamos, me encontré con un hombre del servicio de mantenimiento de la escuela de vuelos que se hallaba al otro lado del campo. Estaba mirando el interior de la carlinga.

—Parece que se ha quedado atascado —comentó.

—sí, señor —respondí—. Pero lo sacaremos en un minuto y luego iré a cargar gasolina. —Tomé una cuerda del tractor y la até desde el enganche de hierro al tren de aterrizaje ¡el avión—,—. Con esto bastará. Nosotros apoyaremos las alas y usted verá si el tractor puede hacer el resto del trabajo.

—Oh, lo hará. No se preocupe.

El tractor hizo que pareciera fácil. En pocos segundos el biplano estaba libre, sobre el asfalto, dispuesto a ponerse en marcha y rodar hacia la bomba de gasolina.

—Gracias. Realmente me ha salvado, señor.

—No es nada. Puede remolcar un avión diez veces mayor que el suyo.

El hombre encargado del mantenimiento miraba nerviosamente la gran hélice de acero, con la esperanza de que no le pidieran que la hiciera girar para poner en marcha el motor. Para alguien que nunca ha hecho girar a mano la hélice de un Wright, puede parecer bastante aterrador. Pero no quedaba otro remedio. La manivela de partida estaba en Kahoka.

—Si usted se sube a la carlinga —le dije—, yo puedo hacer girar la hélice. —Mientras trepaba, me acerqué y le enseñé cómo utilizar el estrangulador, el arranque y los frenos—. En cuanto parta, empuje levemente el estrangulador. Se pondrá en marcha de inmediato.

Moví la hélice unas cuantas veces y le dije:

—Ahora, haga contacto y aplique los frenos. Lo haremos partir.

Hice descender la pesada hoja y el motor se puso en marcha inmediatamente. El viejo Wright no me había dejado en mal lugar.

Me dirigía con paso relajado hacia la carlinga cuando vi que el hombre que estaba sentado en el asiento del piloto era la imagen misma del horror. Además el motor sonaba con bastante más potencia de lo usual. El estrangulador se hallaba prácticamente abierto en su totalidad y con todo ese ventarrón y estruendo, mi ayudante había olvidado las instrucciones. Se quedó sentado inmóvil, con la vista clavada al frente, mientras el biplano comenzó a moverse por sí mismo.

—¡EL ESTRANGULADOR! —grité—. ¡CORTE EL ESTRANGULADOR!

Pasó por mi mente una rápida sucesión de imágenes en las cuales el Parks saltaba en el aire con un hombre en los controles que no tenía la menor idea de volar. Corrí hacia la carlinga, pero el avión ya avanzaba con rapidez por el cemento, con el motor rugiendo aterradoramente. Fue todo como en sueños, como si tuviera que correr para apartarme de un tren. Me lancé de forma desesperada hacia la carlinga, me agarré al borde de cuero con una mano, pero no pude hacer más. La fortísima ráfaga de viento de la hélice me impedía los movimientos; todo lo que pude hacer fue seguir corriendo junto con el avión.

La visión de mi aeroplano destrozado me dio las fuerzas suficientes como para trepar al ala, venciendo la resistencia del huracán.

Avanzamos a unas veinte millas por hora con aceleración constante. Me aferré al borde de la carlinga con cada gramo de fuerza que pude extraer del cuerpo. El hombre era como un muñeco de cera en el asiento, con los ojos desorbitados y fijos y la boca abierta.

El biplano estaba adquiriendo demasiada velocidad y empezó a girar. Volcaríamos sobre la pista en pocos momentos. Con un movimiento desesperado logré trepar a la carlinga y de un golpe corté el estrangulador. Fue demasiado tarde y sólo pude sostenerme apenas mientras volcábamos. Los neumáticos gimieron dejando rastros en el asfalto. Un ala se levantó y la otra golpeó duramente la pista, haciendo salta, pequeños trozos de cemento. Me limité a sujetarme con todas mis fuerzas y esperar que cediera la rueda o que se rompiera el tren de aterrizaje.

Después de cinco segundos de estar tenso como un cable de acero, las alas se nivelaron y logramos detenernos, sin un rasguño.

—Eso —dije, con voz entrecortada—, ha sido un caballito.

El hombre bajó de la carlinga como un robot y no dijo una sola palabra. Apoyó los pies en tierra y se dirigió a la oficina con pasos vacilantes. No volví a verle más.

El motor seguía funcionando. Me acomodé en el asiento y conversé con el biplano durante unos minuto. Esta había sido su forma de llamarme la atención para que no le volviera a dejar en manos inexpertas. Me prometí que jamás volvería a ocurrir.

Cuando aterrizamos en Kahoka era ya casi la hora de la puesta del sol y Dick estaba a punto de marcharse.

—Debo partir —dijo—. Le prometí a mi esposa que llegaría a casa a las siete. Y ya son las siete. Realizaré algunas acrobacias violentas sobre el campo y luego seguiré mi ruta. Hacedme saber cuándo volveréis por aquí.

—Gracias, Richard. Lo haremos.

Le ayudé a poner en marcha el Cub, girando la hélice y luego partió. Efectuó unas acrobacias magníficas y añadió algunas maniobras de su propia cosecha: vuelos a cuchillo, guiñadas, ascensos casi rectos y hojas de trébol.

La muchedumbre llegó hasta nosotros antes de que Dick desapareciera hacia el Oeste. Durante las últimas horas volamos sin descanso, hasta el oscurecer. Cuando llegó el momento de cubrir el biplano y de caminar hacia la Orbit Inn sentíamos realmente que habíamos trabajado para vivir. Atendernos a veintiséis pasajeros durante el día y Dick paseó a cinco más. Ganó lo suficiente como para pagar la gasolina y el aceite y nosotros nos dividimos 98 dólares entre los dos.

—Casi lo logramos, Stu. Casi traspasamos la barrera de los cien dólares.

Nos sentimos poderosos y pedimos dos batidos dobles.

Stu se sentía inquieto ante la posibilidad de perder el noticiario de las diez y veinte, de manera que entramos al vestíbulo del hotel y allí estaba funcionando un viejo aparato de televisión sin espectadores.

El vestíbulo era muy interesante. Los ventiladores nos lanzaban una suave brisa, como recordándonos tiempos que aún no habían pasado del todo. Sobre el mostrador había una campanilla, de esas que suenan cuando se golpea un botón en la parte superior. Contra una pared había una radio consola monstruosa, de más de un metro de alto y un metro de ancho. Unos trozos de papel pegados en los botones de control indicaban: WGN, WTAD, WCAZ. Me pregunté si al pulsar uno de esos botones, ¿no me encontraría con Fred Allen vagando por Allen's Alley? ¿O a Jack Armstrong? ¿O a Edgar Bergen y Charlie McCarthy? No me atreví a hacer la prueba.

El noticiario de las diez y veinte comenzó y terminó sin hacer mención de esos encantadores pilotos errantes que estaban de visita en Kahoka. Stu sufrió una gran desilusión.

—¡Era mi única oportunidad de aparecer en televisión! ¡Mi única oportunidad! ¡Y he ido a parar a un cubo de la basura!

Esa noche, Stu trató de usar estopilla a modo de mosquitero, para lo cual colgó la tela de la parte inferior del ala. Por lo poco que pude ver en la oscuridad, me pareció una buena solución. Pero no dio ningún resultado. Los mosquitos se dieron cuenta de inmediato que les bastaba con descender, caminar bajo el borde de la red y luego despegar en el interior. Fue otra noche bastante difícil.

Al sentarnos, somnolientos, junto a la mesa para desayunar, dije:

—Bien, Stu, ¿no crees que es hora de ponernos en camino?

—Así lo creo —me respondió, entre bostezos—. Disculpa. Esos malditos mosquitos.

Nos vimos bendecidos con la presencia de una camarera muy hermosa, quien, de alguna manera no había asistido a las pruebas para actriz de cine de la Warner Brothers.

—¿Qué van a desayunar? —preguntó dulcemente.

—Pasteles de cereza, por favor —respondí—. Un buen número de ellos y les pone miel.

Escribió el pedido y se detuvo.

—No tenemos pasteles de cereza. ¿Está en la lista?

—No. Pero son exquisitos.

Sonrió.

—Le daremos pasteles de cerezas si usted nos trae las cerezas.

Desaparecí por la puerta a la velocidad del rayo, me dirigí a una tienda de comestibles dos puertas más allá y deposité sobre el mostrador veintinueve centavos por una lata de cerezas. Volví cuando la camarera estaba todavía en nuestra mesa. Le mostré la lata con aire de triunfo.

—Tómelo y que vacíen todo el contenido sobre la masa.

—¿Toda la lata?

—Sí, señorita. Toda. Sobre la masa. Quiero unos pasteles gigantes.

—Bueno... le preguntaré al cocinero...

Poco después de que se hubo marchado, me di cuenta de que no estábamos solos.

—Stu, hay una hormiga sobre nuestra mesa.

—Pregúntale dónde nos vamos hoy. —Desdobló el mapa de carreteras.

—Sube, pequeña amiga —dije, ayudando a la hormiga a trepar sobre el mapa—. Esto se conoce como el Método de Navegación Hormiga, señor MacPherson. Sígala con un lápiz. Dondequiera que vaya, allí nos dirigiremos.

La hormiga estaba asustada y se paseó por el Este a través de Missouri, con grandes vacilaciones. Se detuvo, cambió nerviosamente hacia el Sur, giró al Oeste, se detuvo y tomó en dirección Nordeste. La línea trazada por el lápiz de Stu pasaba sobre algunos pueblos atractivos. Pero la hormiga siguió camino al Este, sin titubear, hacia el pote del azúcar. Pasó sobre un doblez del mapa y en ese salto cubrió quinientos kilómetros, casi toda la sección sur de Ilinois. Luego, de un salto, se alejó del mapa y corrió hacia el azúcar.

Nos comimos los magníficos pasteles de cerezas y estudiamos la línea trazada. Hasta el momento de llegar al doblez, la hormiga llevaba un buen programa. Partiríamos hacia el Este y el Sur y después de describir un gran círculo terminaríamos en Hannibal, Missouri. De esta forma podríamos conocer el sur de Ilinois y la temporada de las ferias de los condados se nos vendría encima mientras avanzaba el verano. En esas ferias podríamos encontrar muy buenas oportunidades para trabajar.

Nos decidimos, llenamos las cantimploras de agua, nos despedimos de nuestra bella camarera, dándole una buena propina sólo por el hecho de ser hermosa, y volvimos caminando hacia el avión.

Media hora después ya nos encontrábamos en el aire, con viento en contra. La hormiga nada nos había indicado sobre los vientos en contra. Y mientras más avanzábamos, más molesto me sentía con esa hormiga. No había nada allí abajo. Unos pueblos pequeños sin un lugar para aterrizar, un puesto solitario del Ejército y un millón de acres de tierra cultivada. Si había azúcar hacia el Este, ciertamente no la estábamos encontrando.

En Griggsville, Ilinois, se estaba celebrando una feria, pero no había dónde aterrizar, salvo en un trigal cercano. El color dorado de ese trigo no era una simple ilusión. Con los precios actuales del trigo, nos costaría unos setenta y cinco dólares trazar una pista entre esos altos tallos.

Seguimos adelante. Los días pasaron y las ganancias disminuyeron notablemente.

Descubrimos una feria en Rushville, con caballos que corrían rápidamente por el circuito de cuatrocientos metros. Había una multitud de clientes potenciales. Pero ninguna parte dónde aterrizar. Volamos en círculos con desesperación y, finalmente, continuamos adelante, maldiciendo a la hormiga.

Por último llegamos a duras penas a Hannibal y charlamos con Vic Hirby, un viejo piloto errante que estaba a cargo del aeródromo local. Nos quedamos un rato con él, compramos gasolina con descuento, porque los aviones antiguos tienen descuento en Hannibal. Luego, por sugerencia de Vic, nos dirigimos a Palmira, Missouri, hacia el Norte.

No tenía comparación con Palmira en Wisconsin, que ahora distaba siglos en el pasado. Esta pista era corta y estrecha, enmarcada a ambos lados por maquinaria agrícola y altos sembrados de maíz. Nos detuvimos el tiempo suficiente para llevar a un pasajero. Partimos nuevamente hacia el Sur, sin un objetivo fijo, siguiendo el curso del Mississippi. Finalmente, pusimos rumbo al Este, al estado de Illinois.

Al aterrizar en la pista de hierba de Huil, calculé que habíamos batido un récord para biplanos al cruzar el Mississippi en un día.

Logramos tres vuelos rápidos en ese pueblo de quinientos habitantes y descubrimos que el henar donde habíamos aterrizado el día anterior había sido aprobado como pista de aterrizaje por el estado de Illinois. El club de vuelo tenía gran importancia y sus miembros estaban construyendo voluntariamente una oficina de bloques de cemento.

—¡Es el primer avión que aterriza en este campo desde que se transformó en un aeródromo!

Esto mismo lo escuchamos una y mil veces y se nos dijo que era un honor. Pero, realmente, resultaba irónico. No queríamos tener nada que ver con aeródromos. Sólo buscábamos un pequeño lugar con hierba para aterrizar. Y he aquí que nuestro henar acababa de ser transformado en un aeródromo por las ruedas de nuestro biplano.

Después de volar todo el día y gastar dos tanques completos de gasolina, habíamos reunido un total de doce dólares.

—No lo sé, Stu, pero a excepción de Pecatonica, parece ser que Illinois no es nuestro plato favorito. Hasta es posible que ese hombrecillo cuyo nombre no recuerdo, aparezca por aquí para pedirme la licencia de Illinois.

Stu musitó algunas palabras, colgó su inútil mosquitero y se dejó caer en el saco de dormir.

Naciste en este Estado, ¿no es así? —dijo y se durmió al instante.

Nunca pude comprender lo que quería decir con esa observación.

15

Desperté a las seis de la mañana con el débil ruido del disparador de una máquina Polaroid. Un hombre nos estaba fotografiando mientras dormíamos bajo el ala.

—Buenos días —le saludé—. ¿Le gustaría volar esta mañana?

Le dije más por reflejo que por el deseo de ganar tres dólares.

—Quizás un poco más tarde. Ahora estoy tomando algunas fotografías. No le importa, ¿verdad?

—No.

Dejé caer la cabeza sobre la almohada y me volví a dormir.

Nos despertamos a las nueve y, a una distancia discreta, se había reunido una multitud de personas observando el avión.

Uno de los integrantes del grupo me miró de forma extraña y se detuvo ante el nombre escrito en el borde de la carlinga.

—Dígame —habló finalmente—, ¿no será usted Dick Bach el que escribe para las revistas de aviación?

Suspiré. Adiós Hull, Illinois.

—Sí. De vez en cuando escribo algún artículo.

—Vaya, me alegra saberlo. ¿Por qué no se acerca a la carlinga para que le tome unas fotografías?

Me puse de pie, feliz de que le gustaran mis artículos, pero ya había dejado de ser el piloto errante anónimo.

—Stu, recojamos todo y nos largamos.

Ilinois en pleno verano era un horno verde gigantesco cubierto de bruma. Vagamos por ese aire recalentado como una abeja preocupada. Durante días erramos por el Norte sobre el río Ilinois, sin encontrar nada de provecho. Y entonces, de pronto surgió una ciudad en el horizonte. Se trataba de Monmouth, Illinois, con una población de 10.000 habitantes. El aeródromo estaba al Norte.

Stu se dio la vuelta para mirarme cuando sobrevolábamos la ciudad y yo me encogí de hombros. Por lo menos tenía una pista de hierba, lo que hablaba en su favor. La pregunta era si una ciudad de ese tamaño tendría algún interés por los pilotos errantes.

Lo averiguaremos, pensé. Trabajaremos como si se tratara de un pequeño pueblo. Aterrizamos, rodamos hasta la gasolinera y detuvimos el motor.

Había nueve aviones aparcados en fila y un gran hangar de ladrillo con una antigua locomotora a vapor en el interior.

El hombre que salió a atender la bomba era un individuo que llevaba treinta años trabajando en el aeropuerto de Monmouth.

—Lo conozco desde que tenía seis u ocho instructores —nos explicó—. Hubo hasta treinta personas en una ocasión y toda una flota de aviones. Entonces teníamos otra pista, allí donde ahora está la siembra de maíz. Este es el aeropuerto más antiguo de Illinois. Data de 1921. Y no ha dejado de utilizarse hasta la fecha.

Para cuando nos dejó junto a un restaurante, más o menos a un kilómetro del aeropuerto, ya habíamos logrado comprender algunas cosas sobre la forma en que se consideraba la aviación en Monmouth. La gloria pertenecía al pasado. Lo que antes había sido el lugar obligado de visita para muchos nombres famosos de la aviación, ahora era sólo un lugar retirado y tranquilo para algunos pilotos de fin de semana.

En la atmósfera enfriada artificialmente del restaurante, "Beth" fue el primer nombre que anotamos en nuestra lista de los Conocidos de Monmouth. Se interesó bastante por el avión, pero junto con las hamburguesas nos trajo también desaliento respecto a las posibilidades de trabajo.

—El verano no es la época apropiada para ustedes. Todos los universitarios se han marchado a casa.

Hubo un largo silencio, nos sonrió con lástima y nos dejó solos.

—¿Y bien? —preguntó Stu, cansado—. No hay muchachos. ¿Hacia adónde, ahora?

Nombré algunos lugares, pero ninguno era más prometedor que Monmouth... y como último recurso, podríamos probar en Muscatine.

—Suena demasiado parecido a mosquitos. —Ese Muscatine tan espigado.

—Bueno, maldita sea. Quedémonos en Monmouth y veamos qué sucede. Le daremos su oportunidad, ¿sabes? Quizás si efectuaras un salto, podríamos atraer a algunos clientes.

El salto en paracaídas se convirtió en la cuestión prioritaria. El avión quedó libre de su carga y listo para comenzar a trabajar a las cinco de la tarde: la mejor hora para atraer a toda una multitud.

Stu saltó desde tres mil quinientos pies hacia la bruma sin horizontes, descendiendo a la velocidad de un meteoro en busca de la pista de hierba. La cúpula se abrió secamente para dar forma a un gran hongo blanco, gracias al resto de harina King que nos quedaba en la bolsa de nylon. Continuó el descenso, pero ahora como una lenta y pequeña nube cansada.

Mientras nos zambullimos para volar en círculos en torno a Stu, vi que se agrupaban unos coches, pero no tantos como habría esperado en una ciudad de ese tamaño. Efectuamos unas acrobacias sin mucho esfuerzo sobre los campos de maíz y luego aterrizamos. Stu se había anotado otro magnífico salto. Cuando llegué junto a él ya estaba trabajando con los coches, anunciando una y otra vez el maravilloso frescor del aire a tres mil quinientos pies de altura.

Nadie quería volar.

—¿Ese aparato ha sido revisado por la comisión estatal? —preguntó un hombre, dirigiendo la mirada al biplano.

Esto no tiene nada que ver con la experiencia de volar en pueblos pequeños, pensé. Sin duda, los habitantes de la ciudad viven en el presente, necesitan de la velocidad moderna y esperan todas las seguridades que les ofrece el mundo moderno. Llegó el atardecer y sólo habíamos llevado a dos pasajeros.

Los pilotos locales fueron muy amables y nos aseguraron que al día siguiente tendríamos numerosos clientes.

—El mes pasado tuvimos un festival de paracaidismo y los coches llenaron hasta la carretera principal —nos explicaron—. Las noticias tardan un poco en propagarse, simplemente.

Cuando entramos a cenar en el restaurante, me entraron de nuevo las dudas sobre nuestras posibilidades en Monmouth.

—Stu, ¿qué te parece si nos largamos mañana? ¿Te parece adecuado este lugar?

—Dos vuelos. Ya sabes que ¿se es un comienzo normal.

—Sí, pero el lugar no me parece adecuado, ¿comprendes? En los pequeños pueblos somos importantes y, al menos, salen a mirarnos. Aquí somos un avión más. A nadie le importamos un bledo.

Hicimos nuestro pedido a Beth y ella nos sonrió y dijo que estaba feliz de vernos nuevamente.

—Creo que deberíamos darle una oportunidad a este lugar ——insistió Stu—. Recuerda que hemos estado largo tiempo buscando y vagando de una parte a otra. Y al principio, otros pueblos también nos parecieron poco adecuados.

—Está bien. Nos quedaremos.

Al menos, el hecho de quedarnos un día más me serviría para comprobar mi teoría sobre los pilotos de acrobacias en las grandes ciudades. Simplemente, no me sentía a gusto: estábamos fuera de nuestro elemento, fuera de nuestros tiempos.

Stu y yo dormimos esa noche en la oficina del aeropuerto. No nos atacaron los mosquitos.

Durante todo el día siguiente no pude apartar de mi mente esa idea. Tuvimos bastante clientela. A las siete de la tarde, llevábamos dieciocho pasajeros, pero el espíritu del piloto errante había desaparecido. Para ellos éramos sólo un par de tipos chalados que vendíamos paseos en avión.

A las siete se nos acercó un hombre mientras descansábamos bajo el ala.

—Muchachos, quizás ustedes podrían hacer algo especial para mí.

—Hable especial, hable —me expresé en el arcaico lenguaje de la Fuerza Aérea. Stu y yo estábamos conversando precisamente sobre la vida en la Fuerza Aérea.

—Voy a dar una fiesta en mi casa... y quizás podrían realizar un pequeño espectáculo aéreo para nosotros. Vivo en los limites del pueblo, justo allí.

—Me parece que no podrán ver mucho —le advertí—. Mi altura mínima es de mil quinientos pies y debo comenzar a unos tres mil pies. Para ustedes seré como una pequeña manchita y nada más.

—No importa. ¿Podría montarnos un espectáculo, digamos... por veinticinco dólares?

—Por supuesto, si así lo desea. Pero no bajaré de los mil quinientos pies.

—Magnífico. —Sacó dos billetes de diez y uno de cinco dólares de su billetera—. ¿Podría empezar a las siete y media?

—No hay problema. Sin embargo, prefiero que guarde su dinero. Si cree que el espectáculo valió la pena, pasa después por aquí y nos paga. Si no le gustó, no se moleste en pasar.

A las siete y media estábamos sobre los maizales en los limites del pueblo, dando comienzo al primer rizo. A las siete cuarenta se terminó el espectáculo y sobrevolamos el parque para echar una ojeada al partido de béisbol.

Cuando aterrizamos, Stu estaba allí con dos pasajeros.

—¡Queremos un paseo con mucho movimiento! —me dijeron.

Obtuvieron el Acostumbrado Paseo Con Mucho Movimiento; vueltas muy inclinadas, deslizamientos de costado con el viento pegándoles directamente, descensos en picado y elevaciones bruscas. Se sintieron tan alegres y excitados en el aire, como si el biplano fuera la más grandiosa de las diversiones en una feria. Eso me sorprendió. Durante los minutos que llevábamos volando, sólo había pensado en marcharme de Monmouth y en cuál sería nuestro próximo destino. No fui consciente de lo agitado del vuelo ni se me ocurrió comparar al Parks con un elemento de diversión en una feria. A lo más lo consideré entretenido, quizás interesante, pero de ninguna forma excitante.

Esa fue una revelación, una advertencia del mal. El verano empezaba a extinguirse y la vida de piloto de acrobacias, extraña y aventurera, se estaba transformando en algo muy propio dentro de mí, como si se tratara simplemente de un trabajo más.

Elevé el avión con un medio rizo, lo que hizo que mis pasajeros se aferraran a los bordes de cuero de la carlinga con emoción y temor a la vez. Hablé en voz alta, para mí mismo.

—¡Escucha, Richard! ¡Ese es el viento! ¡Escúchalo entre los cables, siéntelo en tu rostro cómo golpea esas gafas! ¡Despierta! ¡Estás aquí y ahora, y es momento para vivir! ¡No te dejes llevar! ¡Observa! ¡Gusta! ¡Despierta!

Y de pronto pude escuchar nuevamente... las explosiones y el estruendo del Whirlwind, que antes había permanecido como un Niágara silencioso, dejaron oír su rugido atronador y acompasado, como un metrónomo de alta velocidad que disparaba dinamita con cada latido de su hoja.

Ese sonido magnífico y perfecto... ¿cuánto tiempo había pasado sin escucharlo? Semanas. Ese sol, brillante como el acero incandescente en un cielo azul-fuego... ¿cuánto tiempo había transcurrido desde que inclinara la cabeza hacia atrás y dejara penetrar en mi boca ese sabor a sol? Abrí los ojos y le miré directamente, bebiendo su calor. Me despojé de su guante y tomé un puñado de viento, de aire que jamás había sido respirado por nadie en miles de millones de años. Me lo acerqué a la nariz y lo aspiré profundamente, hasta el fondo de mi ser.

¡Richard, abre los ojos! ¡Esos pasajeros que van delante! ¿Quiénes son? ¡Míralos! ¡Observa! De inmediato dejaron de ser simples pasajeros para convertirse en seres humanos. Un muchacho y una muchacha, felices, hermosos en esa forma que todos somos hermosos cuando, por unos instantes, nos olvidamos de nosotros mismos, cuando estamos admirando algo que nos absorbe por completo.

Nos inclinamos de nuevo, profundamente, y juntos pudieron ver cinco metros de alas de color limón brillante y novecientos pies de aire transparente, dos metros de un mar de plantas de maíz y un décimo de pulgada de arcilla negra repleta de minerales. Alas, aire, maíz, arcilla, minerales y pájaros, lagos y caminos, cercas y vacas, árboles y prados y flores... y cada partícula de todo ello se movió en una danza inmensa de colores. Y los colores penetraron en los ojos muy abiertos de estos compañeros de vuelo, siguieron hacia sus corazones y surgieron al exterior transformados en una sonrisa, o en una risa y en esa mirada valiente y hermosa de aquellos que todavía no han decidido morir.

Jamás dejes de ser un niño, Richard. Nunca dejes de sentir, gustar, ver y sentirte excitado por cosas tan grandes como el aire, los motores y los sonidos de la luz del sol en tu interior. Si quieres, usa tu máscara para proteger al niño del mundo, pero, amigo, si permites que ese niño desaparezca, habrás crecido y entonces serás hombre muerto.

Las ruedas altas y viejas tocaron y giraron sobre la tierra suave, como una gigantesca almohada petrificada. Y el vuelo, ese primer vuelo para mis pasajeros y el milésimo para mí, llegó a su fin. Nuevamente tomaron conciencia de sí mismos, agradecieron el paseo, pagaron los seis dólares a Stu, subieron al coche y se marcharon. Les di las gracias a mi vez y les dije que estaba encantado de haberles tenido por compañía. Tuve la certeza de que todos recordaríamos ese vuelo conjunto durante mucho tiempo.

Esa noche, Stu y yo tendimos las colchonetas de las literas sobre el suelo de la oficina, lanzamos algunos suaves denuestos contra el hombre que no se presentó para pagarnos los 25 dólares del espectáculo aéreo y nos acomodamos frente a unos batidos de fresa y soda en una atmósfera sin mosquitos. La única luz en la habitación procedía del sol, reflejada en la luna con suficiente resplandor como para distinguir los colores del biplano en el exterior.

—Stuart Sandy MacPherson —dije—. ¿Quién diablos eres tú?

Más que nunca, la máscara de silencio y solemnidad del muchacho me pareció una farsa, ya que las personas calladas y solemnes no saltan desde el ala de un avión a una milla de altura, o atraviesan prácticamente la mitad del país para transformarse en piloto errante. El propio Stu se dio cuenta de que la pregunta era correcta y no trató de evadirla.

—Algunas veces no estoy seguro de quién soy —respondió—. Estuve en el equipo de tenis del colegio, si eso te sirve de alguna ayuda. Me dediqué un tiempo al alpinismo...

Parpadeé sorprendido.

—¿Te refieres a trepar montañas regularmente? ¿Con cuerdas, picos, arpones, muros de piedra y todo eso? ¿O te refieres a cerros que se pueden subir caminando?

—Lo primero. Me divertía mucho. Hasta que una roca me golpeó la cabeza. Perdí el conocimiento durante un tiempo. Por fortuna, estaba muy bien atado con una cuerda al que me precedía.

—¿Y te quedaste colgando en el vacío del extremo de una cuerda?

—Sí.

—Vaya.

—Sí. Bien, entonces abandoné el alpinismo y me dediqué a los aviones. Tengo mi licencia de piloto privado. Vuelo en Piper Cubs.

—¡Stu! ¿Por qué no mencionaste nunca que tenías licencia? ¡Dios mío! ¡Se supone que debes contar una cosa así!

Creo que en medio de la oscuridad se encogió de hombros.

—También me dediqué mucho tiempo a las motocicletas. Es muy divertido tratar de ser un buen piloto de motos...

—¡Pero amigo, eso es fantástico!

Lo positivo de no hablar demasiado es que cuando se habla, es posible sorprender a las personas de tal forma que incluso llegan a escuchar lo que se dice.

—Ahora bien. Escucha —le dije—. En algunas ocasiones he oído decir estupideces sobre ciertas personas que se han dejado llevar por la corriente, pero tú... tú no eres de ésos. Tienes todas esas cosas maravillosas que te ayudan a vivir como un verdadero ser humano. Sin embargo, estás en Salt Lake en la Escuela de Odontología. Por favor, dime... *¿por qué?*

Dejó el vaso en el suelo con un ruido seco.

—Se lo debo a mis padres —dijo—. Me han pagado todo...

—A tus padres les debes el hecho de ser feliz. ¿No es así? Pero no tienen ningún derecho a obligarte a permanecer en algo en lo cual no eres feliz.

—Quizás. —Pensó por unos instantes—. Quizás ahí reside el problema... es demasiado fácil mantenerse en el sistema, tal como están las cosas. Si abandono el sistema, quedaría como un desertor, y eso, ¿dónde me deja?

—¿Ah?... ¿Stu? —Deseaba conversar sobre la Universidad, pero estas últimas palabras me dejaron helado—. ¿Qué crees tú que es el patriotismo? ¿Qué crees que significa?

Siguió a continuación el silencio más prolongado de todo el verano. El muchacho estaba tratando de encontrar las palabras y les daba vueltas y más vueltas en su mente. Pero sin resultado. Le esperé allí tendido, casi escuchándole pensar, preguntándome si ese mismo vacío estaría en todas las mentes de los universitarios en el país. Si así era, los

Estados Unidos de América tendrían que enfrentarse a nuevos tiempos muy difíciles.

—No lo sé —dijo finalmente. ——No sé... no sé lo que es el patriotismo...

—Entonces, amigo, comprendo por qué te asusta alistarte en la milicia —le solté con dureza—. Esta cosa del patriotismo puede expresarse en tres palabras: gratitud... para... el país. Tú partes un día, trepas tus montañas, conduces tus motos; yo puedo volar donde deseo, escribo lo que me viene en gana y puedo gritar contra el gobierno si actúan torpemente. ¿Cuántos crees que han sido destrozados para que tú y yo podamos llevar la vida que queremos? ¿Cien mil? ¿Un millón?

Stu se sentó sobre la colchoneta con las manos entrelazadas tras la cabeza, mirando hacia la oscuridad.

—Y así tomamos uno, dos o cinco años de esta maravillosa libertad —continué—, y decimos: "¡Eh, país mío, gracias!" En ese instante no estaba dirigiéndome a Stu MacPherson, sino a todos mis jóvenes compatriotas que no lo comprendían y que gritaban en contra del reclutamiento en medio de un ambiente de escasa, hermosa y sagrada libertad.

Me entraron deseos de encerrarles a todos en una caja y embarcarles a un país salvaje y no dejarles regresar hasta que no estuvieran dispuestos a ganarse su retorno peleando. Pero si les encerraba en ese barco, estaría destruyendo la esencia misma de la libertad que deseaba enseñarles. Debía dejarles reclamar y rezar para que lograran captar la imagen antes de que destruyeran el país con sollozos melodramáticos de autocompasión.

Stu se mantuvo en silencio. Yo no deseaba que hablara. Rogué con todo fervor que en medio de ese silencio, estuviera escuchando.

16

A las diez de la mañana, el horno de Ilinois era una estufa. La hierba se chamuscaba bajo nuestros pies. Soplaba una ligera brisa cálida, procedente de los bosques del Este, que pasaba entre los cables del avión mientras nos protegíamos a la sombra del ala.

—Muy bien, Stu, muchacho. Aquí tenemos un mapa. Lanzaré mi cuchillo y dondequiera que se clave en el mapa, allí iremos.

Lancé el cuchillo tomándolo de la hoja y, para mi gran sorpresa, se clavó firmemente, atravesando el mapa. Un buen presagio. Estudiamos con ansiedad el corte.

—Perfecto —comenté—. Tendremos que aterrizar en medio del río Mississippi. Muchas gracias, cuchillo.

Hicimos la prueba una y otra vez, con el único resultado de que acabamos con un mapa lleno de agujeros. El cuchillo nos estaba sugiriendo que había una razón para que no voláramos a ninguna parte.

Se detuvo un coche y se acercaron hacia nosotros un hombre y dos muchachos.

—Si han bajado del coche, ya son nuestros —observó Stu—. ¿Vamos a tomar clientes hoy, o nos marchamos?

—Es mejor que les llevemos a volar.

Stu se dispuso a trabajar.

—Hola, amigos.

—¿Son ustedes los del avión?

—¡Sí, señor!

—Deseamos volar.

—Nos sentimos felices de tenerles a bordo. ¿Por qué no pasa por aquí?... —Se detuvo en mitad de la frase——. ¡Dick, mira! ¡Un biplano!

Llegó del Oeste, pequeño, suave y susurrante, descendiendo lentamente hacia la pista.

—¡Stu, es un Travelair! ¡Es Spencer Nelson! ¡Lo ha logrado!

Fue como una bomba lanzada en medio de nosotros. Salté a la carlinga y le tiré la manivela de partida a Stu.

—Amigos, ¿no les importa esperarme un poco, verdad? —pregunté al hombre y sus hijos—. Ese avión viene desde California. Subiré a darle la bienvenida y luego volaremos.

No tuvieron la menor oportunidad de protestar. El motor, después de chillar con el impulso de la manivela, volvió a la vida ruidosamente y de inmediato rodamos a la pista, fuimos adquiriendo velocidad, despegamos y enfilamos hacia el recién llegado. Le alcanzamos cuando se disponía para el aterrizaje y nos pusimos en formación a su lado.

El piloto nos hizo señas.

—¡EH, SPENCER! —le grité, sabiendo que no podría escuchar una palabra a causa del viento.

Su avión era muy hermoso. Acababa de salir de la tienda, recién terminado por este capitán de líneas aéreas que aún no se cansaba de volar. La máquina resplandeció, brilló y lanzó destellos a la luz del sol. No tenía un solo parche, ni un rastro de aceite, ni una mancha de grasa en toda su extensión. Me maravillé ante tanta, perfección. El gran timón equilibrado por el aire se dobló ligeramente y giramos para efectuar una pasada rasante sobre la pista de hierba.

Travelair Aircraft Co., decían las bien diseñadas letras en la cola, *Wichita, Kansas*. El avión era como un grácil y esbelto delfín en el aire, mucho más grande que el Parks y bastante más elegante. Parecíamos un pequeño remolcador, manchado de alquitrán, que conducía al *United States* por la bahía. Me pregunté si Spencer sabía en qué se estaba metiendo y si su avión, tan pulido y brillante, se vería tan hermoso cuando llegara el momento del regreso a casa.

Suavemente nos introdujimos una vez más en el circuito de vuelo y aterrizamos. En primer lugar, esa belleza de biplano que rodó hasta donde se hallaban los pasajeros y detuvo el motor con precisión.

No conocía al piloto personalmente, sólo a través de cartas y llamadas telefónicas mientras luchaba por tener listo su avión para el verano. Cuando se despojó del casco y descendió de la elevada carlinga, advertí que Spencer Nelson era un hombre bajo, de movimientos ágiles, con la mirada de halcón del piloto de los viejos tiempos: un rostro firme y anguloso y ojos azules intensos.

—¡Señor Nelson! —le saludé.

—¿Usted debe ser el señor Bach?

—Spencer, viejo chiflado ¡Lo lograste! ¿De dónde vienes?

—Esta mañana salí de Kearny, Nebraska. Llevo cinco horas de vuelo. Llamé a tu casa y Bette me dijo que tú le habías telefoneado desde aquí. —Se estiró, feliz de estar fuera de la carlinga—. Ese paracaídas se pone algo duro después de estar sentado sobre él durante un tiempo, ¿no crees?

—Bien, Spencer, a partir de este instante, te encuentras en la tierra de los alegres pilotos errantes. Pero, ¿has venido a conversar o a trabajar? Nos esperan unos clientes.

—Vamos —me respondió.

Formó un montón en el suelo con el equipaje que traía en la carlinga delantera y Stu condujo a dos de los pasajeros hacia el gran avión. Ayudé al otro a subir al Parks, que se veía cada vez más insignificante junto al Travelair.

—Yo te seguiré —me gritó Spencer. Entretanto, Stu hizo girar la manivela y el motor se puso en marcha lanzando una nubecilla azul con un fuerte rugido.

Despegamos y de inmediato nos metimos en el Circuito de Vuelo de Monmouth para los Pilotos Errantes: una larga vuelta sobre el pueblo, una pasada rápida sobre un pequeño lago al Oeste que lanzaba reflejos al sol, giros suaves y descendentes hacia la pista... diez minutos exactos. El Travelair era mucho más rápido que el Parks y, después del despegue, pasó raudo junto a nuestro lado. Spencer se alejó demasiado, efectuando el doble del recorrido y una excursión demasiado prolongada.

Aterrizó cinco minutos después que el Parks.

—¡Eh! ¿Qué estás tratando de hacer? —le llamé la atención—. No te pagan para que superes el récord de permanencia en el aire. Sólo quieren obtener el sabor del viento en los cabellos y admirar el panorama desde el aire. No me gustaría tenerte de competidor.

—¿He tardado demasiado? Tendré cuidado en adelante. Recuerda que acabo de empezar.

Caminamos juntos hasta el restaurante y escuchamos su versión sobre los esfuerzos y frustraciones con los funcionarios y la burocracia mientras daba los últimos toques al Travelair y luego atravesaba todo el país para reunirse con nosotros.

—Sólo me quedan cinco días de vacaciones debido al retraso. Dentro de un par de días debo regresar a casa.

—¡Spencer! ¿Has hecho este maldito viaje para estar sólo dos días en este trabajo de piloto errante? ¡Esta es una mala noticia! ¡Eres un loco!

Se encogió de hombros.

—Nunca antes me había dedicado a ser piloto errante.

—Bien, entonces debemos marcharnos de aquí cuanto antes y mostrarte algo más típico. Y tienes que ganar dinero para volver a casa.

—¿Qué te parece Kahoka? —intervino Stu—. Recuerda que nos dijeron que tendrían carreras de carruajes o algo parecido. Va a haber mucha gente en aquel pueblo.

—Pero tienen una pista. Nosotros necesitamos un magnífico henar.

Estuvimos reflexionando sobre el asunto y la idea de Stu prevaleció. Nuestro nuevo piloto tenía sólo dos días disponibles y esto no nos permitía vagar sin rumbo.

A las tres de la tarde estábamos en el aire, en dirección

sur y este, hacia Missouri. Stu iba en el asiento delantero del Travelair y yo cargué todo el equipaje y los paracaídas en mi carlinga.

Los problemas surgieron de inmediato; el Travelair era demasiado veloz. Spencer debía mantener el motor a pocas revoluciones para que yo pudiera darles alcance. De vez en cuando se olvidaba mientras su mente pensaba en otras cosas y, al volver la cabeza, se encontraba con que el Parks era una manchita en el cielo a una milla por detrás. Sin embargo, cuando llegamos a la altura del Mississippi ya habíamos encontrado la forma de mantenernos juntos y nuestras sombras se proyectaron sobre el agua de color marrón en buena formación. Me sentía feliz de no estar solo y contar con la compañía de otro biplano que seguía el mismo curso en ese viejo y querido cielo. Mi avión y yo nos sentíamos alegres y nos dejamos caer y nos balanceamos en el aire sólo por gusto.

Descubrí que un piloto errante llega a conocer bastante bien el país. Ya no necesitaba mirar el mapa. Seguir recto hacia el sol hasta topar con el Mississippi. Bajar por el curso del río hasta llegar a la desembocadura del río Des Moines, que procede del Oeste al Norte poco antes de Koekuk y luego desviarse ligeramente hacia el Sur durante diez minutos. Allí estaba Kahoka.

La pista de carreras estaba atestada de público. Sobrevolamos en círculo para que todo el mundo se enterara de nuestra presencia y luego aterrizamos.

—Vaya, esto me parece muy hermoso —comentó Spencer en cuanto nos detuvimos—. Linda hierba y el pueblo muy cercano. Sí, esto es muy hermoso.

Los clientes llegaron de inmediato y nos dimos el lujo de que el Travelair se encargara de los primeros pasajeros. Nos sentamos sobre la hierba y dejamos que Spencer se encargara de traer el dinero.

Los tiempos habían cambiado ahora, con una Nave Número Uno y una Nave Número Dos. Desgraciadamente, este lujo no duró demasiado, ya que la vieja Nave Número Uno tuvo clientes al poco rato. Trepé a mi asiento, ya tan conocido para mí, y nos introdujimos en la tarde. Sólo quedaban algunas horas para la puesta del sol, pero no nos detuvimos y, antes de que se terminara el día, habíamos paseado a veintitrés pasajeros.

Entre un despegue y otro, alcancé a escuchar algunos fragmentos de los comentarios de los pasajeros.

—He pasado veinticinco años tratando de convencer a mi mujer para que despegue los pies de la tierra y hoy, finalmente, se subió a ese avión azul.

—Esto es volar, realmente. Estos aparatos modernos son sólo transportes, pero esto sí que es volar.

—Me alegro de que hayan vuelto... eso le hará un gran bien a este pueblo.

Kahoka fue como volver a casa. Orbit Inn estaba en el mismo sitio y el negocio marchaba bien, con su aparato de música popular y todos esos muchachos sentados en los guardabarros de sus coches en el aire cálido de la noche.

—Me agrada todo esto —dijo Spencer—. No sólo el asunto del dinero, sino conversar con las personas. Creo que realmente se está haciendo algo por ellos.

Mientras hablaba, Stu y yo volvimos a verlo todo nuevamente por primera vez, en los ojos del piloto. Me alegró este Spencer Nelson que, allí, en la noche de Kahoka, se dejaba llevar por la frescura de la novedad de la vida del piloto errante.

17

—¡Tengo una pérdida de aceite! —exclamó Spencer con preocupación, señalando un hilillo de aceite limpio que salía de la cubierta del motor.

—¿Quiere negociar con pérdidas de aceite, señor Nelson? —le pregunté—. Tengo varias pérdidas que quizá le interesaría...

—Se supone que tu motor debe perder —replicó—. Pero un Continental debe estar tan ajustado como un tambor.

Estaba preocupado y, con los primeros fríos rayos de sol de la mañana, soltó la tapa inferior de la cubierta del motor del Travelair.

Y si tenemos pasajeros a esta hora, pensé. Yo volaré. Arrastré mi caja de herramientas y nos dispusimos a revisar su motor.

—Está todo tan nuevo —explicó—. Probablemente es alguna unión un poco suelta.

Eso sólo era una parte del problema. Los terminales del conducto del aceite estaban tan sueltos que les dimos una vuelta completa antes de que ajustaran en su debida forma.

—Eso debiera ser suficiente —dijo, después de media hora de trabajo—. Ahora a probarlo.

—Yo le daré a la manivela.

Introduje la manivela por el costado de la cubierta del motor y me di cuenta de que era bastante débil para el trabajo que debía efectuar.

—Esa manivela no es muy fuerte —comentó Nelson, desde la carlinga—. Cuando vuelva la reforzaré.

Di tres vueltas a la manivela y el eje se rompió entre mis manos.

—¿Qué sucede? —preguntó.

—Spencer, amigo, creo que tendrás que fortalecer esto antes de regresar.

—¿No se ha roto, verdad?

—Así es.

—Bien, buscaré en el pueblo a alguien que la pueda soldar.

Soltó la manivela y partió hacia el pueblo. Si ese había sido su único problema de mantenimiento en dos días, no me cabía duda de que su futuro como piloto de acrobacia estaba asegurado.

Llegó un hombre en su coche y se acercó a los aviones. —¿Ustedes son los pilotos?

—Sí, señor —respondí, aproximándome a la ventanilla del Chevrolet—. ¿Desea volar?

—No lo sé —replicó pensativamente.

A su lado, en el coche, estaba sentada una mujer joven de asombrosa belleza, de cabello negro y largo y grandes ojos oscuros.

—El pueblo se ve maravilloso en la mañana... y el aire está agradable y apacible —le dije—. Se está más fresco, también.

El hombre estaba interesado, vacilando al borde de la aventura, pero la muchacha me miró como lo haría un temeroso gamo hembra. No abrió la boca.

—¿Crees que debo hacerlo? —le preguntó el hombre.

No hubo respuesta, ni una sola palabra. Sólo movió la cabeza imperceptiblemente dando a conocer su respuesta negativa.

—Jamás he tenido un pasajero al que no le haya gustado el vuelo... Le devuelvo el dinero si piensa lo contrario —me sorprendí diciendo.

Realmente no me importaba si el hombre volaba o no; tendría suficientes clientes más tarde. El anuncio de la devolución del dinero fue un buen anzuelo, que no había considerado hasta ese momento. El enfrentamiento era entre mi mundo y el de la muchacha y el campo de batalla era el hombre.

—Creo que iré. ¿Tarda mucho?

—Diez minutos. —Había ganado con esa rapidez.

—Volveré pronto —le dijo a la muchacha. Ella le miró con sus grandes ojos oscuros, asustada, pero todavía sin decir una palabra.

Volamos diez minutos y, debido a que soy curioso, no dejé de mirar hacia el Chevrolet. La puerta del coche no se abrió y ningún rostro se asomó por la ventanilla para levantar la vista hacia nosotros. Había algo raro en esa mujer y el brillante día de verano pareció ponerse desagradable.

El aterrizaje fue normal, totalmente normal, como todos los que efectuábamos en esos días. Avanzábamos por la hierba, quizás a unas cuarenta millas por hora. De pronto, sentí una voz en mi interior: "Muévete a la derecha, gira a la —derecha". No había ninguna razón para hacerlo, pero obedecí.

En ese instante, cuando el biplano se apartó a la derecha, un avión pasó raudo por la izquierda, aterrizando en dirección opuesta sobre la hierba, a unas cincuenta millas por hora.

Por unos segundos quedé paralizado. Me envolvió una oleada de frío. No había visto al otro avión y, obviamente, él tampoco me había visto a mí. Si no nos hubiéramos apartado hacia la derecha, los días del biplano y la vida del piloto errante habrían llegado a un rápido y espectacular fin. El otro avión giró, ascendió nuevamente y desapareció. Di las gracias a esa voz, a ese pensamiento que había puesto en mí un ángel. Y como el incidente había quedado zanjado, tendría que tomarlo como un hecho fortuito. Más aún, ni siquiera lo comentaría con nadie.

El hombre entregó tres billetes de dólar a Stu y volvió a su coche. La muchacha no se había movido ni había hablado.

—Muchas gracias —me dijo el pasajero, feliz. Y se alejó con su extraña acompañante. No los volvimos a ver.

Spencer regresó con la manivela soldada, lo suficientemente fuerte como para colgar todo su avión de ella.

—Esto debe funcionar bien ahora —expresó—. Probemos otra vez.

El motor se puso en marcha de inmediato y se elevó para un vuelo de prueba. Cuando volvió, diez minutos después, aún se mantenía el hilillo de aceite que brotaba del respiradero.

—Vaya, demonios —dijo—. Me gustaría deshacerme de ese aceite.

—¡Spencer, ese es un *respiradero*! No es más que un *vaho* de aceite. No conozco a muchos pilotos que se preocupen por eso en sus aviones. Los pilotos errantes sólo cuidamos de que las alas estén firmes y en buen estado, ¿sabes?

—Está bien. Pero aún así no me gusta que suceda en mi Travelair, tan hermoso y nuevo.

Spencer se hizo cargo de los próximos pasajeros: un hombre y su hijo. Cuando estuvieron asegurados a bordo, se bajó las gafas, empujó el estrangulador y comenzó a despegar por la pista de hierba. Me volví a Stu.

—Es muy agradable tener a alguien que te haga el trabajo, de manera que nosotros...

Me detuve en mitad de la frase, totalmente atónito. El motor del Travelair se había detenido en pleno despegue.

—Oh, no.

Este, pensé, en una décima de segundo, no es nuestro día.

El gran avión planeó de vuelta a la pista y rodeó silenciosamente hasta el otro extremo; el motor se había detenido con tiempo suficiente como para permitir un buen aterrizaje.

Un instante después se puso en marcha de nuevo con un suave ronroneo, pero Spencer no quiso intentar otro despegue. Rodó hacia nosotros.

194

—Quisiera saber qué piensan los pasajeros de todo esto —comentó Stu, con una débil sonrisa.

Cuando llegó el avión a nuestro lado, les abrí la portezuela de la carlinga.

—El paseo ha sido bastante breve, ¿no es verdad? —. Mi voz sonó fría como el hielo. Si yo hubiera estado en el asiento delantero al detenerse el motor, me habría sentido aterrado.

—Oh, ha sido bastante largo, pero no nos elevamos demasiado —respondió el hombre, ayudando a su hijo a descender. Me impresionó su calma y me sentí orgulloso de él.

—¿Desea volar en la Nave Número Uno?

—No, gracias. Les dejaremos que arreglen este... volveremos por la tarde.

Acepté sus palabras como una valiente excusa y los borré de la lista de pasajeros que tendrían confianza en un biplano. Comenzamos a trabajar en cuanto se marcharon.

—Para que se detenga en esa forma, seguro que no lleva gasolina.

—¿La gasolina sucia? —preguntó Spencer. —Podría ser. Empezaremos por ahí.

El motor había estado estacionado en Arizona y en el filtro del combustible hallamos una cucharada completa de arena.

—Eso es parte del problema solamente —dijo Spencer—. Hagamos una prueba.

Hicimos un nuevo intento y el motor, a plena aceleración, tosió y se detuvo totalmente.

—¿Cómo estás de combustible?

—Oh, el tanque está a la mitad. —De pronto se le ocurrió algo, puso en marcha el motor y esta vez funcionó normalmente—. Es el tanque de la sección central —comentó—. El motor no falla si está en comunicación con el tanque superior de combustible.

Comprobó su teoría y nada pudo hacer para detener el motor si este tomaba el combustible del gran tanque oculto en la mitad del ala superior.

—Eso es —dijo finalmente—. Parece que algo falla

en el flotador o en el carburador. Y cuando el motor va a plena aceleración necesita esa mayor presión.

El problema se solucionó y lo celebramos con un salto en paracaídas. Stu deseaba anotar en su diario un salto desde el Travelair. Y así, nos elevamos en formación en esa tarde hasta alcanzar la altura de salto.

Yo me separé a los dos mil quinientos pies y volé en círculos para esperar a Stu en su descenso.

Si el salto resultaba tal cual habíamos programado, tendríamos una gran clientela. Las carreras de carruajes habían terminado y el público estaba saliendo en masa de la pista. Pero las cosas no salieron según el plan. Stu falló en su objetivo. Le seguí en su caída, consciente de que, desde el ángulo en que me encontraba, no podía calcular dónde descendería. Pero mientras perdía altura, tuve la plena seguridad de que no lograría caer sobre la pista y de que, incluso, podría terminar enredado en los cables telefónicos al sur de un terreno baldío.

Pasó rozando los cables y fue a caer en medio de la maleza. Se levantó de inmediato e hizo señas para hacerme saber que se encontraba perfectamente. Spencer y yo realizamos un vuelo en formación a modo de publicidad, nos separamos y aterrizamos. Nos esperaba una multitud de personas que deseaban volar y Stu llegó corriendo a través del campo con el paracaídas sobre sus hombros.

—Hombre! ¡Creí que me enredaría en esos cables! Esperé demasiado para controlar el viento. ¡Ha sido un mal salto!

Pero eso fue todo. Habíamos evitado el desastre y el trabajo tenía que continuar.

Introdujo desordenadamente el paracaídas en el saco de dormir y se puso a vender billetes de inmediato. Le hice señas a Spencer y nos subimos a los aviones. Una vez más, no paramos de volar hasta la puesta del sol. Para mi gran sorpresa, los pasajeros que se hallaban a bordo al producirse el fallo del motor del avión de Spencer, el hombre y su hijo, regresaron para completar su interrumpido vuelo. Esta vez, el Continental respondió de forma perfecta y pudieron admirar Kahoka desde el aire. Un pueblo que navegaba serenamente a través del inmenso, llano y verde mar de Missouri.

Me, tocó en suerte un tipo que estaba borracho. Después de habernos elevado, fingió salirse de la cabina delantera y otras cosas parecidas, actuando como un estúpido. Realicé algunos giros violentos para hundirle en su asiento, sin dejar de pensar y desear que fuera legal poderle tirar por la borda.

—Stu, si permites que suba otro pasajero como este —le increpé después de aterrizar—, te estrangularé.

—Lo siento. No me di cuenta de que estaba en tan mal estado.

El sol se puso, pero Spencer no detuvo sus paseos. Cada cual con su gusto, pensé. El Parks y yo dejamos de trabajar en cuanto empezamos a perder los destellos del terreno en la oscuridad.

Su motor se detuvo cuando ya la oscuridad era total. Con catorce años en la Aerolíneas del Pacífico Suroccidental, estaba en condiciones de tomar todos los pasajeros que le fuera posible.

Nos dejamos caer en nuestros sacos de dormir y encendimos la linterna.

—¿Qué tal ha sido el día, Stu?

Stu contó el dinero.

—Tenemos bastante. Veinte, treinta, treinta y cinco, cuarenta y cinco... —Parecía un buen día—. ...ciento cincuenta y tres, cincuenta y cuatro, cincuenta y cinco... ciento cincuenta y seis dólares. Es decir... cincuenta y dos pasajeros en el día.

—¡Lo superamos! —exclamé. —logramos superar nuestro límite de cien dólares en un día!

—Vaya, muchachos —dijo Spencer—. ¡Esta no es mala forma de ganarse la vida! Siento tener que marcharme tan pronto.

—Spencer, debemos encontrarte un buen henar por alguna parte. Un campo pequeño para realizar vuelos en la forma en que lo hacen los pilotos errantes.

—No queda mucho tiempo —afirmó—. Quizás sea mejor que esperemos hasta el próximo año.

El tiempo de Stu también llegaba a su fin y conversó con Spencer sobre la posibilidad de que le acompañara a casa.

A la mañana siguiente, volé con un par de pasajeros y cargamos los aviones. A Spencer sólo le quedaba un día.

Tomamos hacia el Oeste y sobrevolamos el camino en busca de un pueblo con un campo de aterrizaje cercano. Nos encontramos con el problema de siempre. Los campos se extendían maravillosos entre los pueblos. El heno estaba segado y rastrillado y las fajas de tierra aparecían largas y limpias al viento favorable.

Pero en cuanto nos aproximábamos a un pueblo, los postes telefónicos surgían como cañas de bambú y los campos se estrechaban, aparecía su superficie rugosa y el viento cruzado. Descendimos para estudiar varios campos limítrofes, pero no encontramos uno solo aceptable. No estábamos en la ruina y por lo tanto no teníamos ninguna necesidad de trabajar en lugares difíciles.

Finalmente, descubrimos un campo en Lancaster, Missouri. No era lo más adecuado: una meseta de empinadas laderas que nos enviaría rodando cerro abajo si no manteníamos los aviones en rodaje recto al aterrizar. Pero tenía suficiente longitud y estaba cerca del pueblo.

En el momento en que hacía señas a Spencer y a Stu para que se fijaran en la pista, me di cuenta de que era un maldito aeródromo. No tenía hangares, ni gasolinera, pero las marcas de las ruedas revelaban con toda claridad su función.

Como estábamos cansados de vagar, descendimos. Durante el rodaje, me entraron dudas respecto a efectuar maniobras con pasajeros, aun cuando se tratara de un aeródromo.

Observé el aterrizaje del Travelair. Tan suave como un río, se deslizó por la pista; aunque Spencer insistía en su calidad de aficionado en este mundo del piloto errante, su actuación fue la de todo un profesional.

Junto a la hierba de la pista un gran letrero en un tronco que decía: "Aeródromo en Conmemoración de William E. Hall".

—¿Qué te parece, Spencer? —le pregunté, una vez que detuvo el motor.

—Me parece bien. Me divertí al llegar. Sobrevolé el pueblo, hice unas explosiones con el motor y la gente en las calles se detuvo y levantó su mirada al cielo.

—Bien, estamos bastante cerca del pueblo. Pero esta pista sigue sin gustarme. Es demasiado estrecha para mí y si te llega a fallar el motor en un despegue, no tiene dónde caer sin destruir el avión.

Se acercó un coche y de él bajó un hombre con una cámara. —Hola —saludó—. ¿Les importa si hago algunas tomas?

—En absoluto.

El resto de nuestro encuentro quedó registrado en vivos colores y con el acompañamiento del zumbido de la cámara.

—No me gusta —opiné—. No estamos muy lejos al sur de Ottumwa, lo que para mí, es como volver a casa. De todas formas, necesitamos combustible. Podemos volar hasta allí, cargamos gasolina y aceite y tú puedes informarte sobre el estado del tiempo en el Oeste. Y entonces podemos tomar una decisión.

—Vamos.

Estuvimos en el aire a los pocos minutos, rumbo al Norte. En media hora llegamos a Ottumwa, en Iowa.

El informe meteorológico sobre las condiciones hacia el Oeste no fueron alentadoras y Spencer se quedó preocupado.

—Vienen a nuestro encuentro unas nubes bastante cargadas —dijo—. Vientos muy fuertes y techo bajo. Es mejor que continuemos el próximo año, Dick. Si me veo envuelto en el mal tiempo no podré cumplir con mi programa de vuelo. Y eso no estaría bien. Prefiero partir hoy y tratar de ganarle la mano a la tormenta.

—Stu, ¿te has decidido? —le pregunté—. Probablemente, es tu última oportunidad de volver a casa gratis.

—Es preferible que regrese con Spencer —respondió—. Ha pasado ya bastante tiempo... y sólo ganaría unos días si me quedara. La Universidad comienza pronto.

Empezaron a cargar el Travelair: paracaídas, aceite, bolsas de ropa y máquinas de afeitar. Giré la manivela de partida y le entregué un cartel de VUELE POR $3 VUELE a Stu.

—Un recuerdo, señor MacPherson. —¿Me lo vas a firmar?

—Si quieres.

Lo apoyé en el ala y escribí: ¡VERE TU PUEBLO DESDE EL AIRE!

Luego lo firmé y se lo devolví mientras se sentaba en la carlinga delantera.

Nos dimos un apretón de manos con Spencer.

—¡Nos hemos divertido! Volveremos a hacerlo el año próximo, ¿verdad?

Me subí al ala y moví la cabeza afirmativamente hacia Stu, preguntándome cómo podría despedirme de él.

—Buena suerte, Stu, —y añadí finalmente—: Recuerda que debes hacer siempre lo que desees.

—Adiós.

En el fondo de sus ojos adiviné un pequeño brillo de comprensión ante mis palabras y una señal de que no me preocupara.

El gran biplano rodó hacia la pista, enfrentó el viento que aumentaba su potencia por momentos y se elevó en el cielo. Desde la carlinga brotaron dos manos en señal de despedida y yo les respondí. Traté de verme con sus ojos, una figura solitaria allí en tierra, empequeñeciéndose cada vez más hasta desaparecer en la distancia. No me moví hasta que dejé de escuchar el sonido del motor del Travelair; hasta que se perdió rumbo al Oeste. Y entonces no quedó nada en el cielo. Stu y Spencer, también, se habían reunido con Paul. Se habían marchado, pero sin irse. Habían muerto, pero sin morir en absoluto.

En la pista de aparcamiento me vi rodeado de avionetas modernas pero, por alguna razón, al caminar entre ellas sentí que eran esas avionetas las que estaban fuera del tiempo y no yo.

18

El cielo del atardecer presentaba un color gris oscuro y una lluvia ligera golpeteaba el parabrisas. El Circo Volante de los Grandes Norteamericanos había quedado reducido a un hombre y un avión, solos en el aire.

Me quedaban un tanque de gasolina y once centavos en el bolsillo. Si deseaba volver a comer, debía encontrar a alguien, allí abajo, que tuviera tres dólares y unas ansias desesperadas de volar bajo la lluvia.

Las perspectivas no eran buenas. Kirksville, en el estado de Missouri, no me recibió bien con sus campos llenos de fardos de heno y rebaños de vacas gordas a punto de reventar. Y en Kirksville la lluvia caía intensamente, tratando de convertir a la ciudad en un mar interior. El parabrisas se transformó en una placa de agua unida al avión. No resultaba agradable volar.

Al apartarnos de Kirksville, empapados de lluvia, recordé un pueblo hacia el Norte que valdría la pena probar. Sin embargo, una vez más resultó que el momento no era el adecuado. Tenía un buen campo, a corta distancia del pueblo, pero también estaba cubierto de fardos de heno. Otro campo estaba rodeado por una cerca. Un tercero descansaba al fondo de un laberinto cuadrangular de líneas de alta tensión.

El biplano y yo volamos en círculos, pensando, ignorando la pista de hierba y los hangares situados un kilómetro y medio más al Sur. El pueblo era prometedor respecto al trabajo, pero un kilómetro y medio era demasiada distancia. Nadie camina un kilómetro y medio bajo la lluvia para volar en un aeroplano. Por último, cuando estaba a punto de atraparnos la lluvia más intensa en Kirksville, aterrizamos en el campo con la cerca, esperando encontrar un portón. Las ruedas tocaron suelo y un zorro brincó buscando protección en una siembra de maíz.

No había ninguna brecha en la cerca, pero aparecieron dos muchachos, desempeñando el papel que les tenía asignado el destino, con lluvia o con sol.

—Eh, ¿dónde está el portón de salida?

—No hay. Nosotros trepamos la cerca. Señor, un poco más allá hay un aeródromo.

La lluvia era cada vez más intensa.

—Muchachos, ¿conocéis alguna forma en que alguien pueda llegar hasta este lugar si quiere dar un paseo en avión?

—No lo sabemos. Creo que tendría que saltar la cerca.

Otro campo más que debía borrar de la lista. No quedaba más que el aeródromo. Quizás allí me podrían indicar otro lugar. En dos horas más resultaría imposible volar, con la lluvia y las nubes ocultando el sol. Elegí el aeródromo porque no sabía a qué otro lugar dirigirme.

Incluso esto resultó difícil. A un lado de la pista había una cerca y al otro un mar de maíz. Fue más complicado aterrizar en esta pista que en cualquiera de los henares que habíamos utilizado. Pensé que, aun cuando este aeródromo se llenara de público, no llevaría a volar a nadie. Me dediqué por entero a mantener rodando recto al biplano entre los sólidos obstáculos, guiándome únicamente por los objetos borrosos que pasaban por ambos lados de la carlinga y con la secreta esperanza de que el camino estuviera despejado más adelante.

Al final de la pista me esperaban cinco hangares, un indicador de vientos empapado de agua y un pequeño camión con una familia en su interior que me observaba detenidamente. El hombre, sin camisa, bajó del asiento del conductor mientras yo descendía de la carlinga, dejando el motor en marcha.

—¿Desea gasolina?

—No, gracias. Tengo suficiente. Estoy buscando un lugar para trabajar. —Abrí el mapa de carreteras y le señalé un pueblo a treinta kilómetros de distancia, hacia el Suroeste ¿Qué sabe usted de Green City? ¿Tiene un lugar para aterrizar? ¿Un henar, una pradera o algo similar?

—Por supuesto. Allí hay un aeródromo. Al sur del pueblo, junto a la represa de agua. ¿Cuál es su trabajo? ¿Pulverizacion de cultivos?

—Llevo pasajeros.

—Oh. Sí. Green City es un buen lugar. Es probable que aquí mismo encuentre muchos clientes. Podría quedarse si lo desea.

—Está a mucha distancia del pueblo —le respondí— Hay que estar muy cerca. Nadie viene si hay mucha distancia.

La lluvia amainó un poco y hacia el Suroeste el cielo no estaba tan negro como una hora antes. Si levantábamos vuelo, gastaríamos gasolina que no podríamos recuperar hasta ganar algo de dinero. Pero si nos quedábamos en el aeródromo, estaríamos sin trabajo y hambrientos.

—Bien, es mejor que me marche. Prefiero partir mientras queda luz.

Un minuto más tarde, la cerca y el maíz pasaron borrosos por debajo. Tomamos altura y nos deslizamos hacia el Sur.

En esta parte de Missouri, las colinas se ondulan como olas con sus crestas coronadas por una fina espuma de árboles y en sus hondonadas se cobijan las carreteras y los pequeños pueblos. No es la región más fácil para los navegantes. No existen esas secciones precisas Norte-Sur que cortan los estados del Norte. Desvié ligeramente el morro del avión hacia el Sur de esa mancha gris claro en el cielo que era el sol poniente.

Green City. ¡Qué nombre! Una obra de arte de la imaginación. Pensé en grandes olmos mecidos por el viento, calles bordeadas de brillantes prados bien cuidados y aceras bajo la sombra veraniega. Miré a través del parabrisas en su busca. Al poco tiempo, el pueblo apareció bajo el morro del aeroplano.

Allí estaba el embalse, los grandes olmos, la torre del agua toda plateada con las inmensas letras negras: GREEN CITY.

Y allí, para mi pesar, el aeródromo. Una larga faja que se extendía junto a una quebrada, mucho más estrecha que la que acababa de abandonar. Por unos instantes incluso llegué a pensar que el avión no cabría. A ambos lados, el terreno caía bruscamente hacia campos enmarañados. El final de la pista estaba marcado por unos barriles en la misma cumbre del cerro. A mitad de camino de la pendiente se encontraba una construcción de metal, casi montada sobre la superficie de aterrizaje. Green City tenía el aeródromo más difícil de aterrizar de todos los que me había tocado conocer. No habría elegido ese lugar para un aterrizaje forzoso, aun cuando se hubiera detenido el motor.

Pero allí había un indicador de vientos y un hangar. Al acercarse había unos cables telefónicos y al sobrevolarlos en dirección al campo me di cuenta de que la pista estaba ondulada e inclinada, primero a la izquierda y luego a la derecha. La pista estrecha y ondulante quedaba enmarcada por unos postes blancos de madera que se levantaban cada quince metros. El dueño debía haber imaginado que si alguien se desviaba, el avión de todas maneras quedaría dañado, y que la existencia de unos postes que destrozarían las alas no suponía una gran ventaja. Calculé que quedaba algo más de dos metros de pista libre a partir de la punta de las alas. Tragué saliva.

Efectuamos una pasada más sobre el aeródromo, y mientras lo hacíamos dos motocicletas surgieron veloces por el camino de tierra y frenaron bruscamente al borde de la hierba para observarnos. Cuando nuestras ruedas tocaron el suelo, perdí totalmente de vista la pista más adelante, contuve la respiración y observé los postes blancos que pasaban borrosos junto a los extremos de las alas. Mantuve el avión más recto que nunca y pisé los pedales del freno con todas mis fuerzas. Después de quince segundos de agonía disminuimos a una velocidad de paseo con toda la potencia del motor y mucho freno, el biplano giró cuidadosamente sobre sus mismas huellas y rodamos de vuelta hacia el camino y los motociclistas.

Mientras bajaba de la carlinga me pregunté cuánta comida y cuánta gasolina podría adquirir con once centavos.

—¿A ustedes les gustaría volar? Y ver Green City desde el aire; es un lugar muy hermoso. Les haré un vuelo especialmente largo, ya que ha venido a recibirme. Sólo les costará tres dólares.

Me sentí asombrado de mis propias palabras. ¿Salir a volar con pasajeros desde ese aeródromo? ¡Estaba loco!

Pero ya había aterrizado una vez y podría hacerlo nuevamente. ¿Y para qué estaba hecho este avión si no era para llevar pasajeros?

—¡Vamos, Billy! —dijo uno de los muchachos—. Jamás he subido a uno de estos aparatos abiertos. Papá aprendió a volar en uno de ellos. ¿Puede llevarnos a los dos?

—Por supuesto —respondí.

—Bien, espere. Creo que no tenemos el dinero suficiente. Revisaron sus billeteras y sacaron todo el contenido. —Cinco con cincuenta es todo cuanto podemos reunir. ¿Nos lleva por esa cantidad?

—Bueno, ya que han llegado tan deprisa... Está bien.

Tomé el billete de cinco dólares y las dos monedas de plata y de pronto me volví a sentir solvente. ¡Comida! ¡Esta noche cenaría un filete!

Saqué el equipaje del asiento delantero y aseguré a mis pasajeros, apretando sin darme cuenta sus cinturones más de lo acostumbrado.

Una vez acomodado dentro de mi carlinga, enfilé cuidadosamente la inclinada faja de hierba y hundí el estrangulador. A pesar de todos los indicios de que estaba llegando demasiado lejos, me alegré cuando estuve en el aire con mis pasajeros. Ya había hecho lo suficiente como para ganarme esos dólares que tenía en el bolsillo, y tras sólo unos minutos de revoloteo, aterrizaría e iría a comer. Una vez más busqué otra alternativa para aterrizar, pero no la encontré. Sólo colinas, cultivos intensivos, lugares sin la extensión adecuada o muy apartados del pueblo. Las motocicletas estaban aún en el aeródromo; tendríamos que efectuar un nuevo descenso con los mismos peligros que se enfrentaban al trepar al más alto trapecio de un circo.

Diez minutos después estábamos sobrevolando nuevamente la pista, y a la escasa luz del atardecer, no parecía más fácil aterrizar en ella. Los pasajeros sintieron curiosidad de mirar por encima del morro del avión mientras aterrizábamos y me ocultaron la escasa visión que me quedaba justo en el momento en que corté el estrangulador.

Caímos con violencia sobre la hierba y rebotamos. Sentí que nos ladeábamos hacia la derecha. Recordé el terraplén al lado derecho de la pista y presioné el timón izquierdo. Demasiado. El biplano giró y la rueda izquierda se salió de la pista. Cuando pisé con fuerza el timón derecho, el ala izquierda ya estaba casi un metro sobre el terreno rocoso y los pastizales, avanzando recto contra uno de los marcadores blancos y hacia la construcción de metal. Pateé con energía el pedal del timón derecho y hundí el estrangulador, corriendo a treinta millas por hora. El aeroplano volvió de un salto a la pista un instante antes de que el edificio pasara raudo junto a nosotros y luego coleteó a la derecha. Volví a aplicar el timón izquierdo y todo el freno. Nos detuvimos justo al borde del terraplén y yo me sentía extenuado. De manera que eso hacían los pilotos errantes cuando tenían una ineludible necesidad de dinero.

—¡Vaya, ha sido sensacional! ¿Los viste salir de la casa cuando pasamos sobre ellos?

La alegría de mis pasajeros no se podía comparar con la mía, al sentirme nuevamente en tierra. Les dí las gracias y acepté que me llevaran en una de las motos.

La plaza del pueblo era como un pequeño Kahoka. Había mesas para merendar en el parque, una Campana de la Libertad en un pedestal, una cabina telefónica con el cristal roto y un lugar para jugar béisbol. Los escaparates de las tiendas rodeaban al parque por sus cuatro lados y en uno de ellos estaba el café Lloyd. Su dueño barría el local que estaba vacío.

—Podría prepararle algo —me dijo—, pero probablemente no le va a gustar mi forma de cocinar. Mi esposa ha salido de compras.

La Town House Grill (Deténgase y Coma) estaba cerrada. Sólo quedaba Martha, en la esquina encontrada del

Lloyd. Martha no sólo atendía sino que además había dos clientes en el interior. Escogí una mesa y pedí hamburguesas y batidos de chocolate, sintiéndome rico. ¡Cómo lo puede cambiar a uno el dinero! En un buen día, seis dólares no significaban nada; una pequeña gota en el mar de la prosperidad. Sin embargo, hoy, mis 5,50 dólares significaban bienestar, porque era más de lo que necesitaba. Incluso después de cenar, comer palomitas de maíz y unas barras de caramelo, me sobraron cuatro dólares.

Al volver hacia el aeroplano, me sentí como intruso en el pueblo. Las luces empezaban a encenderse en las casas y las conversaciones llegaban hasta la acera. Por aquí y por allá, algunos que trabajaban en sus oscuros jardines con flores, alzaron la vista para observarme pasar. Los techos de las casas tenían extraños adornos como siluetas de dragones o naves de vikingos, todo de metal recortado.

El embalse se hallaba a corta distancia del biplano y me dirigí hacia ese lugar. La tierra era blanda y se ocultaba bajo la hierba profunda. Las flores parecían pequeñas paletas de pinturas repartidas descuidadamente. Las cañas se estremecían en la orilla, más como flechas lanzadas desde el cielo que plantas que surgían del agua. El croar de un sapo sonó como una castañuela y una vaca invisible mugió, "mmMMMm", escuchándose con toda claridad en la distancia. El embalse yacía en total quietud y sólo unas pequeñas olas se paseaban sobre la superficie oscura de su espejo.

Mis pisadas hicieron crujir la hierba al regresar hacia el biplano. Extendí el saco de dormir. La luna salía y se ocultaba tras las nubes mientras la tarde dejaba paso a la noche. Me eché a la boca una pastilla de limón y escuché el sonido del motor que todavía permanecía en mis oídos. La soledad, decidí, es vivir como piloto errante sin ninguna compañía.

A las nueve de la mañana de un día que desconocía, sobrevolamos Milan, en el estado de Missouri. Dejando atrás el ruido y el color, aterrizamos en un henar a unos ochocientos metros. Antes de que lograra ubicar los carteles en la verja de entrada, llegaron los primeros habitantes del pueblo. Dos camionetas desvencijadas traquetearon sobre los surcos y los conductores bajaron.

—Tiene algún problema con el motor, ¿verdad?

Era un tipo de edad vestido con atuendo de trabajo.

—Oh, no —le respondí—. Simplemente me dedico a volar y a llevar pasajeros.

—Vaya, qué me dice. Es bastante viejo, también.

—¿Le gustaría volar? Allí arriba se está fresco y es muy hermoso.

—Oh, no. Yo no —replicó—. Me da miedo.

—¡Miedo! ¡Este avión ha volado desde 1929! ¿No cree que podría efectuar un vuelo más sin que se caiga a pedazos? No me creo que sienta temor.

—Seguro que se caería si yo me subo.

Saqué el saco de dormir de la carlinga delantera y me dirigí al otro espectador.

—¿Está dispuesto a volar hoy? Sólo tres dólares y verá Milan desde lo alto. Es un pueblo muy hermoso.

—Subiría... si pudiera dejar un pie en tierra.

—No podría ver mucho desde esa altura.

No cabía la menor duda de que no tendría un diluvio de clientes. Mi única esperanza la había situado en la posibilidad de que el biplano fuera algo lo suficientemente extraño en un pueblo sin aeródromo como para atraer a los curiosos. Algo tenía que suceder pronto. El marcador de gasolina señalaba que sólo quedaban 100 litros de combustible. Necesitaríamos gasolina pronto, pero antes, para poder pagarla, requeríamos de unos clientes. Habíamos cambiado de pobres a ricos y ahora volvíamos a la pobreza.

Un Ford sedán rojo, último modelo, entró por la verja, con un zumbido del motor que se dejaba oír por sus silenciadores. Por las pequeñas banderas cuadriculadas de cromo sobre el guardabarros, imaginé que bajo la cubierta descansaba un poderoso motor.

El conductor era un muchacho de rostro amplio, una

especie de fanático de los motores. Bajó y se acercó para mirar dentro de la carlinga.

—¿Le gustaría volar? —pregunté.

—¿Yo? Oh, no. Soy muy cobarde.

—¡Eh, qué demonios sucede con esto de la cobardía! ¿Todos los habitantes de Milan tienen miedo de los aviones? Será mejor que lo recoja todo y me largue.

—No... vendrán muchas personas a volar. Sólo que no saben aún que usted ha llegado. ¿Quiere que le lleve al pueblo para comer algo?

—No, gracias. Creo que es mejor que vaya allí cerca. ¿Qué es eso? ¿Un lugar para Buick? ¿Cree que venderán Coca—Cola?

—Sí, tienen una máquina —respondió—. Vamos, yo le llevaré. No tengo nada que hacer.

Las camionetas ya se habían marchado y no apareció nadie más en el camino. El momento era tan bueno como cualquier otro para desayunar.

En efecto, el Ford tenía un poderoso motor y los neumáticos no dejaron de chirriar un solo instante.

—¿Usted es el piloto del avión que llegó hace poco? —me preguntó el encargado del garaje para Buick cuando entré en su tienda.

—Así es.

—No tendrá problemas, ¿verdad?

—No. Me dedico a pasear clientes.

—¿Paseos? ¿Y cuánto cobra por cada paseo?

—Tres dólares. Un vuelo sobre el pueblo de unos diez minutos. ¿Tiene una máquina de Coca-Cola?

—Allí justo en el rincón. ¡Eh, Elmer! ¡Stan! Vayan a dar un paseo con este tipo. Yo les pagaré.

Dejé caer una moneda en la máquina mientras el dueño insistía en que no estaba bromeando y que sus muchachos saldrían a volar.

Elmer dejó caer de inmediato unas herramientas que tenía en la mano.

—Vamos.

Stan no se movió.

—No, gracias —dijo—. Hoy no me apetece.

—Tienes miedo, Stan —observó el conductor del Ford—. Tienes miedo de volar con 11.

—Veo que tú *tampoco vuelas*, Ray Scott.

—Ya se lo dije. Tengo miedo. Quizás me decida más tarde.

—Bien, yo no le tengo miedo a ningún avión vejestorio —comentó Elmer.

Terminé mi Coca-Cola y nos amontonamos en el Ford rojo.

—Fui paracaidista de misiones especiales en Corea —explicó Elmer mientras avanzábamos—. Subía en un Gooney Bird y saltaba a tres mil pies con un paracaídas de diez pies. Diez pies y ocho pulgadas. No me asusta ningún avión.

—¿Un paracaídas de *diez* pies? —pregunté. Elmer debía de tocar tierra a unas cuarenta millas por hora.

—Sí. Diez pies y ocho pulgadas. No me asusta ningún avión.

El Ford se detuvo junto al ala del biplano y mis pasajeros treparon a bordo. Estuvimos en el aire a los pocos minutos, con el motor y el viento rugiendo sobre nosotros. Allí abajo, las colinas tomaron el aspecto de esmeraldas aplastadas. Volamos sobre el pueblo, tratando de impulsar a algunos clientes a dirigirse hacia el henar. La gente se detuvo y nos miró y algunos chicos comenzaron a pedalear con sus bicicletas fuera del pueblo. Mis esperanzas renacieron.

Elmer no se sintió a gusto durante el vuelo. Se agarró con fuerza al borde de la carlinga y no miró hacia abajo ni una sola vez. ¡Vaya, el hombre estaba asustado! Este tipo debe tener toda una historia, pensé. Descendimos suavemente para aterrizar y se bajó antes de que la hélice cesara de girar.

—¿Ven? ¡No hay nada respecto a un avión que pueda asustarme!

Dios mío, pensé para mis adentros y especulé sobre esa historia.

—¿Estás dispuesto a volar ahora, Ray? —le pregunté.

—Quizás esta tarde. Tengo miedo.

—¡Ray, maldita sea! —exclamé—. ¿Por qué todos los habitantes de este pueblo le temen a los aviones?

—No lo sé. Bueno, el año pasado y muy cerca de aquí, hubo un par de accidentes aéreos bastante desagradables. Un tipo se perdió cerca de Green City, se metió en una nube y luego se estrelló contra un cerro. Y después, un poco más al Norte, a un bimotor totalmente nuevo se le detuvieron ambos motores y arrasó con varios árboles y rocas. Murieron todos. Creo que la gente aún sigue preocupada. Pero hoy, después del trabajo van a venir algunos a volar.

De manera que ahí estaba el problema. Con todos esos aviones que habían caído del cielo como moscas, la gente tenía toda la razón de estar asustada.

Cuando se marcharon, dejando una nubecilla de humo azul con el chirrido de los neumáticos, llegó la hora de tomar decisiones. En mi bolsillo tenía 6,91 dólares y ochenta litros de gasolina. Si seguía esperando y no llegaban pasajeros, perdería el tiempo y aumentarían mis deseos de comer. No podía gastar dinero en un almuerzo, ya que no quedaría para gasolina. Quizá, más tarde, se presentarían algunos clientes. Quizá no. Ojalá Paul hubiera estado conmigo, o Stu o Dick o Spencer, para que desempeñaran el papel de Jefe del Día. Pero no podía hacer recaer sobre nadie esa responsabilidad y, finalmente, decidí invertir el dinero en gasolina, de inmediato. En el trayecto hacia el Norte podría encontrar un buen pueblo.

Centerville distaba sesenta y cinco kilómetros y contaba con un aeródromo. Cargué la carlinga delantera, puse en marcha el motor con la manivela, corriendo después para manipular la palanca de mando del motor antes que este se detuviera y partiera rumbo al Norte. Sólo después de diez minutos de estar en el aire pensé que 6,91 dólares no era una fortuna para comprar gasolina. Unos cincuenta o cincuenta y cinco litros. Debía haberme quedado a esperar más clientes. Pero ya no había nada que hacer, cuando ya estaba a mitad de camino entre Milan y Centerville. La mejor solución era tirar del estrangulador y utilizar e mínimo posible de combustible.

Pensé en la gasolina para automóvil. Estos motores antiguo estaban fabricados para trabajar con gasolina de bajo octanaje Había conocido a varios pilotos de aviones viejos que sólo usaban gasolina corriente de automóviles. Algún día voy a proba esta gasolina para coches, cuando no lleve pasajeros... y ver qué resultado da.

Centerville apareció suavemente bajo el ala y cinco minuto más tarde rodábamos hacia la gasolinera de 80 octanos.

—¿Qué desea? —preguntó el encargado—. ¿Gasolina? —Póngame de 80 octanos.

Levantó una palanca que puso en funcionamiento la bomba con un zumbido y me pasó la manguera hacia donde me encontraba entre tirantes y cables, sobre el tanque de combustible. Revisé nuevamente mi disponibilidad de dinero y le dije:

—Avíseme cuando llegue a los... seis dólares y ochenta y un centavos.

Me guardé diez centavos para un caso de emergencia.

—Es una forma bastante original de comprar gasolina —comentó.

—Así es.

La manguera introdujo el combustible hacia el oscuro vacío del tanque de doscientos litros de capacidad. Agradecí cada instante de este hecho. Esos 6,81 dólares los había ganado con bastante esfuerzo, y el combustible adquirido con ellos era algo de inmenso valor. Cada gota. Cuando la bomba se detuvo, mantuve la manguera sin moverla, para que el residuo cayera en el interior de esa oscuridad. Sin embargo, el vacío que permaneció sin llenar no dejó de ser inquietante.

—Son sesenta y cuatro litros.

Le entregué la manguera junto con el dinero. Bien, sesenta y cuatro litros era más de lo que pensaba obtener... y si ahora lograba volver a Milan con un mínimo de gasto, podría llegar con más gasolina de la que tenía antes de partir.

Regresamos hacia el Sur con el motor girando a 1.575.

revoluciones por minuto, casi 200 rpm. por debajo de la velocidad baja de crucero. Nos arrastramos por el aire, pero el tiempo que nos tomaría volver a Milan no era tan importante como la cantidad de combustible que podría economizar. En treinta minutos cubrimos treinta millas y una vez más descendimos suavemente para aterrizar en el campo de heno. No había nadie esperando.

Como no podía gastar combustible en acrobacias y, por otra parte, Stu y su paracaídas, estaban a dos mil quinientos kilómetros de distancia, sólo me quedó el recurso del Método C. Extendí el saco de dormir bajo el ala derecha y resolví utilizar el Método C durante una hora. Si no llegaban los clientes en ese lapso, me marcharía.

Estudié detenidamente el rastrojo de heno que estaba a pocos centímetros. Era una jungla, con todo tipo de bestias deambulando por el paraje. Había una grieta en la tierra lo suficientemente ancha como para impedir el paso de una hormiga. Por otro lado brotaba un árbol formado por un tallo nuevo de heno que sobresalía un centímetro del suelo. Tiré de él y me lo comí a modo de almuerzo. Era tierno y sabroso y me puse a buscar otros. Pero no encontré más. El resto de los tallos eran de heno seco y duro.

Una araña trepó por la hoja alargada de una planta y amenazó con saltar sobre mi saco de dormir y atormentarme. El desafío tuvo un fácil desenlace. Corté la hoja y aparté a la araña unos metros más al Sur. Giré sobre mí mismo y observé unos instantes la parte inferior del ala. Hice tamborilear mis dedos en su tensa superficie.

La una y treinta. Dentro de media hora más estaría en camino... los habitantes de ese lugar estaban demasiado atemorizados. Ese pequeño pueblo llamado Lemons, en la ruta de Centerville, podría ofrecerme alguna oportunidad.

Se acercó una camioneta ruidosamente. Como todas las camionetas del pueblo, llevaba el nombre de su dueño pintado en una de las puertas. *William Cowgill, Milán, Mo.* Leí al revés desde debajo del ala. Era una camioneta de color negro.

Me puse de pie y enrollé el saco de dormir: había llegado la hora de partir.

Una mirada interesada y aguda me observó desde detrás de un mechón de cabello blanco. Procedía de un par de ojos azul claro.

—Hola —saludé—. ¿Desea volar? Allí arriba se está fresco y es muy hermoso.

—No, gracias. ¿Qué tal le ha ido?

A su lado se encontraba sentado un muchacho de unos doce años.

—No muy bien. Creo que a la gente de este lugar no le gusta volar.

—Oh, no lo sé. Quizás esta tarde vengan unos pocos.

—Este campo queda muy lejos —comenté—. Hay que estar más cerca del pueblo, pues de lo contrario ni siquiera se fijan en uno.

—Es posible que en mi propiedad tenga mejor suerte —dijo—. Y no está tan lejos.

—No la vi desde el aire. ¿Dónde queda?

El hombre abrió la puerta de la camioneta, sacó una ancha pizarra de la parte posterior y dibujó un mapa.

—¿Sabe dónde está la planta elaboradora de quesos?

—No.

—¿La propiedad de Lu-Juan?

—No. Sé dónde queda la escuela, con la pista de carreras.

—Bien. Entonces conoce el lago. ¿El lago grande que está hacia el Sur?

—Sí. Lo conozco.

—Nosotros estamos justo al otro lado de la calle que bordea el lago, hacia el Sur. Es un campo ondulado. Ahora hay unas vacas pastando, pero debemos sacarlas de todas maneras. Puede aterrizar allí. En realidad, he pensado muchas veces en transformarlo en un aeródromo. Milan necesita un aeródromo.

—No me costará mucho localizarlo. Justo al otro lado del lago.

Estaba seguro de que el campo de pastoreo no me serviría, pero como de todas formas debía marcharme, nada perdía con echarle una mirada.

—Perfecto. Yo llevaré la camioneta y Cully, este mucha-cho, llevará el jeep al otro extremo. Allí nos encontraremos.

—Está bien. En todo caso, lo estudiaré antes —adver-tí—. Si no me conviene, seguiré viaje.

—Muy bien. Vamos, Cully.

El muchacho estaba junto a la carlinga, observando los instrumentos.

Cinco minutos más tarde sobrevolamos la faja de te-rreno que constituía el campo de pastoreo. Un rebaño de vacas estaba apiñados en el medio del campo, comiendo al parecer. Descendimos para efectuar una pasada rasante y el terreno me pareció suave. La pradera se hallaba en la ladera de una colina muy alargada y trepaba en una hermosa pen-diente hasta su misma cumbre. Poco más allá de la cima había una alambrada de púas y una hilera de postes de telé-fono con sus cables. Nos veríamos en problemas si sobre-pasábamos esa faja, pero en ese caso la culpa sería sólo nues-tra. Si teníamos cuidado, la pista resultaría adecuada. Po-dríamos despegar colina abajo y aterrizar colina arriba.

Y lo mejor de todo consistía en una tienda de hambur-guesas que se alzaba unos cien metros camino abajo. ¡Sólo un pasajero y tendría dinero para comer!

Las vacas se apartaron cuando hice la primera pasada sobre sus cuernos. En toda la pista había un solo trozo de papel, un periódico arrugado justo en el lugar en que la ace-quia giraba hacia la derecha. En cuanto viera desaparecer el periódico, tocaría el timón derecho, suavemente.

Fue más difícil de lo que parecía y nuestro primer ate-rrizaje resultó bastante menos suave de lo que habría desea-do. Pero los coches ya estaban aparcando junto a la cerca para observar el biplano y los clientes comenzaron a llegar en el acto.

—¿Cuánto cobra por un paseo?

—Tres dólares. Allí arriba todo es hermoso y se está fresco.

Tengo pasajeros antes de desplegar los carteles, pen-sé. Es una buena señal.

—De acuerdo. Volaré con usted.

Ajá, me dije interiormente, ahí está mi almuerzo. Volví a desocupar la carlinga delantera con la sensación de que durante ese día no había hecho otra cosa que cargar y descargar el asiento delantero, y una vez a bordo aseguré a mis pasajeros. La vista desde la cumbre era hermosa, con los cerros ondulando en la distancia hasta el horizonte y los árboles y las casas del pueblo que descansaban sobre una suave elevación del terreno. El biplano dio un salto hacia adelante y despegó colina abajo, se elevó en pocos segundos y ascendió rápidamente por encima de los campos.

Sobrevolamos el pueblo, los pasajeros pudieron admirar la plaza y el ayuntamiento y el piloto pensó que quizás habría encontrado un buen lugar para su trabajo de piloto errante. Una vuelta a la izquierda, una a la derecha, una pasada sobre una laguna privada con su muelle para botes y un descenso suave en espiral hacia el campo de pastoreo. Nos esperaba una fila de coches cada vez más nutrida y el segundo aterrizaje colina arriba. Todo sucedió normalmente. Era un buen lugar. El hallazgo de este campo había sido como encontrar un diamante oculto en un joyero secreto de color verde.

Este era un pueblo diferente. Sus habitantes se interesaron mucho más por el biplano y demostraron sus deseos de volar.

—Puede dirigirse hacia el Este, sobre el campo de golf —me dijo Bill Cowgill, cuando llegó en su camioneta—. Es posible que encuentre algunos clientes allí.

Estaba más interesado en el éxito de los vuelos que cualquiera de las personas con quienes me había tocado trabajar. Probablemente, porque deseaba probar cómo iban las cosas en su campo como pista de aterrizaje.

—¿Cómo se proveen de gasolina, Bill? —le pregunté—. ¿Hay una gasolinera cerca? ¿Tiene un bidón de veinte litros para gasolina corriente de automóvil?

—Tengo gasolina en la casa, si la desea. Tengo bastante.

—Bien, es posible que necesite unos cuarenta litros.

Dos hombres bajaron de sus coches. —¿Podemos dar un paseo?

—Por supuesto.

—Entonces, vamos.

Y nos fuimos.

Una vez en el aire, me di cuenta de que los coches habían aparcado justo al final de la pista. Si tomaba mucha pista y sobrepasábamos la cumbre, nos estrellaríamos contra ellos. Corté el estrangulador y decidí que si llevaba mucha velocidad, torcería hacia la izquierda, por el lado de la acequia, treparía por la pendiente a continuación y haría capotar el avión voluntariamente hacia la derecha. Si todo marchaba como lo tenía pensado, ni siquiera el biplano sufriría daño. Aun así, deseé que me fuera posible no tomar demasiada pista al aterrizar.

Como resultado de todas estas cavilaciones, el aterrizaje fue brusco. Botamos y volvimos a elevarnos, caímos y logramos detenernos justo antes de la acequia. Me sirvió para recordar que tampoco deseaba aterrizar con muy poca pista.

Estos primeros pasajeros me dieron 9 dólares, que ya tenía en el bolsillo. Dejé el aeroplano para que fuera admirado por los espectadores y crucé la calle en dirección a la tienda de hamburguesas que tenía por nombre Lu-Juan. ¡Ah, comida! Tal como la gasolina era imprescindible para el biplano, esos dos perritos calientes y los dos batidos de leche resultaban imprescindibles para el piloto. Me sentí feliz por el solo hecho de estar allí sentado en silencio, con algo más en el estómago que un poco de heno.

El avión se hallaba ahora rodeado por una nube de curiosos y empecé a preocuparme por su integridad. Pedí un zumo de naranja y regresé con él hacia el biplano. Me esperaban unos pasajeros que deseaban volar.

En los momentos de descanso que tuve durante la tarde, Bill me habló sobre su proyecto del aeródromo.

—Si tuviera que transformar este campo en un aeródromo, ¿qué haría para habilitarlo? Digamos, por una cifra que no supere los quinientos dólares.

—No hay que hacer muchas reformas. Quizás rellenar un poco en ese extremo, a pesar que necesitaría bastante tierra. No, es mejor que no lo haga. Sólo tendría que marcar las depresiones del terreno. Ese es el mayor problema que se presenta: elegir el lugar para aterrizar y despegar.

—¿No me recomendaría nivelar todo el campo?

—No lo creo necesario. No hay nada mejor que despegar colina abajo y aterrizar colina arriba. Marque solamente con una línea o algo parecido, el lugar para tocar tierra. Más adelante, instale una gasolinera, si lo desea. Con ese lago y el lugar para comer, esto podría transformarse en un hermoso aeródromo.

—¿Qué anchura cree usted que debe tener?

—Oh, quizás desde aquí... hasta, más o menos... aquí. Con eso es suficiente.

De la parte trasera de la camioneta sacó un hacha de doble filo y con ella marcó en el terreno ambos bordes de la pista de aterrizaje.

—Voy a dejarla marcada y es probable que algún día podamos hacerla realidad.

Tal como les había sucedido a los primeros pilotos errantes, me sucedió a mí. Un hacha marca el lugar donde va a aterrizar el primer avión y luego, algún día, en el futuro, aterrizarán muchos aviones. No me di cuenta hasta mucho después de que si este campo se transformaba en un aeródromo, en el mundo habría una pradera menos para que pudieran servirse de ella los pilotos errantes.

—Volaré con usted si me promete que el vuelo será realmente suave...

Se trataba de Ray, el conductor del Ford rojo con su forma tan peculiar de ser cobarde.

—¿Desea subirse a esa cosa tan peligrosa? ¿A ese aparato viejo tan poco seguro? —le pregunté.

—Lo haré sólo si me promete que no lo pondrá cabeza abajo.

Tuve que sonreír porque, a pesar de todas sus palabras que demostraban temor, el hombre no estaba asustado en absoluto. Afrontó el vuelo como un veterano del aire: la pasada sobre el campo de golf, las dos vueltas por encima del pueblo, la aguda espiral sobre la pista. Y no dejó de mirar hacia abajo, siempre hacia abajo, como si estuviera en un sueño.

—Realmente me he divertido —comentó, y regresó feliz a su coche.

—Hay un vuelo gratis para el dueño, Bill —le dije al mayor de los Cowgill—. Vamos.

—Creo que Cully tiene más deseos que yo de volar.

Cully tenía deseos de volar y sacó su propio casco de cuero del jeep mientras se dirigía corriendo hacia el aeroplano.

—Me lo compró papá en una tienda de desechos de guerra —explicó, trepando sin ayuda al asiento delantero. Empezó a gozar del viaje antes de que despegáramos.

Una vez pagadas mis deudas y después de realizar el último vuelo, vertí dos bidones de veinte litros de gasolina corriente en el tanque de combustible. Suficiente para volar solo y para comprobar los efectos de la gasolina de automóvil sobre el motor. El resultado fue de la misma suavidad como con el combustible de avión, o quizás un poco más.

De esta forma, a la puesta del sol, había llevado veinte pasajeros a bordo y me quedaban 49 dólares en el bolsillo, descontadas la comida y el combustible. Me llevaba un grato recuerdo de esa tarde en el henar.

Ahora sabía, sin lugar a dudas, que la tierra del ayer existe. Que hay un lugar donde escapar. Que un hombre puede subsistir solo con su aeroplano, con tal de que tenga la intención de hacerlo. Milan me había demostrado su bondad y me sentí feliz. Pero al día siguiente habría llegado la hora de ponerse en marcha.

19

Los días fueron pasando uno tras otro y con ellos los acontecimientos de agosto y septiembre. Comenzaron las ferias de los condados con sus vacas muy limpias y las ovejas bien peinadas en espera de los dictámenes de los jueces y alimentadas sólo con el heno más limpio y de mejor calidad.

Las monedas llovían sobre los vasos con el sonido del repicar de campanas en la noche y se dejaba escuchar por encima del canturreo del anunciador:

—Lancen las monedas a los vasos, damas y caballeros, y podrán llevárselos a casa. Tiren una moneda y ganen un vaso...

Calles silenciosas, pueblos antiguos; allí donde el Vogue Theater había sido transformado en un salón de máquinas de diversión, para luego cerrar.

La gente con sus recuerdos de antiguos aviones en pleno vuelo, de inundaciones y sequías, de décadas buenas y adversas.

Inmensas jarras repletas de galletas caseras, a tres por cinco centavos.

Mujeres con sus trajes de pioneras en las fiestas provincianas y en los bailes en la calle.

La música amplificada y despertando ecos a la luz de las estrellas, Regaba en suaves ondas hasta las alas quietas de un biplano y pasaba a través de la sedosa hamaca de un piloto errante que la escuchaba, mientras observaba la galaxia.

Un hombre curtido por el sol, grande como una montaña, llamado Claude Shepherd, cuidaba de su tractor a vapor Case, un monstruo de acero construido en 1909. Eran veinte toneladas de metal, barriles de agua, depósitos de carbón y unos émbolos gigantes que impulsaban unas ruedas de casi dos metros de altura.

—Aprendí a admirar el poder del vapor desde pequeño, cuando mi abuelo me sostenía sobre sus rodillas. El vapor es la fuente de potencia más suave que existe en el mundo. A los cinco años ya era capaz de ajustar las válvulas... nunca pude superarlo... jamás dejé de admirar el vapor.

Pasajeros y más pasajeros. Hombres, mujeres y niños que subían para ver el cielo, para observar las torres de agua de los pueblos esparcidos por todo el Medio Oeste. Cada despegue era diferente. Cada aterrizaje era diferente. Cada persona que subía a la carlinga delantera era diferente, conducida hacia la experiencia de una maravillosa aventura. Nada sucedía por casualidad. Nada sucedía por azar.

Del amanecer se pasó al ocaso y nuevamente al amanecer. Aire puro y virgen, lluvia y viento, tormenta y neblina y rayos y nuevamente el aire puro y virgen.

El sol fresco y frío y amarillo como jamás lo había visto antes. La hierba tan verde que brillaba bajo las ruedas. El cielo azul y puro como siempre lo había sido y las nubes en el aire más blancas que la Navidad.

Y por encima de todas estas cosas, libertad.

20

Y entonces llegó el día en que, el biplano y yo, despegamos rumbo a Iowa.

Nos dirigimos al Norte, el motor con sus ruidos de explosiones y yo siempre mirando hacia abajo. Un pueblo contaba con un magnífico henar, volamos en círculos y aterrizamos. Pero no había suficiente margen. Si el motor llegaba a detenerse al despegar, al frente sólo se extendían terrenos muy ásperos y rugosos. Hay personas que opinan que las probabilidades de que un motor falle al despegar son tan remotas que no vale la pena preocuparse. Pero estas personas no vuelan en aviones antiguos.

Despegamos una vez más y continuamos más al Norte, hacia el aire frío de otoño. En esta región, los pueblos eran como islas de árboles, rodeadas por mares de campos de maíz a punto de ser cosechado. El maíz estaba sembrado hasta el borde mismo del pueblo, con lo cual no quedaban muchos lugares para trabajar. Pero no me sentí preocupado. El problema de la subsistencia ya había sido resuelto mucho tiempo atrás. Al atardecer siempre surgía un lugar adecuado.

Acababa de descartar otro pueblo cuando el motor se ahogó, una vez, y una nubecilla de humo blanco se deshizo en el torrente de viento dejado por el avión. Me enderecé en el asiento, tenso como el acero.

El humo no era ningún buen indicio. El motor Wright

jamás se comportaba de forma extraña, a no ser que me estuviera avisando de que algo marchaba mal. ¿Qué estaba tratando de decirme? Humo... humo, pensé. ¿Qué puede causar una nubecilla de humo blanco? El motor volvió a funcionar normalmente. ¿O me engañaba? Al escuchar con detenimiento, me pareció que funcionaba con una ligera aspereza. Además, me llegó el olor de los gases del escape con mayor intensidad que la acostumbrada. Pero todos los instrumentos señalaban un comportamiento normal: la presión del aceite, la temperatura del aceite, el tacómetro... todo normal, tal como debía ser.

Adelanté el estrangulador y nos elevamos. Si algo no marchaba bien, prefería estar a mayor altura para el planeo en el momento en que todo saltara en pedazos y tuviéramos que aterrizar sobre las suaves laderas de esa región.

Nivelamos a dos mil quinientos pies de altura, en medio del aire helado. El verano había terminado.

¿Había un principio de incendio bajo la cubierta del motor? Me incliné fuera de la carlinga, a pleno viento, pero no descubrí ningún indicio de fuego en la parte delantera.

Algo estaba fallando en el motor. ¡Ahora! Su funcionamiento dejó de ser suave. Si el motor se detenía, tendría que actuar rápidamente. Pero esta aspereza, el olor del escape y esa nubecilla de humo... todo tenía su significado. Sin embargo, era difícil definirlo...

En ese instante, del motor surgió una gran bocanada de humo blanco, dejando un sólido reguero tras el avión. Me incliné por el lado derecho de la carlinga y sólo vi humo. Igual que si nos hubieran hecho blanco en pleno combate.

El aceite llovió sobre el parabrisas y sobre las gafas. Tenemos un problema, avioncito.

Nuevamente pensé en la posibilidad de un incendio, lo que no era nada atractivo en un avión de madera y tela, a una milla de altura. Corté el motor y cerré el paso de la gasolina, pero el humo continuó surgiendo, dejando un rastro de abandono en el cielo. ¡Dios mío! Nos estamos incendiando.

Giré bruscamente el avión sobre un ala, con todo el

timón hundido y nos dejamos caer de costado, a toda velocidad, hacia tierra. Allí abajo había un campo despejado, con un cerro, pero si hacíamos las cosas adecuadamente...

El humo disminuyó y luego se detuvo y el único sonido que se escuchó fue el silbido del viento entre los cables y el débil chasquido de la hélice al girar.

Al otro extremo del cerro un tractor estaba rastrillando heno. No pude saber si nos vio o no, pero en esos momentos no le di importancia.

Nivelemos, pasemos sobre la cerca, disminuyamos un poco la velocidad, tomemos el cerro pendiente arriba...

En cuanto tocamos tierra, tiré con fuerza el bastón de mando hacia atrás para hundir el patín de cola en el suelo. Rodamos por la cumbre del cerrillo, avanzando con estruendo, disminuimos la velocidad y nos detuvimos.

Me quedé sentado en la carlinga unos instantes, agradecido por el hecho de que el avión hubiera permanecido bajo control en todo momento. Quizá sólo se trataba de un mal menor. Probablemente una válvula, o una grieta en un pistón, lo que habría permitido la entrada de aceite en un cilindro.

Bajé de la carlinga y me dirigí hacia el motor. El aceite manaba de cada uno de los escapes y cuando hice girar la hélice, escuché el gorgoteo del aceite en el interior. No se trataba de algo sencillo.

Desarmé el carburador y recordé una de las aventuras de Pop Reid.

—El problema del aceite —había dicho muchos años atrás—. Me gastaba doce litros de aceite cada dos minutos exactos. Tuve que desmantelar todo el motor.

La respuesta fue evidente al cabo de pocos minutos. En la mitad del motor, uno de los cojinetes se había destrozado y el aceite entraba en los cilindros mezclado con el combustible. Esta era la razón de la humareda y de la lluvia de aceite en mis gafas.

Al final del verano, el Whirlwind estaba arruinado.

Acepté la invitación del granjero para llevarme a Laurel en su tractor. Hice una llamada a Dick Willetts y este se puso en camino en el Cub. Nuevamente di gracias a Dios por tener amigos.

Regresé junto al biplano y lo cubrí para protegerle de las noches que vendrían. No había motor de repuesto. Podría volver en un camión y llevarme el motor a casa para reconstruirlo, o podría trasladar todo el avión en un remolque. En ambos casos, pasaría mucho tiempo antes de que pudiera volver a volar.

La aparición de] pequeño Cub amarillo fue una hermosa visión en el cielo. Dick aterrizó sobre la ladera del cerro con tanta suavidad como una pluma en una fábrica de almohadas. Nos marcharíamos y el Parks permanecería en el campo. Subí al asiento trasero del Cub y nos elevamos sobre el heno, camino a casa. El avión tomó un aspecto perdido y solitario cuando fue empequeñeciéndose con la distancia.

Durante todas las horas de vuelta me hice preguntas sobre el significado del fallo del motor, por qué se había detenido de esa manera, dónde se detuvo y cuándo. La mala suerte no existe. Hay una razón y una lección tras cada cosa. Aun así la lección no siempre es fácil de comprender. Cuando llegamos a Ottumwa y aterrizamos, todavía no había encontrado la explicación. Sólo me daba vueltas en la cabeza una pregunta acerca del fallo del motor: ¿Por qué?

La única solución posible era trasladar el avión de vuelta a casa. El primer ventarrón podría causarle daño y la primera tormenta de granizo lo destruiría. No podía dejarlo abandonado con el invierno a punto de hacer su aparición.

Pedí prestado un camión y un remolque plano a Merlyn Winn, el hombre que vendía aviones Cessna en el aeródromo de Ottumwa. Fuimos tres los que recorrimos los ciento cuarenta kilómetros hacia el Norte: un joven amigo universitario Llamado Mike Cloyd, Bette y yo. Tendríamos que descubrir alguna forma de sacar el avión y asegurarlo sobre el remolque plano. Y para hacer esto contábamos sólo con las cinco horas que quedaban antes del atardecer. No perdimos el tiempo.

—Tiene un aspecto triste, ¿verdad? —comentó Mike, cuando vimos las alas amarillas descansando sobre el heno.

—Sí —respondí.

Me mostré de acuerdo sólo porque no deseaba conversar. Para mí, el avión no tenía un aspecto triste. Más bien me parecía un montón de piezas mecánicas repartidas por el campo, sin conexión alguna entre ellas. El aparato ya no tenía vida, ni tampoco personalidad. Estaba incapacitado de volar y la única forma de vida que conocía era durante el vuelo, o cuando estaba en condiciones de volar. En estos instantes era sólo madera, acero y tela. Una serie de fragmentos que debían ser cargados en el remolque para llevarlos de vuelta a casa.

Finalmente lo hicimos y sólo faltaba subir a la cabina y conducir el camión por la carretera hasta llegar a casa. Aún no lograba comprender por qué estaban sucediendo todas estas cosas o, qué acontecimiento importante me habría perdido si no hubiera fallado el motor.

Entramos en la Interestatal 80, una autopista moderna y de alta velocidad.

—Mike, por favor preocúpate del remolque. Que no se vaya a caer nada. Echale un vistazo de vez en cuando, ¿eh?

—Todo va bien —me respondió.

Aceleramos hasta alcanzar setenta kilómetros por hora, felices de llegar pronto a casa. Teníamos ganas de terminar con todo este asunto.

A setenta y dos kilómetros por hora, el remolque empezó a bambolearse levemente. Miré por el espejo retrovisor y toqué el freno.

—Sujetáos —advertí, preguntándome por qué lo habría dicho.

El remolque tardó diez segundos en desempeñar su papel. Los leves bamboleos se transformaron en movimientos bruscos de izquierda a derecha y, a continuación, fueron verdaderos latigazos de gran violencia, como si se tratara de una ballena que intentaba desprenderse del anzuelo. Los neumáticos gimieron una y otra vez y el camión se vio impulsado fuertemente hacia la izquierda. Habíamos perdido el control.

En el interior de la cabina, los tres éramos simples espectadores interesados en lo que sucedía, sin que pudiéramos hacer nada para mantener una dirección o para detenernos. Primero patinamos de costado, luego fuimos lanzados hacia atrás. Al mirar por la ventanilla izquierda, vi que el remolque se estrellaba contra el camión y se pegaba a él. Nos salimos de la carretera. Podría haber estirado la mano para tocar el gran fuselaje rojo durante unos instantes, pero en ese momento nos deslizamos hacia la depresión verde que separaba ambas vías de la Interestatal.

El cuerpo inerte del avión se elevó sobre una rueda, se mantuvo en esa posición unos segundos y luego, con mucha lentitud, cayó estrepitosamente hasta el fondo de la zanja. Permanecí sentado y observé que la sección media del fuselaje y sus tirantes se aplastaban sin prisa ninguna, doblándose, despedazándose y astillándose bajo el cuerpo de cien kilos de peso. Todo sucedió con calma. Como una bolsa de papel, pensé.

Por último, nos detuvimos formando una línea perfecta: el camión, el remolque y el fuselaje. Como criaturas del mar que son capturadas y puestas sobre el prado, la una junto a la otra.

—¿Estáis todos bien?

Todos se encontraban bien.

—No puedo abrir la puerta de este lado, Mike. Está aprisionada por el remolque. Bajemos por tu lado.

Me sentí disgustado. La lección se me escapaba por completo. Si nada sucedía por simple casualidad, en el nombre de Dios, ¿qué podría significar todo esto?

El fuselaje que habíamos conseguido subir al remolque con gran esfuerzo, ahora yacía volcado con las ruedas en alto. La gasolina y el aceite brotaban de sus tanques. Las alas inferiores estaban atrapadas entre el remolque y el cuerpo del avión, con grandes agujeros que las traspasaban. Uno de los balancines del motor se hallaba aplastado contra el asfalto. Quizás sea mejor prenderle fuego a todo, pensé, y continuar el camino a casa solos. Está muerto, está muerto, está muerto.

—Se ha atascado el enganche —observó Mike—. Se desprendió desde el mismo parachoques, desgarrando el metal.

En efecto, así había sucedido. El enganche del remolque aún estaba acoplado con firmeza, pero se había desprendido totalmente del grueso metal del parachoques. Para romper ese enganche habrían sido necesarias por lo menos unas cinco toneladas. Y la carga completa sobre el remolque no sobrepasaba la décima parte de ese peso.

¿Qué probabilidades existían para que esto sucediera, en la única ocasión en que había cargado al biplano sobre un remolque? ¿En la única vez que no había podido levantar vuelo por sus propios medios desde un campo? ¿Y contando además con un camión y un remolque especialmente diseñados para cargar aviones? Una entre un millón.

Coches y camiones se detuvieron junto al camino para ayudar y curiosear.

El conductor de un camión trajo un gato pesado y liberamos al camión del remolque. No había sufrido ningún daño y lo condujimos hasta el borde de la autopista. Ya caída la noche, tuvimos que trabajar a la luz de los faros delanteros. La escena tomó el aspecto de una pesadilla de Dante.

Con la ayuda de diez hombres y por medio de una gruesa cuerda atada del camión al fuselaje, finalmente logramos extraer lo que había quedado del biplano, ponerlo sobre sus ruedas y cargarlo nuevamente sobre el remolque. Me pregunté cómo podríamos arrastrar un remolque sin enganche, o incluso moverlo desde el interior de la zanja.

Un gran camión se detuvo junto al aeroplano y su conductor bajó de la cabina.

—¿Puedo ayudarles? —preguntó.

—Lo dudo. Creo que ya no se puede hacer más. Gracias.

—¿Qué ha sucedido?

—Se rompió el enganche.

El hombre se acercó a estudiar el metal retorcido.

—Vaya —observó—. Llevo un enganche en el camión y me quedan un par de días libres para llegar a Chicago. Puedo remolcarles a alguna parte. Me interesan los aviones... fui piloto de una aerolínea en Chicago. Me llamo Don Kyte. Vengo de California y regreso a casa. Me gustaría ayudarles, si eso es posible.

A estas alturas, vine a caer en la cuenta de lo que estaba sucediendo. Una vez más... ¿Cuáles eran las probabilidades de que ese tipo apareciera por esa autopista, en ese mes, en esa semana, en ese día, en esa hora y en ese minuto, cuando ya no me quedaba ningún recurso para arrastrar el remolque? ¿Y que no sólo llegara en un camión, en un camión vacío, sino además en un camión vacío que tenía un enganche para remolques? ¿Y que no sólo le interesaran los aviones, sino que además hubiera sido piloto de una línea aérea y tuviera unos días libres para dedicarnos? ¿Cuáles son las probabilidades de que ocurra una coincidencia como esa?

Don Kyte hizo retroceder su camión dentro de la zanja, enderezó el remolque, lo enganchó y lo subió hasta la autopista.

En ese momento llegó la policía y una ambulancia, con las luces rojas lanzando destellos en la oscuridad.

—¿Ha habido algún herido? —preguntó el oficial.

—No. Estamos todos bien.

Corrió de regreso al coche patrulla y transmitió el informe por radio. Luego se acercó lentamente para estudiar el avión cargado sobre el remolque.

—Hemos recibido información acerca de un accidente aéreo en la Interestatal.

—Sí, algo parecido.

Le expliqué lo ocurrido.

—¿Ha resultado dañado algún coche?

Comenzó a escribir en un formulario.

—No.

—No ha habido coches dañados. No ha habido heridos. ¡Pero si esto no es un accidente!

—No, señor. No lo es. Estamos listos para emprender la marcha nuevamente.

Cerca de la medianoche, desenganchamos el remolque junto al hangar de Ottumwa y Don llegó para pasar la noche con nosotros. Descubrimos que teníamos amigos comunes de un extremo al otro de] país y sólo después de las dos de la madrugada le hicimos una cama con una colchoneta y le dejamos tranquilo para que pudiera dormir.

Al día siguiente, me dirigí al aeródromo y descargué todas las partes del avión, dejándolas cuidadosamente amontonadas en el fondo del hangar.

Merlyn Winn se acercó y sus pisadas despertaron ecos en el gigantesco lugar.

—Dick, en realidad no sé qué decirte. Ese enganche estaba mal soldado y escogió justo esta oportunidad para soltarse. Siento mucho lo sucedido.

—No está todo tan mal como aparenta, Merlyn. La sección central y los tirantes... las partes más grandes. En todo caso, el motor había que sacarlo por completo. Habrá que trabajar en las alas. No me faltará qué hacer durante el invierno.

—Eso es lo maravilloso de los aviones antiguos —comentó—. No se los puede inutilizar por completo. Sin embargo, es una lástima que haya sucedido.

Una lástima que haya sucedido. Merlyn se marchó y poco después salí del hangar hacia la luz del sol. Jamás habría sucedido si hubiera permanecido en casa; si el biplano y yo sólo hubiéramos volado durante los fines de semana alrededor del aeródromo. El aeroplano no se habría estrellado y esas partes no me estarían esperando en el hangar para ser reparadas. El accidente de Prairie du Chien no habría sucedido al tratar de recoger un pañuelo con la punta del ala. Paul no habría sufrido su accidente en Palmira mientras se enfrentaba a su propio desafío. Nada habría pasado en la

Interestatal 80, cuando se desprendió el enganche de forma tan extraña.

Tampoco Stu podría haberse dejado caer por el aire como una plomada, ni nos habría inquietado con sus silenciosos pensamientos, ni tampoco habría gozado de los mejores momentos de su vida. El ratón no se habría comido mi queso. Ningún pasajero habría tenido la oportunidad de volar por primera vez. Nadie habría exclamado "¡Esto es fantástico!", o "¡Esto es MARAVILLOSO!". No habría posteridad anotada en los álbumes de las familias del Medio Oeste. Ni pilas de billetes arrugados, ni la oportunidad de comprobar que un piloto errante puede sobrevivir en los tiempos actuales.

No habría existido Claude Shepherd junto a su gigantesco y monstruoso motor, refiriéndose a las maravillas del vapor. Nada de ferias en los condados, ni zumbidos de mosquitos en la noche, ni desayunos con trébol dulce, ni vuelos en formación al atardecer, ni el sentimiento de tristeza al ver que un avión solitario desaparecía hacia el Oeste. No se habría podido saborear el sabor de la libertad, ni de ninguno de estos extraños hechos que yo llamaba conducción, para susurrarle al hombre que no es una criatura guiada por el azar, perdida en el olvido.

¿Una lástima? ¿Qué habría preferido? ¿Esas ruinas en el hangar o un avión bien pintado, limpio y pulido, que sólo volaba los domingos por la tarde?

Avancé hacia el sol caminando sobre la rampa de asfalto y por un instante estuve nuevamente en el biplano, volando juntos al lado del Luscombe y del Travelair, allá arriba, con el viento, sobre los campos verdes y los pueblos que pertenecían a otra época. Todavía no lograba comprender la razón del accidente, pero algún día la sabría.

Lo que importa, pensé, es que los colores y el tiempo todavía me esperan, como siempre lo han hecho. Justo al otro lado del horizonte de una tierra especialmente libre y encantada que se llama Norteamérica.

EPÍLOGO

No tardé un invierno en reparar el biplano. Me llevó dos años.

Dos años de ahorros y de trabajo en esas ruinas... desprender las maderas astilladas y la tela desgarrada, desarmar los tirantes rotos y los restos del motor. Durante ese tiempo, terminé y recubrí una nueva sección central para el ala superior, reemplacé una docena de fragmentos rotos en el cuerpo y en las alas del avión, me mantuve vigilante con el agua mientras la antorcha de soldar enderezaba las juntas dobladas y las reemplazaba por acero nuevo al rojo, mientras los tirantes tomaban forma con tubos nuevos.

Avancé paso a paso, con el transcurso de los meses. El tanque de combustible quedó reparado... un mes y otro mes... cambié el parabrisas... un mes y otro mes... del metal arrugado surgió una nueva superficie lisa y curvada y luego la pintura.

Durante ese tiempo, una parte de mi ser permaneció encerrada junto con los trozos y secciones repartidos por el suelo del hangar, carente de libertad, siempre haciéndose la pregunta: "¿Por qué?". Me alegraba haber tenido que pagar ese precio que me permitió descubrir mi país. Sin embargo, me parecía tan inútil e innecesario, y esa parte de mi ser que permanecía en el hangar era, ciertamente, una parte entristecida y muy pesada.

Los amigos. Qué palabra tan pura y hermosa. Dick

McWhorter, desde Prosser, Washington, me escribió: "Todavía tengo un motor Whirlwind en el hangar. No ha funcionado desde 1946. Es mejor que lo revises, pero no tiene mal aspecto. Te lo reservaré ... "

John Howard, desde Udall, Kansas: "Por supuesto. No tengo ningún inconveniente en revisar el motor. Además, tengo unos pernos para las alas..."

Pop Reid, desde San José, California: "Oh, no te preocupes, muchacho. Tenemos anillos para el tubo de escape de ese motor y todas sus conexiones... están nuevas. Es mejor que las tengas tú. Aquí nadie las necesita ... "

Tom Hoselton, desde Albía, Iowa: "Tengo más trabajo del que puedo abarcar. Pero esto es algo especial. Soldaré esas uniones en una semana ... "

Los años pasaron lentamente y, entretanto, luché para ganarme la vida con una máquina de escribir de segunda mano. Por otra parte, el biplano se fue transformando en la atracción principal del hangar.

Se terminó el fuselaje. Se ajustaron y adornaron las alas. Se puso la cola. Se montó el motor. Se colocó una nueva cubierta para el motor.

Y entonces llegó el día en que la vieja hélice sobre el motor nuevamente comenzó a girar, dejando un anillo plateado y borroso como rastro. Y de pronto, el biplano que había permanecido inutilizado durante dos años, cobró vida nuevamente, despertando ruidosos ecos que surgieron por la puerta del hangar. En lo alto, junto al rugido del viento, las negras válvulas subieron y bajaron, permitiendo la entrada del lubricante de sus cajas descubiertas.

Tanto tiempo muerto y ahora estaba vivo. Tanto tiempo encadenado y ahora estaba libre.

Por fin, la respuesta al por qué. Esa lección que había sido tan difícil de descubrir, tan difícil de comprender, produjo una respuesta rápida, clara y simple. La razón de los problemas es superarlos. Esa es la naturaleza misma del hombre, pensé. Llegar más allá de sus propios límites para comprobar su libertad. No es el desafío el que define quiénes somos ni qué podremos ser. Lo que nos define es la forma en que afrontamos el desafío, prendiendo fuego a las ruinas o construyendo un camino a través de él, paso a paso, hacia la libertad.

Y tras todo esto, pensé, mientras elevaba una vez más el biplano por los cielos, no está la suerte ciega, sino un principio que nos ayuda a comprender, mil "coincidencias" y amigos que se nos acercan para mostrarnos el camino cuando el problema es demasiado difícil para solucionarlo solo.

Esta era mi verdad y la verdad para mi país, Norteamérica.

Nos desviamos suavemente del camino de una nube y surgimos a la luz del sol a una milla de altura, fijando el rumbo hacia los pueblos de Nebraska.

Los problemas son para solucionarlos. La libertad para comprobarla. Y en tanto tengamos fe en nuestros sueños, nada sucede por simple azar.

Otros títulos de la colección
Vergara Bolsillo

Richard Bach
Juan Salvador Gaviota
Ilusiones
El puente hacia el infinito

Louis Fischer
Gandhi

Joseph Girzone
Joshua

Morris West
El abogado del diablo
Lázaro
Los bufones de Dios
La torre de Babel
Las sandalias del pescador
Hija del silencio